1급 설계원·보위부 비밀요원의
자유·인권·민주주의 향한 여정

노예공화국
북조선 탈출

한원채

노예공화국 북조선 탈출

초판 1쇄 발행 2019년 6월 25일
2쇄 발행 2019년 8월 1일

지 은 이 한원채
발 행 인 권선복
편 집 유수정
디 자 인 유수정
전 자 책 서보미
발 행 처 도서출판 행복에너지
출판등록 제315-2011-000035호
주 소 (07679) 서울특별시 강서구 화곡로 232
전 화 0505-613-6133
팩 스 0303-0799-1560
홈페이지 www.happybook.or.kr
이 메 일 ksbdata@daum.net

값 15,000원
ISBN 979-11-5602-684-6 (03810)

Copyright ⓒ 한원채, 2019

도서출판 행복에너지는 독자 여러분의 아이디어와 원고 투고를 기다립니다. 책으로 만들기를 원하는 콘텐츠가 있으신 분은 이메일이나 홈페이지를 통해 간단한 기획서와 기획의도, 연락처 등을 보내주십시오. 행복에너지의 문은 언제나 활짝 열려 있습니다.

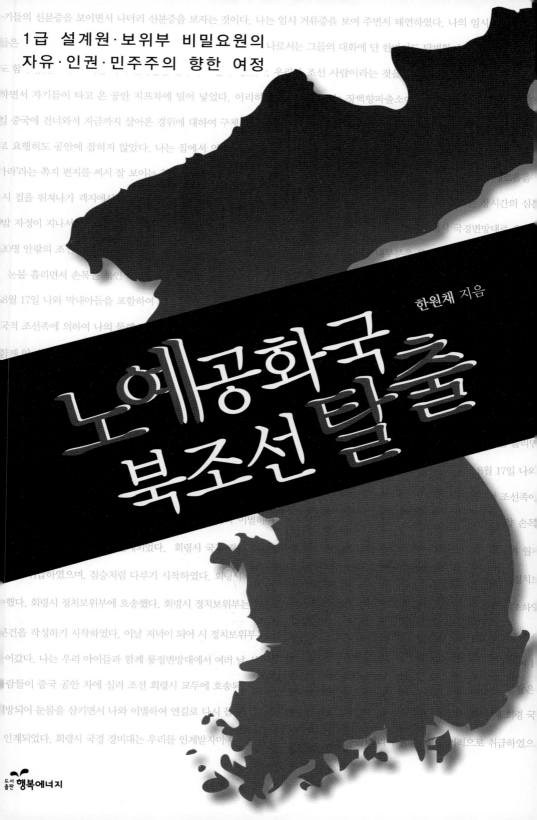

목차

희망 잃은 조선 땅을 떠나며

나는 한평생 인생의 오솔길을 걸어왔다. 구불구불한 오솔길을 걸었으며 가시덤불도 헤쳤고 골짜기를 흐르는 개울물도 건넜다. 시간이 가고 때가 오면 오솔길이 끝나고, 폭 넓은 대로가 펼쳐지길 바라며 끊임없이 걷고 또 걸었다. 달리기도 하였고, 앞이 막혀 어려울 때에는 기기도 하였다. 인생의 오솔길은 멀기도 하다. 조선이라는 이 작은 나라의 오솔길에서 언제면 대로에 나설까. 남들은 넓은 콘크리트·아스팔트 포장 도로에서 화려한 고급 승용차를 타고 갈 때, 말이나 당나귀도 없어 걷기만 한 오솔길이다.

처음에는 한 해, 두 해 하다가 나중에는 10년, 20년 하던 것이, 지금은 반세기를 외우도록 대로가 보이지 않는다. 산골에서 떠난 오솔길은 끝없이 가다가도 큰길과 이어지기 마련이다. 이국땅의 오솔길까지 외돌아 진정한 내 나라 큰길을 밟는 삼천리 먼 인생의 오솔길은 멀뿐더러 이 먼 인생의 오솔길에는 사변도 많다. 기나긴 오솔길 가운데서 힘겹게 걸어온 오솔길의 짧은 한 토막 구간을 글로 적으려 한다.

1999년 8월부터 10월까지의 기간에 중국 연길 감옥에서 롱

6

정변방대 감옥으로, 다시 조선 회령시 정치보위부 감옥과 시안 전부 감옥을 거쳐 회령 백산초소 감방 맛을 보았다. 거기서 호송되어 함경북도 길주 보위부에 감금되었고, 그곳에서 탈출하여 중국 장백현을 거쳐 만장까지 갔다가, 만장변방대에 다시 체포되어 구류장 생활을 하다가, 조선의 량강도 보위부 감방과 도안전부 집결소 감옥을 거쳐 함경남도 안전부에까지 호송되었다. 거기서 최후의 탈출에 성공하여 다시 중국에 들어오게 된 나의 감방 생활 이야기를 글로 남기려 한다.

나는 옹근 반세기 동안 공화국 공민으로 나라와 인민을 위하여, 자신과 가족을 위하여 창조하며 참답게 살려고 노력하였다. 내가 타고 앉아 사는 지구촌이건만, 이 지구촌의 이모저모에 대하여 다 알 길 없는 나로서는, 오직 내가 살고 있는 조선이야말로 세계 제일의 보금자리인 양 싶었고, 조선 경외에 사는 모든 인간은 최악의 생활 조건에서 조선이라는 리상촌을 부럽게 바라보며 건국해 살아가는 줄로만 알고 있었다. 조선의 당과 조선의 모든 국가 관저, 행정기관은 백성들에게 그렇게만 선전하였고 그렇게만 교육하였으니 달리 생각할 리 만무하다.

그런데, 1998년 7월 30일, 그처럼 애써 살아오던 정든 고향 집 출입문을 자물쇠로 잠그고, 그리운 친척과 친우들도 모르게 빈손으로 온 가족을 데리고 떠나 8월 1일, 사품치는 두만강 물결을 가르며 이웃나라 중국 땅에 난민의 서러움 안고 오르게 된 데에는 깊은 사연이 깃들어 있다.

6·25동란이 끝난 지도 어언 반세기가 다 되었건만, 인민들

에게 이밥에 고깃국에 비단옷 입고 기와집에서 살게 하겠다고 염불처럼 외우던 말버릇이, 지금은 그 말조차 사라지고 계급투쟁이라는 창끝같이 예리한 말만이 온몸을 오싹오싹 자극하는 랭혹한 사회주의 조선에서, 억눌리고 짓밟혀 살기보다 자유롭게 열린 환한 세상에서 잠시라도 하고 싶은 말을 하고, 보고 싶은 대로 보고, 듣고 싶은 대로 들을 수 있는 자유로운 세상을 찾아 떠나는 것이 나의 장기라고 생각되었다.

오늘의 조선 사회는 이밥에 고깃국에 비단옷이 아니라, 헐벗고 굶주림과 고역에 시달려 만백성이 아우성치며 살아가고, 또 죽어가고 있으니 평백성이나 간부나 할 것 없이 빈민을 구제하지 못하고 강 건너 불 보듯 하니, 조선 안에 사는 백성의 아픈 랭가슴 어디서 풀 수 있으랴! 당국자들은 입만 열면 전쟁 준비를 잘해서 무자비한 전쟁으로 전 남녘땅을 타고 앉아 불로 다스리며 잘 살아가자는 야망만 설교하니, 이제는 듣기도 거북하여 귀에서조차 신물이 날 지경이다.

사람들은 못살고 권세 없고 자유 없고, 인간다운 생활이 마비된 그 근본이 누구의 탓인지와 전 세계 사회주의 대진영이 송두리째 무너진 원인도 다 사회주의 체제 자체의 모순성과 열악성에 있다는 것을 깨닫게 되었으나, 수많은 조선의 인민들은 체제와 정면으로 맞서기에는 너무나도 아름차고 힘겨우니 어쩔 수 없이 탈북하는 것으로써 당국과 맞서고 있는 것이다.

나 역시 봉건 세습적 정권에 신물이 나고, 군국주의 군사독재에 불복하겠다는 반발심이 머리 들어 탈북을 시도했다. 지금은 중국에 일시 머물면서 온 가족이 마음의 기둥 대한민국으로 망명하기 위한 굳은 마음 안고 새로운 21세기를 맞이한다.

떠돌이 세상살이를 하다보니 참말 기막힌 일도 있다. 이름도 낯도 모르는 사람한테 물려서 1999년 8월 11일 오전 10시, 중국 길림성 연길시 장백향파출소 공안원들에게 체포되었다. 조선 사람이라는 이유로 탈북 1년 만에 19살 되는 아들애와 함께 회령 교두로 조선에 호송되었으며 3개월간 갖은 악형과 강제 로동, 심문을 받다가 기적적으로 탈출하여 소생하게 되었다. 장백향파출소 공안원들에게 체포되던 날, 다행히도 안해(아내)와 큰딸은 외출 중이라 잡히지 않았고, 나와 막내아들은 집에 있다가 그들에게 붙잡혀 온갖 고생을 다 당하게 되었다.

나는 탈북하기 이전에 함경북도 청진화학섬유연합기업소 길주팔프공장에서 35년간 설계원으로 일하였다. 안해 역시 근 30년간이나 철도국병원에서 내과의사로 일했다. 나와 안해는 물론 두 딸도 모두 대학을 졸업했고, 막내는 고등학교 학생이니 우리 가정은 어느 모로 보나 단란한 인텔리 집안이었다. 조선 사회의 평범한 위치에서 손색없이 일하며 살아왔다.

그러나 나는 사회주의 조선의 비현실적 존재를 깊이 인식했고, 오늘의 조선과 내일의 조선에 대한 전도를 어렵지 않게 판단했다. 오늘의 조선은 존재하나 내일의 조선은 희미해지다가 점점 어두컴컴해지고 나중에는 영영 사라지는 모습이다.

사회악의 범람과 무능 무례한 당국의 처사, 실천과 현실을 외면한 허망한 주체사상은 나로 하여금 탈북의 길을 재촉했다.

사회에 대항하기에는 너무나도 힘이 약하고, 대항하다 쓰러지면 모든 것이 허사이고 끝장이며 무모한 죽음뿐이다. 하기에 그 사회 안에서가 아니라 그 사회를 등지고 탈북하는 것으로써 당국과 맞서는 것이 추세로 된 것이다.

죽어라 일을 해도 부가 없는 세상, 부를 창조한 사람이 그 부를 소유하지 못하고 부를 가로채는 자가 부의 향유자가 되는 사회, 사회악의 쓰레기통에서 사회 악취를 숨 쉬며 사느니 차라리 그 속을 탈출하는 거기에 바로 나의 인생철학이 있었다. 하여 나는 정든 고향 땅과 고향 집, 손때 묻은 가장집물을 그대로 남겨두고 이국의 하늘 아래로 서슴없이 달려온 것이다.

세상에는 좋은 사람이 많다. 고상한 인간애를 가진 참다운 은인이 수없이 많다. 그러나 간혹 나쁜 사람도 인간 속에 끼여 산다. 나는 그런 나쁜 사람에 의해 탈북 1년 만에 곤욕을 치르게 됐다. 이것은 나에게 심각한 교훈을 주었다. 지금까지 없었던 생활의 교과서를 던져주었다. 나는 이 교과서를 받아 읽고 세상을 새롭게 알게 되었고, 이 세상에 다시 태어났다.

차마 말과 글로 표현하기 어려운 비인간적인 대우 속에서도 살아남기 위해 몸부림치던 3개월 간의 감방 수기를 공개하면서, 북조선 사회를 제대로 알기 위한 운동에 조금이나마 도움이 되기를 바라는 마음이다.

2000년 1월
한원채

북녘 주민의 절규에 귀 기울여 보라

한국에 온 지 1년 반이 흐른 2018년 2월, 평소 알고 지내던 한 탈북민의 집에 갔다가 그 집에 놀려온 단아하면서도 옹골찬 여성을 알게 되었다.

주변에서 하는 말을 듣자 하니, 그 여성은 북한에서 한국으로 내려와 서울 한복판에 한의원까지 차려 놓은 성공한 탈북민이라는 것이었다.

많은 탈북민들이 한국 정착을 어렵게 여겨 힘들게 살고 있다. 이런 상황 속에서 한국에서 한의대를 졸업하고 한의사가 된 그의 성공 스토리는 탈북민들의 귀감이 되기에 충분했다. 그때만 해도 나는 그녀의 가슴속에 그처럼 큰 원한의 덩어리가 고여 있는 줄은 미처 몰랐다. 이것은 그의 아버지인 한원채 씨의 수기를 읽은 후에야 알게 된 사실이다.

그의 아버지 한원채와 어머니는 북한에서 인텔리 계급인 지식인으로서 북한 체제를 위해 수십 년 동안 양심적으로 살아온, 어찌 보면 나의 아버지 어머니와 비슷한 인생을 살아오신 분들이었다.

90년대 중반 북한에서 '고난의 행군'이 시작되면서 수많은 사람이 떼죽음 나던 시기, 그들의 소망은 중국으로 건너가 식량을 얻어 생명을 유지하는 것뿐이었다. 굶어 죽게 된 인간이 배를 채우기 위해 먹을 것을 찾아가는 것은 일종의 본능이다. 그러나 북한 체제는 굶주림을 피해 살아남으려는 평범한 인간의 본능조차 허용되지 않았다.

북한은 중국으로 건너간 탈북민을 발견할 경우 자국으로 소환해 그들에게 모진 고문을 가했다. 중국으로 식량을 구하러 갔다는 이유만으로 말이다. 먹을 것을 찾아 철창 밖으로 나가는 일조차 금하는 것이 바로 북한 체제이다. 이런 반인륜적인 체제는 아직 역사가 알지 못하고 있다.

4·27 판문점 선언 이후, 이 땅에는 이상한 흐름이 감지되고 있다. 위정자들이 북한의 수천만 노예들의 운명에는 아랑곳하지 않고, 김 씨 일가라는 노예주들과 사이좋게 지내려는 이상한 움직임 말이다.

이 책의 저자, 한원채 씨는 북한의 평범한 인텔리다. 그가 남긴 이 글을 읽으며 북한 주민들의 절규에 대한민국이 과연 어떻게 응해야 할지 그 해답을 찾길 바란다.

태영호 | 전 북한 외교관

피로 쓴 원고… 폭정 종식 앞당기는 무기 되길

　한원채 님의 수기를 읽는 내내 감정의 격랑을 피하기가 어려
웠다. 감수성 풍부한 독자라면 감당하기 어려운 것이 있을 것
이다. 행간마다 강렬하게 배어있는 저자의 거친 숨결이 바로
그것이다. 끝까지 정독하려면 의식적으로라도 저자와 호흡을
맞추지 않아야 한다. 그렇지 않으면 저자가 겪은 질식할 것 같
은 고통과 당장 닥칠 것만 같은 죽음의 공포를 고스란히 느끼
게 될 것이다. 저자의 가슴 깊은 곳으로부터 솟구치는 생존 의
지와 함께 가해자들에 대한 끓어오르는 복수심에 공감하다 보
면 어느새 자기 자신도 모르게 분노하게 된다.

　이 수기가 씌어진 이후 북한은 20년 가까이 본질적으로 나아
진 것이 없다. 책의 마지막 장을 넘기면서 그 사실을 상기시키
면 조금 전의 분노는 이내 무력감으로 변한다. 더욱이 죽음으
로 끌려가는 길에서 처절한 몸부림으로 탈주하여 얻은 자유가
어떤 것인지 알고 나면 슬픔은 더욱 깊어질 것이다. 첫 탈출 후
엔 앞길 비춰주었던 존재는 "절반 나이 먹은 달빛"이었다. 또
한 번의 기적적인 탈출 후에도 컴컴한 산길을 비춰주었던 존재
는 "다 자란 밝은 달님"이었다. 저자는 비정한 포획자들에게 들

14

짐승처럼 뒤쫓겨 다니는 험난한 노정을 겪었다. 그 노정 속에서 몸을 숨길 곳을 아는 존재는 오로지 달빛뿐이었다. 그 사실이 주는 안도감이 바로 저자가 누린 짧은 자유라면 자유일 것이다. 비극적인 사실이다.

하지만 이 수기는 분노와 무력감, 슬픔으로만 끝나지 않는다. 끝없는 폭력과 잔혹한 고문, 강제노동과 거듭된 이송, 숨소리 내기조차 두려운 탈출길. 그 속에서도 저자는 북한 주민들과 아이들을 바라보는 따뜻한 시선을 잃지 않는다. 잔인한 체제를 통렬히 비판하고 세상에 알리려는 필사적인 기록 작업 중에도 고통받는 처지에 놓인 다른 이들의 삶까지 들여다보려고 애쓰는 저자의 인간애가 느껴진다.

이 책의 원제는 '광명을 찾아서: 나의 감방생활 수기'였다. 저자는 끝내 자유의 몸이 되지 못하였고, 현재 생사를 알 길 없는 상황이다. 자신의 목숨과 바꾼 저자의 원고가 먼저 빛을 본 것은 슬프면서도 다행한 일이다.

이 참혹하고 귀중한 기록은 세계의 인권운동가들과 자유를 받드는 언론인, 출판인들에게 전해져야 한다. 그래야만 19년 전의 저자가 든 "자유의 필봉"이 독자들의 마음을 움직이고 여하한 행동으로 이어져 폭정의 종식을 앞당길 수 있기 때문이다. 이 책은 여러 언어로 번역되어 세계인들에게 널리 읽혀야 한다. 정의의 편에 선 의인들이 함께 힘써주시길 청한다.

이영환 | 전환기정의워킹그룹(TJWG) 대표

> 66

자기 생각을 자기 입으로 말할 수 없는 세상, 자유로운 남의 말을 자기의 귀로 자유롭게 들을 수 없는 세상, 남의 좋은 것을 자기의 밝은 눈으로 자유롭게 볼 수 없는 세상, 이것이 오늘의 북조선이다. 아 세상이여, 자유의 공간은 이다지도 좁단 말인가!

> 99

1장

시련

정치보위부 지하 감방

　내가 중국 연길시 장백향파출소에 연행된 것은 1999년 8월 11일 오전 10시경이다. 불시에 다섯 명의 파출소 공안원들이 들이닥치더니 자기들의 신분증을 보이면서 나더러 신분증을 보자는 것이다. 나는 임시 거류증을 보여 주면서 태연하였다. 나의 임시 거류증을 보던 공안원들은 한족 말로 나에게 무엇이라고 말하였다. 한족말을 모르는 나로서는 그들의 대화에 단 한마디도 답변할 수 없었다. 둘째 딸과 막내아들도 함께 있었으나 그 애들 역시 한족말을 한마디도 할 수 없었다.

　우리가 조선 사람이라는 것을 즉석에서 판단한 공안들은 곧 우리를 억류하면서 자기들이 타고 온 공안 지프차에 밀어 넣었다. 이리하여 우리 세 식구는 장백향파출소에 억류되었고, 나의 가족이 1998년 8월 1일 중국에 건너와서 지금까지 살아온 경위에 대하여 구체적으로 심문받았다.

　그날따라 아내와 맏딸은 아침부터 시내에 일 보러 나갔으므로 요행히도 공안에 잡히지 않았다. 나는 집에서 연행돼 나오면서 공안들 모르게 재빨리 '방금 공안원들이 우리를 붙잡아 감으로 곧 피신하라'라는 쪽지 편지를 써서 잘 보이는 침대 중심에 놓았다. 우리가 연행된 직후 아내와 맏딸은 집에 와 보고 정황이 위태로움을 포착하고 즉시 집을 뛰쳐나가 객지에서 괴로운 마음 안고 눈물 삼키면서 여기저기 방랑 생활을 시작하였다. 장백향파출소는 장시간의 심문 끝에 그날 밤 자정이 지나서야 우리 셋을 연길 감옥에 인계하였으며, 연길 감옥은 다음 날인 8월 12일 오후에 룡정시 국경변방대로 호송하였다.

그날 20명 안팎의 조선 사람들이 연길 감옥에서부터 호송되어 룡정변방대에 수감되었다. 그들 대부분은 룡정변방대에서 2일간의 심문을 받은 후, 눈물 흘리면서 손목을 묶인 채 조선으로 실려 들어갔다. 나는 우리 아이들과 함께 룡정변방대에서 여러 날 심문을 받으면서 구류되었고, 8월 17일 나와 막내아들을 포함하여 13명의 조선 사람들이 중국 공안 차에 실려 조선 회령시 교두에 호송되었다. 이날 고마운 은인인 중국 국적 조선족에 의하여 나의 둘째 딸은 호송 도중 해방되어 눈물을 삼키면서 나와 이별하여 연길로 다시 돌아가게 되었다. 나는 막내아들과 함께 양 손목에 수쇠를 감은 채 회령 국경 경비대에 인계되었다.

회령시 국경 경비대는 우리를 인계받자마자 범 잡은 포수처럼 우쭐렁(우쭐)거리며 월경자로서 역적으로 취급하였으며, 짐승처럼 다루기 시작하였다. 회령시 국경 경비대는 우리 일행 13명에 대한 심문을 끝내고 곧 회령시 정치보위부에 호송했다. 회령시 정치보위부는 탈북했다가 잡혀 온 월경자들에게 엄격한 심문과 고문으로 취조하였으며 '범죄' 문건을 작성하기 시작하였다.

이날 저녁이 되어 시정치보위부는 우리 월경자들을 또 다른 곳으로 옮기는 것이었다. 그들은 우리를 두 명씩 쌍을 지어 차례로 손목에 수쇠를 채우면서 이동 준비를 시켰다. 나는 인위적으로 순서를 조절하면서 막내아들과 함께 수쇠를 받게 되었다. 시보위부는 우리들에게 수쇠를 잠근 후 대열 지어서 어디론가 시내 중심 도로를 따라 도보하여 가는 것이다. 나는 대열 속에서 걸으면서 아들애에게 낮은 목소리로 가만가만 속삭였다.

"애야, 이제 뒤를 잠깐 돌아다보아라. 저기 보이는 저 산중턱에 집들이 보이는 데가 바로 중국이다. 너는 어떤 기회를 노려서라도 꼭 탈출하여 다시 저기 두만강을 건너 어머니와 누나들을 찾아가거라. 덤비지 말고 꼭 탈옥하는 데 성공하여라. 나는 이제부터 물 한 모금도 마시지 않을 것이다. 감방에서 무조건 단식하면서 10일 이내로 죽겠으니, 그리 알고 너만은 꼭 살아서 탈옥하거라."

비장한 결심을 말하면서 아들애의 손을 으스러지게 꼭 잡았다. 아들애는 부자지간의 마지막 이별을 방금 앞두고 걸으면서, 생이별의 슬픈 눈물을 끊임없이 흘렸다. 나도 또한 충혈된 눈시울을 감출 수 없었다.

나는 회령시 정치보위부 심문에서 이름, 거주지, 직장, 직위, 당별, 학력 및 경력, 가족 및 친척 관계에 대하여 솔직하게 다 말하였다. 내가 거짓으로 진술했을 경우에는, 진실이 확인될 때 가해지는 압력이 어떤 것인가를 너무나도 잘 알고 있었다. 그러나 나의 아들애는 첫 심문부터 출생지로부터 거주지, 이름, 친척 관계에 이르기까지 모든 물음에 거짓 진술하였다. 나이도 줄이고, 부모도 집도 없는 방랑아, 즉 지금 조선에서 흔히 볼 수 있는 꽃제비로 둔갑했던 것이다.

보위부 일꾼들은 우리 13명의 월경자들을 회령 시내 도로를 따라 이동시키다가 중간에서 대열을 정지시키더니, 나와 황해남도 신천군에서 왔다는 36살 난 복실이라는 여성을 골라내더니 쌍 지어 수쇠를 잠갔다. 그리고 나의 아들을 나에게서 갈라내어 복실이에게서 갈라낸 청년과 쌍 지어 수쇠를 잠그는 것이었다.

나는 마지막으로 아들의 손을 다시 꼭 쥐었다 놓으면서 조심하라는 말 한마디와 의미 있는 눈길로 아들과 이별하였다. 물론 이 때 보위부 일꾼들은 나와 아들 사이의 관계를 모르고 있었다. 나는 복실이라는 아주머니와 함께 가던 길을 되돌아서서 시보위부 지하 감방에 감금되었다. 동범으로 함께 행동하던 대열은 어디로 데려갔는지 전혀 모르게 되었다.

회령시 보위부 감방은 보위부 건물 접수실 지하에 있었다. 첫 번째 감방이 남자용 감방이고, 두 번째 감방이 여자 감방이었다. 내가 지하 감방에 들어갔을 때, 감방 안에는 4명의 수감자가 있었다. 그들 모두가 중국 국경 월경자들이었다. 여자 감방에는 3명의 여자 월경자들이 들어 있었다. 지하 감방은 너비 2m, 길이 4m쯤 됐다. 바닥에는 널판자를 깔았다. 세 면은 콘크리트 벽체이고, 전면에는 2cm의 철근을 10cm 간격으로 용접하여 고정하였다. 너비 50cm, 높이 80cm 정도 크기로 살창 출입문이 달려 있다. 출입문 밖으로는 빗장을 걸고 자물쇠를 잠갔다. 철창 밖 앞으로 두 개의 감방으로 나드는 짧은 복도가 있다. 복도 중간에 촉수 낮은 전등 하나를 밤낮으로 켜 놓았으나, 자주 정전되는 조건으로 감방은 언제나 어두컴컴하였다.

바로 8월 17일 저녁, 이날부터 나의 감방 생활 첫 시련이 시작됐다. 지금껏 나는 단 한 번도 구류장에 들어가 보지 못했다. 구류장 생활을 거친 사람들의 감옥 생활 체험담 같은 것조차 들어본 일이 없다. 처음으로 보위부 지하 감방에 갇히고 보니 앞이 캄캄하고 차가운 감방 공기가 온몸과 마음을 높은 압력으로 억누르는 감을 억제할 수 없었다. 운명의 종점이 바야흐로 면전에 다가옴을 전신으로 느낄 수 있었다. 감방 속에 갇힌 4명의 수인들 중 두 명은 회령 사람이고, 한 명은 평양시 사람이었다. 또 다른 한 명은 량강도 보천 사람으로 모두 살림살이를 일떠 세워보려고 중국에 건너갔다가 잡혀 온 사람들이었다. 이들 모두는 거의가 이 지하 감방에 한 달부터 두 달 넘게 갇혀 있는 사정이라고 한다.

감방 생활 규정에 의하면, 수인들끼리 호상(상호) 이야기를 하거나, 범죄 내용을 알리거나, 담배 피우는 일 등을 모두 삼가게 되었다. 하지만 감독이 없는 틈을 이용하여 서로 상대방에 대한 경력을 료해하며 의견 교환을 주는 등 호상 의사소통했다. 이들은 내가 신자로 들어오자 서로 호기심을 가지고 나에 대한 사연을 이것저것 물어보았다. 나는 그들의 물음에, 구류장에 들어온 사연을 간단히 설명해 주었다.

몇 마디 말이 오고 가는 가운데서 그들은 점차 큰 소리로 말하게 되었다. 그런데 이들이 말하는 소리를 지하 감방 바로 위에 있는 보위부 접수실에서 감시 보위원이 들었던 모양이다. 인민군 소좌복 차림을 한 보위원이 지하실 감방의 입구 통로 문을 열고 복도에 들어와 도끼눈을 굴리며 묻는다.

"또 어느 놈이 말했어?"

복도 한구석에 있던 40대 나이의 수감자가 벌떡 일어나 말한다.

"제가 말했습니다. 잘못했습니다, 고치겠습니다."

그가 련속 중얼대자, 그걸 본 소좌 보위원이 소리친다.

"야, 여기에 손을 내보내!"

수인은 두말없이 얼른 두 손을 살창 밖으로 내민다. 소좌는 자기 바지 호주머니에서 칼고리줄을 꺼낸다. 칼고리줄은 대략 50cm 정도 되는 쇠사슬 끈이다. 소좌의 칼고리줄 끝에는 자그마한 손칼이 걸려 있었다. 또 손톱깎이와 여러 개의 열쇠 뭉치가 매달려 있었다. 소좌 보위원은 칼고리줄을 휘돌리면서 살창 밖으로 내민 수인의 두 손등을 여지없이 내려쳤다.

"이 새끼, 너에게 누가 말할 권리를 주었어?"

그는 인정사정없이 막무가내로 수인의 앙상한 두 손등을 후려쳤다. 수인은 아픔에 못 견디어 신음을 낸다. 그의 손등은 잠깐 사이에 피투성이가 되었다. 애처로운 신음은 감방 안의 감정을 싸늘하게 냉각시켰다. 한참 동안이나 칼고리줄로 죄수의 손등을 후려치던 소좌 보위원은 자기도 힘이 빠졌는지 때리기를 중지하고 "이제 다시 한 번 말하는 놈은 손목대기를 잘라 버리겠다"라고 중얼거리면서 지하 감방 출입문을 열고 나갔다.

내가 회령시 정치보위부 지하 감방에 들어가 한 시간도 채 되기 전에 목격한 이 자그마한 사건은 나로 하여금 공포와 절망을 느끼게 했다. 이 일로 하여 그날 저녁은 감시 보위원의 권한에 의해 저녁 식사 공급이 중지되었다.

나는 그때까지만 해도 중국에서 잘 먹고 지낸 덕에 배 가죽 밑의 기름 층이 두터웠으므로 배고픈 감은 있었으나 견디기 어려운 정도는 아니었다. 모진 고뇌와 번뇌로 머리가 무거울 뿐, 먹고 싶은 생각이 전혀 없었다. 금방 맞아 댄 수인은 고통과 분노로 치를 떤다.

"개새끼, 두고 보자. 내가 출감되는 날에는 너 같은 것 귀신도 몰래 없애 치울 테다."

그는 피 흐르는 손등을 휴지로 닦으며 속 썩인다. 우리는 서로 말 소리가 밖으로 나가지 않게 입속말로 오래도록 하고 싶은 말, 듣고 싶은 이야기를 나누었다.

밤 10시가 되어 취침 시간이다. 수인들은 한 명씩 일어나서 감방 구석에 들여놓은 오줌똥 받아 내는 양철 들통에 대소변을 보게 된다. 뚜껑도 없는 들통에서 풍기는 오줌똥 악취는 좁은 감방 안의 공기를 몹시도 자극한다. 허나, 별다른 방도가 없다. 다섯 명의 감방객들은 악취 풍기는 썩은 공기로 숨 쉬며, 8월의 무더운 밤을 감방 널마루 바닥에서 옷 입은 그대로 귀를 베고 누워 잠을 청한다.

다음 날 아침 5시가 되자, 밤새 경비 근무를 섰던 정치보위부

지도원이 복도에 들어와서 기상하라고 고아댄다. 기상하자마자 제일 젊은 청년 하나가 선뜩 일어나더니 악취 나는 용변기 들통을 들고 살창가로 나선다. 보위지도원은 쇠살창 출입문 자물쇠를 벗기고 살창문을 열어 준다. 청년은 비운 용변기를 들고 감방 안에 다시 들어와서 그것을 제자리에 놓는다. 그리고는 자기 바지 호주머니에서 한 줌이나 되는 담배꽁초를 집어냈다. 변소에 가서 용변기를 쏟을 때 변소 칸 바닥에 떨어진 담배꽁초를 모조리 주워 온 것이다. 수인들은 제가끔 그 담배꽁초를 털어서 다시 새로운 담배를 만들어 몇 대씩 가지고 있다가 기회를 보아 피우는 게 락이다. 물론 담배는 감시원이 보이지 않을 때 흔적 없이 가만히 피워야 한다. 담배 피운 흔적이 발각되는 경우에는 무서운 형벌이 가해지기 때문이다.

아침 7시가 훨씬 지나자 아침 식사를 공급한다. 아침밥이라는 것이 보위원 합숙 식당에서 한 것인데, 모두가 옥수수 가마치(누룽지)였다. 땅땅한 옥수수 마른 가마치를 사발 식기 안에 담고 그 속에 시래기죽을 한데 퍼 담아서 각자에게 한 그릇씩 나눠준다. 밥도 량이 매우 적어 죄수들은 모두 영양실조에 걸려 뼈만 앙상하게 드러나고, 햇빛을 보지 못한 새하얀 얼굴은 검은 수염 속에 묻혀 보기조차 매우 스산하였다.

마파람에 게 눈 감추듯 몇 번 후루룩하니 아침 식사가 다 끝난다. 나는 감방에서 처음 받아보는 식사인지라 서운한 감정을 누르면서 남들처럼 몇 번 시래기 국물에 섞은 가마치 밥을 훌훌 마셨다. 꼿꼿한 마른 옥수수 가마치는 채 퍼지지 않아 모래알 같은 감각이 느껴지면서 도무지 목구멍으로 넘어가질 않는다. 두세 모금 마시다가 목구멍 안으로 넘기기가 어려워서 그대로 퇴식하려 하였다.

그런데, 이때 옆에 앉은 죄수가 제꺽 손을 내밀어 사발을 빼앗아 쥐더니 단숨에 쭉 들이마셨다. 그러고는 나한테 잘 먹었노라고 가볍게 인사까지 하는 것이다.

오랜 감방 생활로 야윌 대로 야위고 허기진 배를 달랠 수 없어 하는 그 고생스러운 심정을 아침 식사 형편을 통하여 충분히 엿볼 수 있었다.

아침 9시가 되자 정치보위원 하나가 오더니 나를 불러 그의 사무실로 데리고 간다. 나에 대한 회령시 정치보위부 취조가 시작된 것이다. 보위지도원은 사복 차림에 허리에는 권총을 차고 있었다. 나는 수쇠를 두 손목에 찬 상태로 보위원 앞에 서 있었다.

"야, 이 새끼야, 너 왜 중국에 갔댔어?"

보위원은 처음부터 드살(쉽게 굽히지 않고 드세게 구는 것)이 셌다. 나를 당장 잡아먹을 상 싶었다. 쌍욕을 마구 퍼부으며 달려드는 꼴에 나는 처음부터 그자의 웅굴진 악음에 위압되어 아무 말도 못 하고 서 있기만 하였다. 그는 우선 나의 기를 눌러놓고 자기의 위세를 높이고 그 무엇인가 받아내려는 심산이다.

"예, 사는 게 너무 구차하여 돈이나 몇 푼 벌 수 있을까 하여 중국에 갔댔습니다."

"이 미련한 놈아, 너 같은 게 어떻게 돈을 번다고 중국에 가는가 말이야. 중국에 가면 돈이 허공에서 막 떨어지는 줄 알아? 다른 목적 있어서 간 것 아니야…! 그 다른 목적을 정확히 말하란 말이야."

그는 처음부터 그 어떤 정치적 목적을 정탐하려는 기색이었다.

"지도원 동지, 사실은 저의 처가 금년 초봄에 중국에 해삼 2kg 사 가지고 장사 떠난 것이 7월이 다 지났는데도 돌아오지 않기에 생활 형편이 말이 아니지, 자식들도 굶고 있지 하여 마지못해 처를 찾아 길을 떠났다가 이 꼴이 됐습니다."

"중국에 누가 있어?"

"화룡 서성향에 4촌 처남이 한 분 있습니다."

나를 심문하던 보위지도원은 여기까지 이야기하다가 담배 한 대 붙여 물더니 밖으로 나갔다. 잠시 후 그는 손에 자그마한 나무 몽둥이 하나를 쥐고 들어와서 제자리에 앉는다. 한참 동안 나를 쏘아보던 그자는 자리에서 일어나더니, 욕설과 함께 다그친다.

"야, 이 새끼 솔직히 말해라. 다 알고 묻는데 왜 거짓말을 해?"

그렇게 말하며 나의 아랫도리를 발로 마구 차며 행패를 부린다. 나는 처음으로 구타당했다. 내가 신음을 내자 또 주먹으로 두 뺨을 엇바꿔 가면서 강타를 들이댄다. 내가 두 팔꿈치로 얼굴을 가리면서 그자의 주먹 강타를 피하려고 하자 이번에는 금방 가지고 들어온 몽둥이로 몸의 아무 부위나 관계하지 않고 마구 두들겨 패는 것이다. 나는 불의에 가해지는 예상치 않았던 매질 앞에서 어쩔 바를 모르고 이리저리 몸을 돌리면서 피하려고 했으나, 수쇠 찬 몸이다 보니 두들겨 주는 대로 맞는 수밖에 다른 방도가 없었다. 한참이나 발길질과 몽둥이 채를 휘둘러 대던 보위지도원은 행패를 중지하더니 위엄 있게 말하는 것이다.

"솔직히 다시 말해 봐. 네가 언제 월경했으며 월경 목적이 무엇이며 건너가서 누구를 만났으며, 특히 남조선 안기부 놈들을 만났거나 그들의 지시를 받은 것을 하나도 빠짐없이 다 말하란 말이야. 우리는 이미 우리의 비밀 통로를 통하여 너의 모든 행동 자료를 다 통보 받았다고. 그에 근거하여 솔직히 다 말하기 전에는 소생할 수 없다는 것을 똑똑히 알란 말이다."

보위지도원은 으스대면서 당장에라도 잡아먹을 상을 하면서 호령한다. 나는 첫 매질에 기가 꺾이고 온몸이 쑤셔나는 것을 간신히 참으면서 똑똑한 정신으로 말했다.

"지난해 8월 1일 도강하였습니다. 중국 화룡시 서성향에 있는 4촌 처남집을 찾아서 그를 만난 외에는 그 누구도 만난 일이 없습니다."

"그래, 처남은 뭘 하는 사람인가?"

"서성향에서 농사합니다. 처남은 복부 대수술 후 크게 일도 못해 처남의 처가 농사일을 거의 다 도맡아 수행하는 형편입니다."

"처남네 집에는 또 누가 있는가?"

"처남 부부간과 두 딸이 있습니다. 큰딸은 20살인데 연변대학에 다니며, 18살짜리 작은딸은 중학교를 갓 졸업하고 부모와 함께 농사일 하고 있습니다."

보위원은 처남네 형편에 대하여 이것저것 물어보다가 또 그 동네에서 어떤 인물들과 만났는가를 여러 번 캐물었다. 아무와도 만난 일이 없다고 하자 다음에는 중국의 어떤 곳에 다녀 보았는가, 다른 도시나 지방에 다닌 일이 있는가를 따져 묻는다. 나는 서성향 외에는 그 어떤 곳에도 간 일이 없다고 완고하게 대답했다. 동네 사람도 그 누구 하나 만나지 않고 숨어 있었다고 고집스레 반복 대답하였다.

한참 동안이나 나에게 매를 안기면서 들볶아대며 공포 분위기를 조성하다가 그 분위기가 약간 완화될 때, 그의 책상 위에 놓인 전화벨 소리가 요란하게 울렸다. 그는 전화를 받더니 냉큼 일어서서 나의 두 손에 채워져 있던 수쇠 한 쪽을 풀어 사무실 라제따(라디에이터) 증기 배관에 채워 놓는다. 수쇠 한 쪽은 나의 손목에 잠겨 있고, 다른 한 쪽은 난방 배관에 잠겨 있으므로 나는 그 위치에서 다른 데로 움직일 수 없게 되었다. 그러고는 나를 보고 잘 생각해서 솔직히 진술하라고 말하고는 밖으로 나가 버린다.

보위원 사무실에 홀로 남은 나는 조용히 지난 1년간 나의 생활을 회고해 보았다.

1998년 8월 1일 두만강을 도강하여 중국 로과진에 와서 조선족 고마운 분의 집에 들려 2일간 그 부부의 보호를 받으면서 지냈다. 내가 처음으로 찾아 들어간 그 집 중년 부부는 참말로 민족심이 강한 고마운 동포였다. 부부는 탈북해 온 우리를 따뜻이 위로했고 민족적 동포애의 정으로 친혈육같이 고맙게 대해 주었다. 동포애로 우리를 숨겨 주었고 식사와 유숙도 보장해 주었다.

나는 서성향에 있는 처남댁에 전화를 걸었다. 이미 3월에 중국으로 건너온 안해는 나의 전화를 받고 매우 기뻐하였다. 내가 아이 셋 모두를 데리고 로과진의 동포네 집에 와 있다는 전화를 접수한 그는 즉시 가족을 안전하게 데려갈 대책을 마련하였다. 그리하여 처남은 자기 매부에게 부탁하여 8월 3일 아침 9시경에 공안 파출소 지프차를 몰아 로과진까지 찾아와 우리는 서로 초면 인사를 나누면서 뜻깊은 상봉을 하게 되었다.

로과진의 고마운 동포 부부는 우리가 떠나기에 앞서, 나와 나의 아이들에게 자기들의 옷을 꺼내서 전부 바꾸어 입히는 것이다. 우리 옷차림으로는 조선 사람의 형태가 그대로 알림으로써 로정에서 단속에 걸릴 수 있다는 것이다. 그들이 준 새 옷을 바꾸어 입으니 조금도 손색 없는 중국인 모습으로 변모되었다.

나는 몇 번이고 그들 부부에게 감사를 드리고 고마움을 표시한 후 차에 올랐다가 다시 내려서 떠나는 인사를 정중히 올리고 곧 화룡시 서성향을 향해 떠났다.

1시간 30분 정도 차로 달리니 서성향 처남댁에 도착했다. 8월 3일과 4일은 처남댁에서 보내고 8월 5일 다시 연길시 하남가 처남의 매부댁에 도착하였다.

나의 가족은 1998년 8월 17일부터 연길시 변집향 리민촌에서 김 모의 가정 부업 생산을 맡아 보게 되었다. 나의 다섯 식구는 이 집에서 게사니(거위) 500마리, 소 9마리, 개 6마리 기르는 일을 책임적으로 수행하였다.

처음 해보는 일이다 보니 애로와 곤란이 한두 가지가 아니었다. 때로는 주인집의 참기 어려운 수모를 받아도 극복하여야만 하였다. 주인집의 멸시도 있었지만 우리 가족에 대한 동정과 경제적 뒷받침은 비교적 괜찮았다. 옷과 신발, 부식물과 연료, 동력을 보장해 주었다. 명절 때가 되면 고급 식료품, 의류, 청량음료와 주류를 제공해 주었다. 가족 전체에게 매달 500원의 로임을 지불하였다. 우리는 이 돈으로 생활을 이어 나갔다.

우리 가족은 1999년 4월 리민촌을 떠나게 되었다. 연길시 소영향에 가서 셋집살이를 하면서 5월과 6월을 그곳에서 중국 한족인이 경영하는 비닐 재생공장에서 일하였다. 갓 조업을 시작한 자그마한 공장인데 설비 상태가 불량했다. 사람들의 기능도 부족하다 보니 설비 사고가 매일과 같이 일어나 생산을 정상화할 수 없었다. 나는 원래 기계 부문의 오랜 설계원이었으므로 설비의 약점을 제때 포착하고 사고 원인과 불량개소를 퇴치하며 생산을 정상화하는 데 결정적 역할을 수행하였다. 이때 공장 로반(작업반장)은 나의 기능과 솜씨를 인정하였고, 나에 대한 기대가 매우 컸다.

그러나 인정이 메마르고 오직 제 주머니 채우는 것만 아는 로반은 직공들에게 호의를 사지 못했다. 로동자들에 대한 편의는 조금도 고려하지 않고 자기 리기주의만 추구하는 로반과 더는 함께할 수 없음을 깨달은 직공들이 하나둘 떨어져 나가기 시작했다. 나도 한참 어린 로반과의 하직을 결심했다. 그리하여 우리는 생활비 800원을 받아 7월께 사퇴하고 말았다.

우리는 연길시 변집향의 리민촌과 소영향에서 생활하는 동안 고생도 많았지만 조선족 동포들의 지극한 동포 애정에 받들려 그에 위안되어 영원히 잊을 수 없는 기억을 남기게 된다.

성일이 아버지와 어머니, 로인회 회장과 그의 부인, 학봉이 할머니와 할아버지, 그리고 촌의 이름 모를 촌민들의 동포애 끓어넘치는 고마운 마음에 받들려 우리 가정은 외로움을 물리치면서 한 해 겨울을 보낼 수 있었다.

고마운 조선족 동포들은 우리에게 옷이며 신발이며 여러 가지 일용품과 식량이며 돈과 고마운 마음들을 아낌없이 주었다. 특히 학봉이 아버지와 할머니, 할아버지의 동포애적 민족 사랑이 넘쳐흐르는 인간의 아름다운 이야기는 대를 이어 전해야 할 우리 가족의 감사장에 영원히 전하고 또 전해 내려갈 것이다. 우리가 가장 어렵고 곤란할 때 그 어려움과 고난을 함께해 준 고상한 인간의 도덕 품성을 나는 연변 땅에서 한껏 체험하였다. 학봉이 할머니의 사랑 넘친 이야기만 하려 해도 며칠을 걸려야만 될 것이니 후일에 그들의 고상한 인간애와 투철한 민족 동포심을 만방에 자랑하려고 한다.

우리 가족은 연길에 사는 동안 귀중한 생명의 삶을 위해 어렵고 힘든 로동을 가림 없이 해왔다. 가을이면 여러 가지 산열매와 약초를 채취하였으며, 겨울에는 안해와 아이들이 깊은 산골의 벌목장에 가서 힘들고 위험한 일도 서슴없이 도맡았다. 온가족이 농촌 마을을 찾아가 농작물 수확과 탈곡도 했고, 여기저기 공장을 찾아다니며 유해 로동의 맛도 체험하였다. 우대도 받아보았고, 기인편재(사기)도 당해 보았다. 쓴맛 단맛 다 보며 이국의 산 설고 물 설은 땅에서 래일을 바라보며 열심히 살았다.

탈북하여 1년간 나의 생활에서 가장 중점적인 문제로 된 것은, 대한민국에로의 망명을 실현하는 것이었다. 이를 실현하기 위하여 여러모로 심혈을 기울였다. 조금씩 타는 얼마 안 되는 생활비의 거의 전부를 한국행 길을 찾는 데 써 버렸다.

11월과 12월에는 3차에 걸쳐 한국방송공사(KBS)에 망명 귀순을 바라는 절절한 편지도 보냈다. 서울 영등포구 18번지 KBS 사회교육방송 '보고 싶은 얼굴 그리운 목소리' 앞으로 편지를 보냈다. 그때 나는 이름을 변명하여 '박한남'이라는 가명으로 편지하였으며, 회답을 받을 수 있는 전화번호도 적어 보냈다.

또한 12월 말에는 둘째 딸을 직접 북경으로 보냈다. 북경에 가서 한국대사관에 찾아 들어가 대사관 실무 일꾼들을 만나 망명 신청을 하기 위해서였다. 그러나 딸애는 대사관을 찾아 들어가는 로정에서 중국 군대 경비성원들에게 단속되어 한국대사관 주변에까지 갔다가 구사일생으로 빠져나와 되돌아오게 되었다. 딸애는 북경에서 출판물 잡지를 보다가 우연히 한국대사관 여러 부서의 전화번호를 발견, 기록해 가지고 왔다.

그 후 나는 1999년 년초에 2차에 걸쳐 북경 주재 한국대사관에 망명을 요청하는 전화도 걸어봤다. 그때에도 역시 박한남이라는 가명으로 전화하였다. 결국 대사관의 승인을 얻지 못하였으며, 소원을 이루지 못했다. 그로 인해 좌절한 나는 한때 정신적 타락도 없지 않았다. 그러나 다시 힘을 내어 한국으로 갈 수 있는 길을 찾기 위하여 꾸준한 실천 활동을 벌였다. 북경에 출장 가는 사람들에게 수입액 전부를 쥐어 보내면서 우리의 한국행 출로를 찾아달라고 부탁도 해 보았지만, 모두가 수포로 돌아갔다. 그러나 나는 실망하지 않고 꾸준히 광명의 길을 모색했다. 꼭 찾아가

고야 말 것이라는 결심은 확고했다.

　보위원 사무실에서 수갑을 찬 채 홀로 서서 지나간 1년간의 생활 로선을 회고해 보면서 지금은 내가 이렇게 잡혀서 초롱에 갇힌 새 신세가 되었으니, 연길에 있는 안해와 아이들은 얼마나 비애 속에서 모대기겠는가 하는 생각을 하니 금시 가슴이 터질 것만 같았다.

　20분 정도 시간이 지나 취조하던 보위원이 사무실로 들어와 라제따 배관에 걸려 있는 수쇠를 풀더니 그것을 다시 나의 손목에 잠그고 본래 자리에 가서 앉았다. 그는 말 없이 지퍼 달린 얇은 가방을 열어 인쇄물 양식 몇 장을 꺼내 책상 위에 펼치더니 나의 개인 정보를 차례로 적어 내려가기 시작했다. 이름과 성별, 연령, 당별, 출생지, 거주지, 직장, 직위, 학력, 경력 관계를 다 쓴 다음 가족 및 친척 관계까지 구체적으로 물어 기록했다.

　그 다음 언제 월경하였으며 어디에 갔으며, 무엇을 하였으며, 누구를 만났는가를 기록하였다. 나는 그의 물음에 대하여 이력은 하나도 속임 없이 말하였다. 그러나 월경 후 일에 대해서는 그가 알 리 만무함으로 전부 거짓으로 꾸며대었다.

　1998년 2월 중순 해삼 2kg을 가지고 떠난 안해가 그해 7월이 다 지나가도록 집에 돌아오지 않기에 안해를 찾아 청진과 무산 지구 장마당을 중심으로 찾아다니다가 우연히 안해와 함께 장사 떠난 홍순희 아주머니의 아들 명철이를 만나게 되었고, 그 애를 통하여 안해와 홍순희 아주머니가 함께 중국에 사는 친척집으로 넘어갔다는 것을 알게 되었다고 말했다.

그리하여 나는 중국에 4촌 처남이 있기에 거기에 안해가 갔을 것이라고 생각하고, 화룡시 서성향의 4촌 처남네 집에 가 보기로 결심하고 월경을 시도하였다고 말했다.

8월 1일, 중국 땅에 넘어가 행인들에게 길을 물으면서 화룡으로 도보하였으며, 8월의 폭염 속에서 2일간 식사도 하지 못하고 걸었으며, 무더위와 갈증을 극복하기 위해 길 옆에 흐르는 개울물을 마구 퍼 마시면서 행군한 결과, 심한 대장염에 걸렸다고 변명하였다. 이틀간의 도보 끝에 4촌 처남 집을 찾게 되었으며, 처남은 초면인 나와 인사를 나누었다. 내가 안해의 행방을 찾아 여기까지 온 사연을 이야기했을 때, 그는 놀라면서 나의 안해가 자기 집에 오지 않았다고 이야기했다. 나는 여기서 그만 정신적으로 타락하고 육체적으로 병들었다고 말하였다.

무더위에 고생하면서 길가의 도랑물을 마구 퍼 마신 후 나는 무서운 악성 대장염에 걸리게 되었다. 나는 그해 말까지 자리에 누워 일어나지도 못하고 맹물 설사증으로 죽을 고생을 했고, 신체 허약이 와서 일어날 맥조차 없었다고 변명했다. 물론 이러한 진술은 모두 거짓이었다.

나는 계속하여 처남 집에서 새해를 맞이했고, 차츰 건강도 회복되고 안해가 혹시나 여기에 올 수 있다는 희망을 가지고 그냥 몇 달 더 기다렸고, 봄이 되어 건강은 상당한 정도로 회복되었다고 말했다. 처남네 집에서 행여나 안해가 올 수 있다는 희망을 갖고 오늘이냐 래일이냐 하면서 기다리다가 어느덧 1년 세월이 흘러갔다고 하였으며, 이제는 더 기다릴 명분이 서지 않기에 조선에 있는 나의 집으로 돌아올 결심을 하였다고 말했다.

그리하여 8월 15일 처남과 토의하고, 내가 제 발로 조선으로 나가겠다고 하면서 처남 집을 나와 택시를 타고 로과진 방향으로 가던 중 도로 중간에서 중국 공안 일꾼들이 모든 행인과 택시에 탄 손님들을 단속하여 신분증을 확인하더라고 변명하였다. 나는 신분증이 없는 데다가 한족말조차 모르는 형편에서 조선 사람이라는 것이 즉석에서 탄로 났고, 그때부터 중국 룡정변방대에 감금되어 일정한 단계를 거쳐 조선에 다시 나오게 되었다고 그럴 듯하게 거짓 진술을 하였다.

나의 거짓말 진술을 다 듣고 난 보위지도원은 말없이 한참이나 묵묵히 있다가 무겁게 입을 열었다.

"오후에 다시 보겠는데, 그때 와서 네가 1년 동안 중국에서 있은 사실 그대로 자백서에 쓰라. 중국에 도착해서부터 나올 때까지 있은 일을 하나도 빠짐없이 그대로 써야 한다. 특히 어디에 갔으며, 누구를 만나 무슨 이야기하였다는 것을 상세히 기록하여야 한다."

그는 곰곰이 잘 생각해 보라고 하면서 나를 다시 보위부 지하 감방에 밀어 넣었다. 감방 안에 들어온 나는 방 한쪽 구석에 맥없이 쓰러져 있었다. 감방 안의 동료들은 나에게 시선을 던지며 얼마나 매를 맞았는지 따져 묻는다. 그들도 아마 첫 타격이 심했던 모양이다. 서로가 자기들이 감방에 입소한 첫날 이야기를 꺼내는 것이다.

어마어마한 고문이 그들에게도 차려졌다는 것을 대번에 이해할 수 있었다. 감방 안에 들어와서야 나는 몽둥이에 맞은 머리 한쪽이 째져 피가 나오는 것을 발견할 수 있었다.

낮 12시쯤 지나 또 아침과 꼭 같은 점심 식사가 시작된다. 점심 먹을 정신도, 기맥도 나지 않는다. 역시 아침 식사 때와 같이 옆에 앉은 수인이 나의 점심 가마치 밥까지 몽땅 마셔버리고 감사의 인사를 표시하는 것이다.

오후 2시가 지나서 보위원은 또다시 나를 불러낸다. 나는 보위 지도원 사무실에 들어갔다. 이번에는 오전과 달리 손목에 수쇄를 잠그지 않는다. 가방 안에서 20매 정도의 규격지와 원주필 하나를 꺼내주면서 자백서를 쓰라는 것이다. 자백서의 결백성을 강조하면서 그렇지 못할 때에는 강한 타격을 받을 수 있다는 경고까지 하고 나서, 그자는 사무실 출입문을 닫고 밖에서 자물쇠를 잠그고 어디론가 가 버렸다.

사무실에 혼자 남은 나는 우선 여기서 빠져나갈 구멍수가 없겠는가를 살폈다. 사무실은 북쪽 방향으로 두 개의 창문이 있는데, 창문 밖으로 모두 쇠살창 하였으며, 동서 방향은 모두 옹근 면이 벽체 면으로 되었다. 남쪽 방향으로는 출입문 하나를 방금 자물쇠로 잠갔고, 다른 창문 하나는 쇠살창 되어 있었다. 어느 쪽으로나 빠져나갈 수 있는 요소는 한 곳도 없었다.

나는 생각을 더듬으며 규격지 첫 머리에 크게 '자백서'라고 쓰고는 다음 아래 줄부터 탈북 동기와 월경 과정에 대하여 쓰기 시작하였다. 오전에 구두 심문으로 대답한 그대로 써 내려갔다. 모두가 거짓으로 다듬어진 문장이다. 내가 연길에서 생활한 내용은 하나도 없었다. 더욱이 온 가족이 함께 넘어온 사연에 대해서는 일절 언급하지 않았다. 나 혼자서 안해를 찾기 위해서 월경했다는 한 가지 사실만으로 엮어 내려갔다.

1998년 7월 30일 집을 떠난 날부터 시작하여 글을 쓰자니 20여 매의 종이를 쓰게 되었다. 나는 30여 년이나 종이를 생산하는 공장에서 복무하다 보니 글 쓰는 용지만은 비교적 괜찮은 것으로 사용했다. 그런데 지금 회령시 보위부에서 주는 종이에 글을 쓰자니 품질이 나빠 전혀 글이 되질 않는다. 표백 처리도 하지 않은 시커먼 종이인 데다가 지면이 고르지 못하고 드문드문 종이 면에 구멍이 뚫어져 있고, 종이 원료가 잘 고해되지 않아 단섬유 뭉치가 그대로 붙어있어 신경질이 날 지경이다. 지금 북조선에서는 정치보위원들조차 이런 마분지 같은 터실터실한 미표백 지면에 글을 쓰는 형편이니 학생이나 일반 서민은 글 쓸 종이조차 변변히 얻어 쓰기 어려운 형편이다.

인민학교 학생과 중학생, 대학생도 학습장이 없어 글을 못 쓰며, 연필로 글을 쓴 인민학교 학생의 다 써버린 학습장 위에 중학교 학생이 잉크로 글을 쓰는 실정이다.

나는 저녁 어두워질 때까지 부지런히 손을 놀려 자백서를 그럴 듯하게 만들어 내놓았다. 오후 늦어서야 보위원이 출입문 자물쇠를 열고 들어와 자백서를 보자는 것이다. 그자는 대충 몇 자를 읽어 보더니 자기의 서류 가방 안에 넣으려다가 다시 아까 작성한 나의 리력 문건을 내놓으면서 엄지손가락 도장을 찍으라는 것이다. 그리고 자백서에도 매 장마다 맨 아래 부분에 엄지손가락 도장을 찍게 하였다. 손가락 도장 찍기가 끝난 후 문서를 자기 가방에 넣고 나를 보위부 지하 감방에 다시 처넣는 것이었다.

저녁 7시가 지나니 또 저녁 식사가 감방으로 들어왔다.

땅땅한 옥수수밥 가마치에 건더기 하나 없는 맹물 같은 시래기 죽을 퍼 담은 도자기 국사발 하나씩 차려진다. 나는 식사라는 것이 맛도 없거니와 이미 결심한 대로 감옥에서 고통을 받으면서 목숨을 붙어 살기보다 차라리 10여 일간 물 한 모금, 밥 한 숟가락도 먹지 아니하고 단식하다가 죽어 버리는 것이 가장 편안한 길이라고 생각하고 있었다. 그랬기에 이날 저녁은 전혀 먹지 않고 단식하였다.

악취 나는 지하 감방에서 지루한 하룻밤을 보내고 새날이 시작되었다. 일과는 어제와 꼭 같이 진행된다. 아침 9시가 되자 담당 보위지도원은 나를 호출한다. 나는 보위지도원실에 갔다. 거기서 수쇠가 채워졌으며 보위원의 두 발과 두 주먹의 연속 강타가 안겨진다. 한참 두들겨 패던 보위원은 나를 쏘아보면서 지껄인다.

"여보, 당신은 지금 우리를 속이고 있구만. 내 어제 당신이 쓴 자백서를 읽어보니 우리가 알고 있는 내용과 전혀 다르단 말이야. 우리가 중국 변방대에 전화를 걸어서 다 알아 보았는데, 당신 자료가 그렇지 않더라구. 정녕 솔직히 나오지 않으면 내가 직접 중국의 해당 지역에 가서 확인해 보고 오겠다. 우리는 당일에 려행 증명서를 내서 변방대에 임의의 순간에 다녀올 수 있고, 전화도 임의로 통화할 수 있다는 것을 알고 시끄러움을 당하지 않으려거든 처음부터 솔직하게 다 쓰라는 것이다."

나는 그자의 속궁리를 빤히 들여다볼 수 있었다. 나를 어떻게 하나 얼려 넘겨 자기의 의도대로 유도해 보려는 어리석은 시도를 꾸민다는 것을 모를 내가 아니다.

나는 내가 쓴 자백서 내용의 진실성을 계속 강조하였으며, 거기에 반영된 내용 외에는 그 어떤 다른 내용이 없다는 것을 강경히 주장했다. 나의 흔들리지 않는 주견에 악의를 품은 보위원은 또다시 어제처럼 마구 때리기 시작했다.

"야, 이 개새끼야, 다 알고 묻는데도 거짓말이냐! 네가 죽어봐야 알겠냐!" 하면서 연방 양쪽 뺨을 후려치는 것이다. 아랫도리에 마구 발길질하는가 하면 가슴 부위와 상체의 어느 곳이나 할 것 없이 닥치는 대로 주먹 타격을 련속 들이댔다. 한참이나 주먹질하더니 또 나무 몽둥이로 머리 부위부터 상체, 하체 할 것 없이 아무 데나 닥치는 대로 방망이질을 하고서는 조용해지더니 다시 20여 매의 규격지와 원주필을 꺼내주면서 자백서를 다시 쓰라는 것이다.

"자, 이 종이에 다시 정확한 자백서를 써라. 이번에도 정확히 나오지 않을 때에는 가만 놔두지 않겠다. 똑똑한 정신으로 분별 있게 행동하라."

그렇게 위협하면서 자백서 재필을 요구했다. 나는 그날 하루 종일 또 자백서를 서술하였다. 어제 것과 조금도 차이가 없이 그대로 꼭 같이 서술하였다. 마지막 부분에서는 이것이 진실이라는 것을 여러 번 강조하여 썼다.

저녁이 되어 나는 또 지하 감방에 갇혔다. 매끼마다 단식하면서 2일간 더 이곳 회령시 정치보위부 감방에 감금되어 있었다. 이리하여 8월 17일 오후부터 8월 21일 오후 5시까지 회령시 정치보위부 지하 감방 속에서 보위지도원들의 취조를 받으면서 조선에서 첫 시련의 감방 생활을 시작했다. 이 며칠 기간에 받은 구타 상처로 나의 건강 상태는 나빠지기 시작했다. 그러면서 프롤레타리아 독재 정권의 비인간적 전횡에 대한 깊은 리해가 이루어졌다. 그들의 인권 유린, 인권 침해상을 직접 체험으로 리해할 수 있었다.

한편 자신의 정신 사상적 반항심이 커 가고 만행에 대한 저항력이 강화되는 획기적 계기가 되었다. 내가 회령시 정치보위 기관에 감금된 4일간의 기간에 한 감방 안에 같이 있는 죄수들도 여러 차례 각이한 보위지도원들에게 불려나가 취조 당하였다. 옆방에 갇힌 여죄수들도 자주 심문 당하였으며, 감방에 되돌아와서는 죄 없는 사람을 강박하는 보위부 처사를 절규하고 있었다.

시정치보위부는 중국 월경자들에 대하여 여러 부류로 분류하였다. 즉 이런 식이다. 보위부 대상과 안전부 대상 죄수로 갈라놓는다. 중국 체류기간과 본인들의 정신적 준비 정도, 교육받은 정도, 사회적 지위와 가정환경, 연령, 생활환경 등 사회생활의 모든 조건과 환경을 고려하여 보위부 처리 대상과 안전부 취급 대상으로 분류하는 것이었다.

엄중하다고 보는 대상은 보위부 대상으로 하여 정치범수용소와 같은 영원히 인간 세상과 격리된 동물적 생활 초소로 보낸다. 이들은 수용소에 끌려가 영원히 인간 세상에 나올 수 없다. 그 속에서 짐승처럼 강제 로동과 몽둥이 압제 속에서 살며, 살아가는 데 필요한 모든 것을 자체로 어렵게 얻어내며 살다가 그 속에서 죽어야 하며, 죽어서도 짐승처럼 처리되는 사람들이다. 이들을 가리켜 보위부 대상이라고 한다. 그것은 보위부가 이들의 운명 처리를 집행하기 때문이다.

다음으로 안전부 대상으로는 그 범죄 범위가 보위부 대상보다 가볍다고 인정되는 대상들이다. 회령시 검찰소가 예심을 하여 재판소에 넘겨 재판하여 교화소에 보내는 사람들이 여기에 속한다. 이들은 여러 달 동안 회령시 안전부에 구류되어 있으면서 무서운 고문과 예심을 당하여 폐인이 다 된 다음 재판 받고, 대체로 함경북도 전거리교화소에서 징역 생활을 하게 된다.

다음으로 범죄 규모와 내용에 따라 함경남도 영광군에 있는 55호 교양소에 보내는 대상과 모든 지방에 다 존재해 있는 10호 강제로동교양소에 보내는 대상으로 갈라놓는다.

55호 교양소 대상과 10호 강제로동교양소 대상은 안전부 소관으로 처리된다. 나는 과연 어느 대상으로 처리하려는 것인가 하는 생각으로 나의 신경은 예민하게 그들을 주시하였다. 운명이 가리키는 대로 기다려 보는 수밖에 다른 방도가 없었다.

회령시 안전부 감방으로

1999년 8월 21일 오후 5시경이다.

어두컴컴한 회령시 보위부 지하 감방 안에 맥없이 쓰러져 있었다. 철커덕거리는 철창문 자물쇠 여는 소리가 들리더니, 국방색 난방 샤쓰를 입은 키 작은 보위지도원 하나가 나타나면서 나더러 나오라고 한다. 개구멍 같은 철창문을 기어 나온 나는 감방 복도에 서서 보위지도원 앞에 머리 숙인 채 굳어져 있다.

"두 손 내밀어!"

경멸에 찬 보위원의 호령소리가 끝나기 바쁘게 주먹 쥔 두 손을 그자 앞에 내밀었다. 그는 익숙한 솜씨로 순식간에 나의 두 손목을 수쇠로 잠근다. 어디론가 호송하려는 의도가 보인다. 감방 안에 함께 있던 죄수들은 숨죽이고 나의 호송을 지켜본다.

"걸엇!"

보위원은 소리친다. 그러면서 나의 엉덩이를 흙 묻은 구둣발로 힘껏 찬다. 나는 그가 가리키는 대로 골목길을 빠져나온 다음 시내 중심 도로를 따라 걸어갔다. 걸으면서 생각했다. 회령시 보위부 지하 감방에 함께 있던 죄수들은 모두가 1개월부터 2개월 이상 갇혀 있었다던데 나는 왜 4일 만에 다른 곳으로 호송하는 것인가? 아마도 그들은 중범죄를 진 사람들이거나 자신이 저지른 범죄에 대해 미처 해명하지 못한 모양이다. 그가 이끄는 대로 갔더니 그곳은 회령시 안전부 감방이었다. 나는 보위부 감방에서 안전부 감방으로 넘어온 것이다.

회령시 안전부 감방에 도착한 것은 이날 저녁 6시경이다. 정치보위원은 인계 문건 1매와 함께 나를 시안전부 감독인 안전원 특사에게 인계한 후 손목에서 수쇠를 풀어주고 제 갈 데로 가버렸다.

30대 나이의 젊은 안전원 특사는 나를 데리고 안전부 감방 입구에 달린 조그마한 방으로 가더니, 두툼한 장부책을 꺼내놓고 나의 이름과 성별, 연령, 당별, 직장, 거주지 등을 기록한다. 그리고 그 장부책에 나의 손가락 도장을 찍게 한다. 이 일이 끝나자 특사는 장부책을 제자리에 꽂은 후 나더러 한 발 물러서서 차렷 자세를 취하라고 한다. 금시까지 상냥하게 보이던 젊은 특사는 나와 마주서더니 불의에 사나워지면서 말한다.

"야, 이놈아, 중국에 가 있는 동안 좋았댔지!" 하더니 나의 두 뺨을 사정없이 후려 갈겨댔다. 눈에 불이 번쩍 일어나는 감을 느꼈다. 나는 나도 모르게 "앗!" 하고 비명을 질렀다.

"야, 이 새끼야, 옷을 몽땅 벗어라!"

삿대질하며 으르렁대는 그의 광기는 이만저만이 아니었다. 죄수를 다루는 감독 놈들은 다 수인을 이렇게 맞이하는가 보다 하고 생각하면서 그가 시키는 대로 웃옷부터 하나하나 벗기 시작했다. 맨 처음 와이셔츠를 벗고, 그 다음 춘추 내의와 런닝구를 벗었다. 계속하여 아랫바지와 속에 입은 잠옷바지를 벗고 제자리에 곧게 서 있었다. 마주 서 있던 안전원 특사 놈은 눈알을 부라리면서 소리쳤다.

"야, 이 새끼야, 빤쓰까지 몽땅 벗으란 말이야."

또 한 대 후려친다. 나는 속옷까지 다 벗어놓고 순수 알몸뚱이로 특사 놈과 마주보고 서서 두 손바닥으로 아래 중심부를 가린 채 섰다. 신발과 양말도 다 벗어 버렸다. 놈은 나더러 두 손을 머리 위로 높이 쳐들라고 하였다.

"뒤로 돌앗! 벽에 붙어서 무릎 꿇고 앉앗!"

군대식 명령조로 호령한다. 나는 완전 나체 상태로 두 손을 하늘 높이 쳐들고 벽을 향해 콘크리트 바닥 위에 무릎 꿇고 앉았다. 특사 놈은 나의 옷을 하나하나 주워서 단추며 호크며, 지퍼 등 일체 쇠붙이를 다 떼어버리고 호주머니 안에 있는 손수건과 휴지 등 일체 사품을 다 털어냈다. 속옷의 고무줄 끈까지 다 빼버리는 것이다.

그는 일을 끝낸 후 벽과 마주 앉은 나의 엉덩이를 힘껏 걷어찼다.

"일어나 옷 입엇!"

나는 벗었던 옷을 다시 하나하나 주워입고 맨발로 콘크리트 바닥 위에 서서 아래로 저절로 내려지는 바지 앞섶을 두 손으로 걸어 쥐고 다음 지시를 기다린다.

그는 나를 데리고 감방으로 간다. 첫 번째 감방 앞에 멈춘 그가 감방 안에 대고 소리친다.

"1호 감방!"

"옛!"

절도 있는 대답소리다. 특사 놈은 다시 소리친다.

"1호 감방 몇 개인가?"

"1호 감방 아홉 명입니다."

"2호 감방 몇 개인가?"

"2호 감방 여덟 명입니다."

"3호 감방 몇 개인가?"

"3호 감방 일곱 명입니다."

특사 놈은 마치 물건 짝 개수 헤아리듯 죄수들의 인원을 확인한다. 감방 안 죄수반장들의 대답을 다 듣고 난 특사는 나를 데리고 감방 뒤 복도를 통하여 3호 감방으로 가자고 했다. 내가 3호 감방을 향해 걸음을 옮기려는데, 불의에 놈은 주먹으로 나의 뒤통수를 힘껏 족쳐대며 말한다.

"이 새끼야, 대가리 숙이고 걸어!"

나는 그가 하라는 대로 머리를 숙이고 감방 뒤 복도를 걸어 3호 감방 출입구 앞에 멈춰 섰다.

"너는 이제부터 3호 감방 57번이다. 알았는가?"

"예, 알겠습니다."

나의 대답이 끝나자 그가 다시 묻는다.

"너 몇 번이냐?"

"3호 감방 57번입니다."

그렇게 대답하니 "좋아!"라고 외친다. 그러더니 개구멍만 한 철창문을 열어준다. 나는 비좁은 문으로 기어서 감방 안으로 들어갔다. 머리를 들이밀면서 안을 살펴보니 양쪽 벽으로 죄수들이 질도 있게 앉아 있고 감방 중심으로 공간 통로가 나 있었다. 내가 그 중심 통로를 통해 감방 안으로 들어가려는데, 죄수들이 동시에 "날아 들어가라!"라고 합창으로 소리치면서 첫 번째 앉은 죄수부터 나를 주먹으로 한 대씩 때리기 시작했다. 내가 맨 앞으로 기어나갈 때까지 일곱 명이 모두 주먹 매질을 해대는 것이었다. 어리둥절한 나는 기가 꺾여 어쩔 바를 모르고 있다. 이때 수인 하나가 나에게 맨 앞자리에 나가 앉으라고 한다. 정신없이 앞을 보면서 앞자리로 기어나가는데 또 다른 수인이 나의 머리를 주먹으로 내리치는 것이다.

"이놈아, 대가리 숙여라!"

나는 머리를 수그리고 맨 앞자리까지 나갔다. 그리고는 감방 맨 앞자리 왼쪽에 앉았다.

안전원 특사 놈은 뒤 철창 출입문을 자물쇠로 잠그고 앞 복도 철창 앞으로 오더니 감방 안 죄수반장을 향해 소리쳤다.

"신자에게 학습 주라고!"

그렇게 말하고는 제 갈 길을 갔다. 감방 안 죄수반장은 나에게 학습을 준다. 특사 놈이 말하는 학습이란 이런 것이다.

감방 안에서 일체 말하거나 담배 피우거나 제 맘대로 행동해서는 안 된다는 것이다. 반듯하게 올방자를 틀고 앉아 두 손은 가볍게 주먹 쥐고 무릎 위에 올려놓아야 하며 허리는 앞으로 구부려야 한다. 머리는 숙이며 안전원 선생님 얼굴을 절대 보아서는 안 된다. 선생님이 호출할 때에는 반드시 철창가에 나가서 무릎 꿇고 앉아 머리를 숙인 상태로 "옛! 3호 감방 57번입니다"라고 씩씩하게 군대식으로 대답해야 한다고 한다.

생활상 제기되는 문제가 있으면 철창가 중심 위치에 나가 무릎 꿇고 앉아서 머리를 숙인 상태로 오른손 주먹을 가볍게 쥐고 머리 부위까지 올린다. 그 상태에서 "선생님, 3호 감방 57번 제기할 수 있습니까?"라고 묻는다. 선생님의 응답에는 반드시 "알았습니다!"라고 대답하여야 한다는 것이다. 대소변 볼 때에는 반드시 "선생님, 제기할 수 있습니까?"라고 묻고, 선생님이 "뭐야!"라고 해야만 "선생님 대변 볼 수 있습니까?"라고 말해야 한다. 선생님이 "보라" 하면 "예, 알았습니다"라고 대답한 후 움직일 것이며 선생님의 허락이 없을 때는 절대로 대소변을 못 본다는 것이다.

또 안전부 일꾼들이 '죄인'을 감방 밖으로 호출할 때에는 선생님이 감방 앞에 와서 "3호 감방 57번 뒤에 붙으라!"라고 한다는 것이다. 그러면 뒤에까지 기어가 엉덩이부터 내밀면서 뒤 복도로 나가야 하며 일단 복도에 나가서는 허리를 90도로 굽히고 배는 무릎에 붙이고 머리는 바닥을 향한 상태로 걸어야 한다는 것이다.

이렇게 말로 설명한 다음 몇 번 실제 행동으로 연습하였다. 처음 해보는 언행이다 보니 말도 행동도 제대로 되지 않고 어색하였다. 그랬더니 감방 안 죄수반장은 나에게 주먹세례 몇 대를 안기더니 이것을 잘 지키지 않을 경우에는 본인뿐만 아니라 감방 내 모든 죄수가 집체 처벌을 받는다고 주의를 주는 것이다. 나는 몇 번이나 반복 연습해서야 제대로 표현할 수 있었다. 감방 규율 학습을 다 받은 후 약간 긴장이 풀리자 자리에 규정대로 앉아 자리 지킴하게 되었다.

회령시 안전부 감방은 1호 감방부터 10호 감방까지 있었다. 매개 감방은 너비 2m, 길이 4m이고, 감방의 좌우와 앞 뒤, 즉 감방 주위는 1.5m 너비를 가진 복도로 둘러싸여 있다. 복도 바깥벽에는 4m 정도 간격으로 창문이 나 있었다. 매개 감방은 앞 복도 쪽에 2.5cm의 철근을 10cm 간격으로 견고하게 쇠살창 하였고, 감옥 감독(안전원)은 앞 복도를 오가면서 수인들을 통제한다.

감방의 뒤 벽에는 너비 40cm, 높이 60cm의 철판 문이 있고, 그 문으로 죄인들이 기어서 드나들 수 있게 되었다. 뒷벽 구석진 위치에 도자기 변기를 설치하였고, 변기 위에는 항시적으로 변기 세척수가 흐르게 되었다. 앞뒤 복도 천정에는 두세 개의 조명 전등이 설치되었다. 바닥은 널마루이고, 천정은 판부재 구조로 되어 있다. 자주 정전되는 나라답게 감옥 안은 늘 어두컴컴하고 변기 세척수는 나오지 않아 악취는 항시적으로 감방 안을 오염시키고 있다.

매개 감방 안에는 죄수 7~9명으로 언제나 만원이다. 1호 감방부터 6호 감방까지는 남자 수인들이 들었고, 나머지 호실에는 여자 수인들이 들어 있었다. 매개 감방 안에는 '핵심 죄수'로 감방호실 내 죄수반장이 선정되어 있었다. 전체 수감자들을 안전원 특사 3명이 8시간 교대제로 매 교대 1명씩 근무하여 감독 통제하며, 안전원 중위가 구류소 책임자로 복무하고 있었다.

내가 회령시 안전부 감방에 들어갔을 때에는 죄수들이 80명 가까이 감금되어 있었다. 죄수들의 인원은 고정돼 있지 않다. 매일 또는 며칠에 한 번씩 한 명 또는 여러 명씩 새 죄수가 입소하는가 하면, 또 퇴소하여 '상급학교'에 호송되기도 한다. 내가 들어간 3호 감방은 7명의 죄수가 있던 것이 내가 보충되어 8명이 되었다. 다른 감방에도 7명부터 9명까지 들어 있었다. 대체로 20대 나이의 청년들로부터 30대, 40대 중년이 많았으며, 50대와 60대 나이의 늙은이들도 더러 있었다.

3호 감방 8명 죄수들 중에서 1명은 밀가루 도적으로 잡혀 들어왔고, 또 다른 1명은 술 먹고 사람을 구타하여 구류된 자이고, 나머지 6명은 모두 중국 국경 월경자들이다. 월경자 6명 중 3명은 보위부 취급 대상이라면서 임의의 순간에 정치범수용소로 실려간다는 것이다. 그들 3명은 모두 30대 나이의 청장년들인데, 부부가 월경하였다가 함께 붙잡혀 들어온 사람들이었다.

이 세 사람의 여편네들은 7호 감방에 갇혀 있다. 보위부 대상 3명을 제외한 나머지 3명은 안전부 취급 대상이다. 그들은 회령시 검찰소의 예심 결과에 따라 재판소 판결을 받고 전거리교화소에 가서 징역형을 받던가, 좀 경한 죄라면 55호 교양소나 10호 교양소 대상으로 분류되어 강제 로동을 당해야 한다고 한다.

1호 감방부터 10호 감방까지 종합적 범죄자 구성을 보면 전체 수감자 80명 중에서 도적죄 1명, 구타죄 1명, 과수원에서 경비 서면서 사과 도적을 잡아 구타하여 죽인 죄 2명, 뜨락또르(트랙터) 운전수로 일하다 어린애를 깔아 죽인 죄 1명, 즉 일반범죄 5명이다. 나머지 인원은 모두 중국 국경 월경죄로 붙들려 온 사람들이 었다. 월경자 대부분이 회령 사람들이었고, 타 도나 타 시군 사람들은 얼마 되지 않았다.

내가 입소한 3호 감방 수인들 중 가장 오래된 사람은 4월에 들어온 사람이었다. 나머지는 5월과 6월, 7월에 입소한 사람들로 구성되어 있었다. 이들 모두는 하루빨리 판결을 받고 이곳 안전부 감방을 떠나기를 손꼽아 기다리고 있다. 그만큼 안전부 감방 생활이 어려웠기 때문인 것이다.

내가 여기 8월 21일 저녁 수감된 이후에도 새로 입소된 사람이 여러 명 되었으며 다른 곳에 호송된 사람도 여러 명이나 되었다. 3호 감방뿐 아니라 다른 감방 호실에도 보위부 대상과 안전부 대상 죄인 수가 비슷한 비례로 들어 있었다. 내가 안전부 감방에 감금된 기간에만도 여러 명이 판결 받았으며, 감옥으로 떠나곤 하였다. 8월 25일 3호 감방의 최 씨(39살)는 3차에 걸쳐 중국 국경을 월경한 죄로 15년 형기를 언도 받았으며, 2호 감방의 27살 청년은 이날 13년의 형기를 언도 받고 감방으로 되돌아왔다. 10일의 상소 기간이 지나면 이들은 함북도 회령시 전거리교화소로 떠나간다.

정치보위부 취급 대상 죄인들은 재판도 없이 임의의 시간에 정치범수용소로 실려 가 거기서 영원히 인간 세상과 격리되어 마소와 같은 강제적인 노예 로동으로 인생을 종말한다.

감방에 감금된 죄수들은 하루빨리 감옥이나 강제로동교양소, 또는 정치범수용소로 후송될 것을 한결같이 바라고 있다. 그것은 안전부 감방에서의 억류된 일과생활이 너무나도 어렵고 힘들기 때문이다. 나 역시 하루속히 죽음의 바다 속에라도 가고픈 마음을 달랠 수 없었다.

감방 안에서의 하루 일과는 아침 6시부터 시작된다. 선생님은 정각 6시에 기상 구령을 내린다. 기상 구령이 내려지면 수인들은 재빠른 동작으로 일어나야 하며 곧 감방 안을 깨끗이 청소하고 정돈해야 한다. 6시 30분까지 감방 안 청소를 하며 뒤도 보고 중요하게는 이 잡이를 하며 가벼운 운동도 한다.

6시 30분에 선생님이 구령을 외친다.

"제자리에 바로 앉으랏!"

구령과 함께 감방 안의 제정된 자기 자리에 두 줄로 열을 지어 허리는 앞으로 구부리고 머리는 수그린 채 부동 상태로 앉아 있어야 한다. 조금이라도 움직이거나 자세가 틀리면 엄한 처벌이 가해짐으로 꼼짝도 못하고 부동 상태가 돼 있어야 한다. 7시 30분이 되면 아침 식사가 시작된다. 선생님이 "밥 먹을 준비하라!"라고 말하면 전체 수감자들은 동시에 "알았습니다"라고 소리 높여 외친다. 이때 합창 소리가 약하거나 소리가 맞지 않으면 수십 번이나 반복하게 한다.

죄수들은 합창과 함께 두 줄로 서로 마주 본 채 두 발은 방바닥에 붙이고 엉덩이는 방바닥에 닿아서도 안 되며 두 손은 발등을 짚고 머리는 수그린 상태로 밥이 오기를 기다린다. 감방 급식 조달원이 1호 감방부터 10호 감방까지 전체 인원에 해당하는 밥그릇을 감방마다 들여보내면 모든 수인들 앞에 밥그릇이 놓이게 된다.

감방객들에게 밥그릇이 차려진 다음 선생님은 이들에게 "먹으라!" 하고 구령 내린다. 이때 전체 수인들은 선생님을 향하여 "식사합시다"라고 합창으로 외친다. 이때도 역시 소리가 약하거나 합창이 잘 되지 않으면 몇 번이고 반복한다. 또 선생님이 "먹으라!"라는 구령을 내리기 전에 자유주의적으로 먼저 밥을 조금이라도 먹거나 자세를 어기는 경우에는 개별적 또는 집단적으로 어려운 처벌을 받거나 밥그릇을 빼앗긴다.

수인들의 밥은 말이 밥이지 사실상 짐승 사료와 같다. 쭈그렁 강냉이와 미숙 강냉이를 대강 타개한 불량한 강냉이 싸래기를 삶은 것에 건더기 한 잎도 없는 배추 국물을 알루미늄 식기에 섞어 담은 것을 그대로 준다. 국이라는 것이 소금도 넣지 않은 맹물 국으로 슴슴해서 먹기가 매우 메스껍다. 무더운 여름이라 주방 칸에 파리약을 친 모양이다. 싸라기 강냉이 범벅에 맹물 같은 배추 국물을 섞은 알루미늄 식기 속에는 죽은 파리가 늘 10여 마리나 떠 있으니 짐승 사료와 다른 게 하나도 없다.

숟가락은 모두 자루를 잘라 버렸기 때문에 자루 없는 숟가락으로 밥 아닌 밥을 떠서 입 안에 넣는다. 그것마저도 량이 매우 적다. 자그마한 알루미늄 식기 밑굽에 담은 적은 량의 거친 사료용 순강냉이 밥은 수인들의 허기진 배를 채울 수 없었다. 몇 달씩이나 감방 안에서 배고픔에 시달린 죄수들은 대부분 영양실조가 오고 햇빛조차 보지 못하여 핏기 없는 낯으로 맥없이 쇠살창을 향해 불쌍하게 앉아 있다.

회령 시내 가까운 곳에 집이 있는 죄수들은 이따금씩 가정에서 면식(사식)을 가져온다. 해당되는 죄수는 면식 먹으러 호출되어 뒤 복도에 나간다. 복도에서 면식을 찾아 먹고 감방에 다시 들어온다. 면식 먹는 죄수는 면식 가지고 온 자기 집 가족과 면회도 안 된다. 면식 가지고 온 가족은 감방 건물 밖에서 면식만 선생님에게 넘겨주고 수인이 면식 식사 끝날 때까지 기다렸다가 퇴식한 후 빈 그릇을 선생님에게 받아 제 집으로 돌아간다. 어떤 경우에는 면식 가지고 오는 사람이 면식과 함께 선생님에게도 여러 가지 뇌물을 가지고 온다. 그들은 선생님께 뇌물을 섬기면서 죄수와의 면회를 요구한다. 뇌물 받은 선생님은 그들의 면회를 눈감아준다.

또 어떤 경우에는 선생님이 면식을 인계받아 면식 검열을 한다. 면식 속에 포함된 맛나고 좋은 음식을 슬쩍 꺼내 먹어버릴 때도 있어 수인들의 웃음거리가 되는 경우도 자주 보게 된다. 그런 일 때문에 죄수가 불평했다 하여 선생님은 애매한 죄수에게 매질과 고통을 주며 보복과 압력을 가하는 현상도 종종 목격하게 된다. 그러므로 선생님에게 맛난 식료품을 떼인 죄수는 사연을 크게 공개하지 않고 감방 안에서 조용히 웃음거리로 이야기하곤 한다. 대체로 회령시 주변 사람들은 감방에 갇힌 혈육의 생명을 구원하기 위하여 자주 면식을 가져오는 경우가 있으나, 타 시군이나 타 도에서 온 감금된 자들은 면식 오는 경우가 없으므로 영양실조에 걸리는 비율이 회령시 사람들보다 매우 높다.

내가 시안전부 감방에 구류돼 있는 기간에 선생님들의 면식품

채 먹기 비행 때문에 애매한 수인들이 감투를 쓰고 매 맞고 피 터지는 참상을 자주 목격하게 되었다.

나는 시정치보위부에서 초기 심문을 당할 때 어려운 고문과 고통을 당하기보다 차라리 며칠간 단식하여 죽어버리려는 결심을 하였다. 그러나 수차 고문을 받고 어려움을 이겨내는 과정에서 의지가 강해지면서, 어찌하나 살아서 기회를 보아 감방에서 탈출하여 복수라도 하고픈 마음이 강하게 작용하게 되었다. 시안전부 감방 생활이 시작되면서부터는 억지로라도 식미를 돋우어 짝강냉이밥에 죽은 파리가 섞인 것일지라도 먹고 생명을 유지하면서, 절호의 기회가 생기면 탈출하여 복수하리라는 마음상 의지가 강철같이 굳어지게 되었다.

그리하여 안전부 감방에서 주는 짐승 사료 같은 때식을 조금씩이라도 먹기에 애쓰게 되었다. 그러나 처음 며칠은 매번 끼니를 다 먹을 수 없었다. 조금 먹었는데도 배가 아프고, 강한 설사가 나고, 온몸이 불편하였다.

처음에는 매끼 몇 숟가락씩만 먹었으며, 날이 가면서 점차 조금씩 더 먹는 방법으로 식사 조절을 진행하였다. 내가 먹다 남은 음식은 옆에 앉은 죄수가 날쌔게 가져다가 먹어 치우곤 한다. 이렇게 5~6일 지나니 배가 너무 고파났다. 매끼마다 거친 밥을 다 먹어도 허기가 차서 맥을 추지 못하는 정도가 되었다. 감방 안의 모든 수인들은 적은 량의 거친 강냉이밥을 먹으며 배고픈 설움을 안고 끊임없이 폐인으로 변질돼 가는 것이 오늘 북조선 감방 구류장의 생활 모습이다.

감방 안에 새 죄수가 들어올 때마다 매 교대 선생님들은 신자를 일으켜 세웠다. 그들 각 개인에게 범죄 내용과 살아 온 경위, 주소와 가정 형편 등 이것저것 물어보곤 했다. 그저 심심풀이로 하는 일이었다. 내가 안전부 감방에 입소한 두 번째 날이었다. 저녁 교대에 나온 안전원 특사가 초면인 나를 보더니 쇠살창 너머 복도에 서서 물었다.

"너 언제 들어왔어?"

나는 쇠살창 앞에 나가 무릎 꿇고 앉아서 머리를 수그린 상태에서 대답했다.

"3호 감방 57번입니다. 어제 저녁에 들어왔습니다."

"무슨 죄로 들어왔어?"

"월경죄입니다."

"중국에 갔댔는가?"

"예, 그렇습니다."

"중국 어디에 갔어?"

"화룡에 갔습니다."

"화룡에는 누가 있나?"

"친척이 있습니다."

"야, 이 개새끼야, 친척이 있는 걸 누가 몰라서 묻냐. 어떻게 되는 친척이 있는가 말이다."

불의에 꽥 소리 지르며 돌변했다. 그자의 기상에서 수인들을 무자비하게 억류하며 인권 유린하는 사회안전 일꾼이라는 자들의 건방지고 무례한 행위를 똑똑히 엿볼 수 있었다. 몰상식하게도 그자가 매우 큰 소리를 지르는 순간, 나의 심장은 놀랐다. 감방 내 죄수들도 모두 깜짝 놀라는 기색이었다.

"4촌 처남네가 있습니다."

나는 공손히 대답했다.

"너 집은 어데냐?"

"길주군 영북구입니다."

"직장 직위는?"

"길주팔프련합기업소 설계원입니다."

"집에는 누가 있는가?"

"안해와 딸 둘, 그리고 아들 하나 있습니다."

그는 끈질기게 이것저것 물어댔다.

"그래, 엠네와 아들딸들은 다 무슨 일 하는가?"

"저의 처는 병원에서 의사로 일하며, 맏딸은 군병원에서 간호원 합니다. 둘째 딸은 작년에 대학 졸업하고 교원으로 배치되었고, 막내아들은 중학교 학생입니다."

"그런데, 중국에는 왜 갔댔는가?"

"선생님께서도 아시다시피 지금 어디 로동자 사무원들에게 일을 해도 식량 배급이나 로임을 줍니까? 식량이 없고 돈이 없으니까 살기 위해서 중국에 구걸하러 떠났지요."

나는 특사가 묻는 데 대하여 마음 내키는 대로 대답했다. 그러나 안전원 특사는 싱거운 웃음을 지으며 말했다.

"영감태기! 너 같은 놈들이 있기 때문에 우리 안전원들이 고생한단 말이야. 네가 중국에 가서 편안히 잘 먹고 잘 살았으니 이제부터 그 후과 맛이 어떤가 봐라."

그러더니 나를 쇠창 앞에 일어서라고 했다. 나는 공손히 일어났다. 일어나자마자 그는 내게 대뜸 외쳤다.

"이제부터 좀 고생해 보아라! 뽐뿌 500번!"

어리둥절했다. 뽐뿌라니, 그게 뭔가. 나는 그자가 외치는 말뜻을 알 수 없었다. 그래서 그냥 쇠살창 앞에 우두커니 서 있었다. 그러자 죄수반장이 불의에 나의 뒤통수를 갈겼다.

"뽐뿌하라는데 왜 움직이지 않아."

그가 나한테 달려들어 행패질을 했다. 영문을 몰라 어리둥절해 있는 나를 휘어잡더니 그가 뽐뿌 시범 동작을 했다. 두 손을 올려 목의 뒷덜미 위에다 손깍지 끼고, 두 다리를 약간 벌린 상태에서 앉았다가 일어서는 동작을 반복했다. 나는 그가 시키는 대로 했다. 이때 선생님이 감방에 대고 소리쳤다.

"반장 셈 세기 하라. 동작 제대로 시키라."

죄수반장은 선생의 말이 떨어지자 셈 세기를 시작했다.

"하나, 둘, 셋…."

내가 앉았다가 일어나는 동작을 반장의 셈 세기 구령에 맞추어 하라고 했다. 나는 반장의 구령에 맞추어 뽐뿌질을 하였다. 셈 세기 속도가 얼마나 빠른지, 나는 반장의 구령 속도를 따라가지 못했다. 50개까지는 비교적 쉽게 뽐뿌했는데, 50개 넘어서부터는 점차 맥이 빠지고 숨소리가 높아졌다. 당연히 움직임 속도가 늦어지게 되었다. 죄수반장은 자기의 셈 세는 속도에 맞추지 않고 내 동작이 떠진다고 하면서 또다시 주먹 매 한 대를 안겨주었다.

도저히 셈 속도에 동작을 맞출 수 없었다. 120개 뽐뿌를 하니 숨이 탁탁 막히고 온몸이 땀투성이로 되고 속옷도 땀으로 푹 젖었다. 속도가 점점 늦어지니 선생님도 철창 앞에 서서 독촉을 해댄다. 그럭저럭 200개까지 동작하고는 그만 풀썩 주저앉고 말았다. 온몸은 땀으로 흥건히 젖었고 머리에서는 김이 문문 솟아올랐다. 선생님이란 자는 주저앉은 나를 보더니 죄수반장에게 말했다.

"야, 반장, 버릇 좀 고쳐 주어라!"

그러고선 다른 감방 쪽으로 가서 또 다른 수감자에게 생트집을 걸어 고통을 주었다. 선생님의 지령을 받은 반장은 나의 버릇을 고쳐 준다면서 세워놓고 한참 동안이나 주먹으로 치고 발로 차면서 야수성을 드러냈다. 이것이 바로 내가 시안전부 감방에 입소한 후 두 번째 날 받은 '감방 인사'였다.

안전원 특사복 차림을 한 선생님 셋이서 전체 감방 수인들을 다스리며 통제 감독한다. 그들 셋은 허리에 권총을 차고 한 교대한 명씩 근무하는데, 아침 8시와 오후 4시, 밤 12시에 교대한다.

중위복 차림의 선생님은 감방에 새로 입소되거나 또는 출감해 나가는 인원 관계를 장악했다. 아침 교대해 나온 특사 선생은 8시가 되면 죄수들에게 "제자리 바로 앉으라!" 하고 령을 내린다. 모든 수인은 감방 안에서 두 줄로 열을 지어 올방자 틀고 앉으며 두 손은 가볍게 주먹 쥐고 무릎 위에 올리고 허리 굽혀 머리를 수그린 채 쇠살창 방향으로 부동 상태로 앉아 있다. 조금이라도 말을 하거나 앉은 자세가 틀리는 경우에는 무서운 형벌이 가해진다. 선생님은 복도를 통해 1호 감방부터 10호 감방까지 오가며 죄수들을 감시하면서 모든 자유를 억제한다. 그러면서 이따금씩 허튼 소리도 하며 자기의 위세를 죄수들 앞에서 뽐낸다.

죄수들은 하루 종일 부동 상태로 앉아 있기가 너무나도 고통스럽다. 엉덩이가 아프고 다리가 저려나며, 허리와 목 부위가 뻣뻣해지면서 쑤셔난다. 때문에 감독이 보이지 않을 때에는 조금씩 움직이면서 고통을 조절한다. 간수들도 날마다 꼭 같은 동작을 반복하니 권태증을 앓는 모양이다. 누구나 자기 임무를 떠나서 자유주의 하는 때가 종종 있기 마련이다.

선생님이 오랜 시간 나타나지 않을 때에는 감방 죄수들도 자유주의 한다. 팔다리를 이리저리 움직이기도 하며 서로 가만가만 이야기도 주고받는다. 맨 앞줄에 앉은 죄수는 복도 앞을 경각성 있게 감시한다. 선생님이 나타나는 기미가 보이면 즉시 신호하여 전체 감방 성원들이 자세를 복귀한다. 간수도 죄수들의 이런 심리를 모를 리 없다. 그러므로 고양이 새끼처럼 발자국 소리를 죽여가면서 가만가만 불시에 나타나 규정을 어긴 현상을 발견하고서는 이루 다 말하기 어려울 정도로 고통을 준다.

선생님은 수인들에게 고통 주는 것을 자기 임무의 기쁨으로 하는 듯싶다. 규정을 어긴 개별 죄수나 또는 호실 전체 성원에 대해 뽐뿌 500개 형벌은 두말할 것도 없고, 쇠살창 사이로 손발을 내밀게 하고서는 쟁기나 구둣발로 여지없이 때리거나 밟고 차곤 한다. 어떤 때는 죄수들을 서로 마주 세워놓고 호상 간 때리기를 시키며, 필요에 따라서는 감방 안에서 죄수를 불러내 복도에서 수쇠를 채워놓고 반주검이 되게 때리며 굴리며 한다.

선생님은 커다란 몽둥이를 휘두르며 살창 안의 죄수를 향해 힘껏 때려준다. 그는 고통을 주기 위해 생트집을 자주 걸어온다. 임의의 수인을 선택해서는 일으켜 세워놓고 말한다. "네가 지은 죄에 대해 비판해보라"고 말이다. 수인은 죄과에 대하여 몇 마디 자기비판한다. 살기 어려워도 참고 견디지 못하고 중국에 건너간 것이 잘못이라고 자기비판을 한다. 그때마다 선생님은 공연히 트집을 잡는다. "그게 다냐"면서 마구 구타하는 식이다. 혹은 또 다른 죄수를 시켜 그를 구타하거나 고통을 준다. 감방 전체 성원에게 고통을 주고 싶으면 역시 생트집을 걸어서 못살게 군다.

"너 왜 줄 지어 앉은 게 그 모양이냐! 뒷사람과 줄이 비뚤어졌어. 전체 일어섯!"

이렇게 큰소리를 치며 냅다 뽐뿌 500개를 시킨다. 이런 식이다. 매일같이 개별과 집체적으로 육체적 고통과 정신적 고통을 안겨준다. 이따금씩 여성 감방에 가서도 생트집 걸어서 때리며 치며 하는 소동이 툭하면 일어난다. 안쓰러운 여인의 비명 소리가 감방 안의 공기를 스산하게 한다. 죄수에 관하여 안전원 선생님은 무제한적 처벌 권리를 가진 것이다. 선생님의 생각 여하에 따라 죄수들은 여지없이 농락당하며 인권이 유린되고 침해당한다.

하루에도 수십 차례씩 때리고 차고 굴리며 피 터지는 참상이 이 감방 속에서 가실 줄을 모른다. 안전원 선생님의 무제한 처벌과 억압 속에 짓눌리면서도, 그들의 처사와 전횡에 대해 호소할 수도 없고, 단죄할 수도 없는 감방 속 죄수들의 처참한 처지는 아마도 이 북조선의 감방에서만 존재하는 현실일 것이다. 하루 동안에 아침 먹고 점심 먹고 저녁 먹는 시간을 제외하고는, 종일 부동자세로 앉아 있으려니 다리가 경직되어 병신이 된다. 혹은 허약에 걸려 까무러치는 현상도 종종 보게 된다.

최소한의 자유도 없고 최소한의 인권도 없이, 모든 것이 유린 말살된 감방 죄수들의 칠성판 위의 운명은 오직 북조선 사회에서만 볼 수 있는 비참한 현실일 것이다.

우리들은 매일같이 영문도 모르고 까닭도 없이 매 맞아야 했다. 억울한 처벌을 당하고 짓밟히고, 피 흘리는 감방 생활에서 수인들의 가슴은 반항심으로 굳어진다. 죄를 씻고 개조되는 옥중 생활이 아니라 출감되는 날엔 너희들에게 복수하리라는 강한 의지를 키우는 학교로 죄수들은 가슴속 굳은 마음을 키워간다. 감방에서 수인들끼리 속삭인다.

"우리에게 무슨 죄가 있단 말인가! 살기 위해, 먹기 위해, 부모처자를 살리고 내가 살기 위해, 삶의 원천을 찾아 월경을 했고, 장사도 했고, 외국의 친척을 찾아간 것인데, 이게 왜 죄가 된단 말인가! 감방 안에 감금되어 죄수 밥 먹으며 살아야 할 자들은 바로 다름 아닌 정부와 당국자 너희들이다. 일을 해도 식량 배급을 주지 않았고, 로임도 주지 않으니, 백성들은 앉아서 죽으란 말인가! 정부와 당국이 우리에게 식량을 주고 돈을 주었더라면, 증명서와 여권을 주었더라면, 우리는 그런 비법 월경의 길을 걷지 않았을 것이며, 탈북 난민도 되지 않았을 것이다. 차라리 식량 배급 제도를 폐지하라. 주변 나라들처럼 경제 제도를 개방하라. 감방 생활은 너희들 몫이다…."

감방 안에서 죄수들 호상끼리 허물없이 하는 말이었다. 비좁은 감방 안 조용한 곳에서 죄수 동료끼리만 할 수 있는 공통된 말이다. 이 좁은 살창 안이 아닌 그 밖의 어느 공간에서든지 할 수 없는 이야기다. 자기 생각을 자기 입으로 말할 수 없는 세상, 자유로운 남의 말을 자기의 귀로 자유롭게 들을 수 없는 세상, 남의 좋은 것을 자기의 밝은 눈으로 자유롭게 볼 수 없는 세상, 이것이 오늘의 북조선이다. 아 세상이여, 자유의 공간은 이다지도 좁단 말인가!

　낮 12시가 되면 선생님이 밥 먹으라고 소리친다.

　그 소리에 수인들은 일제히 "알았습니다!" 하고 대답한다. 합창 소리와 함께 "먹으라!", "식사합시다!"의 시각에 고정된 소리가 합창되면 오후 1시까지 비교적 자유롭다. 이 시간에 수인들은 감방 안에서 가벼운 운동을 하고 대소변도 보며 간수가 점심 먹는 틈을 타서 낮은 목소리로 이야기도 주고받는다. 오후 1시가 되면 선생님이 제자리에 바로 앉으라고 지시한다. 그 소리와 함께 저녁 7시까지 또 부동 상태로 앉아 벙어리가 돼야 한다. 저녁 7시가 되면 짐승 사료와 같은 밥 아닌 밥으로 저녁 식사가 진행된다. 그후엔 실내 운동도 하며 비교적 가볍게 움직일 수 있다. 수인들에게 양칫물도 공급하지 않으므로 뒷벽 구석에 설치한 변기 세척수를 조심스레 받아서 양치질을 하며 목구멍 갈증도 가시게 한다.

　저녁 8시가 되면 또다시 명령한다. "제자리 바로 앉으라!" 하는 소름 끼치는 명령에 이어 밤 10시까지 부동 상태의 벙어리 시간이 계속된다. 이 시간 내내 심심해서 할 일 없는 선생님은 죄수들의 피고름을 짜낸다. 생트집 잡아서는 어려운 육체적 고통을 반복케 하거나 죄수 호상 간 두들겨 패게 한다. 선생님의 격술 동작을 뽐내는 연기 시간이다.

수인들에게 위세를 뽐내며 옆구리에 찬 권총을 높이 뽑아들고 말한다.

"이것은 개돼지 같은 너희들의 이마빼기를 구멍 뚫는 무기다."

그런 말을 하며 두 눈을 희뜩거린다. 눈 뜨고 차마 볼 수 없고 피가 거꾸로 흐르는 것과 같은 감정을 억지로 참고 그 꼴을 보기란 여간 어렵지 않다.

'네놈들이 위풍 세우며 날칠수록 나의 의지도 강철로 굳어지고 있다.'

머릿속으로 이렇게 되뇌이며 참고 견디는 나의 가슴은 터질 것만 같았다. 피곤한 수인들은 빨리 밤 10시가 되어 취침 시간이 되기만을 간절하게 기다린다. 고요한 꿈 세계에서 잠시나마 세상을 잊고 편안하기를 바라서다. 그러나 선생님들의 미욱한 놀음에 의하여 그것마저도 실현 못 된다. 선생님들은 가끔 밤 11시까지, 또는 자기 교대 근무가 끝나는 시간까지도 죄수들에게 괴로움과 고통을 준다. 처벌 동작을 반복시키는가 하면 집체적 형벌을 가하여 죄수들의 심리를 피곤하게 자극한다.

밤 10시가 되면 선생님은 수인들에게 외친다.

"잠잘 준비!"

"알았습니다!"

수인들은 일제히 목청껏 대답한다. 우렁찬 합창과 함께 감방

바닥에 앉는다. 머리 위치를 서로 엇바꿔 반대 방향으로 어깨를 나란히 붙이곤 일렬로 앉는다. 선생님은 잠시 후 다시 외친다.

"잠자라!"

"감사합니다!"

이번에도 모두 합창을 한 후 좁은 방 안에 빼곡히 드러눕는다. 일단 드러누우면 몸과 몸이 호상 빽빽이 한데 붙게 된다. 돌아눕기조차 어렵다. 심술 사나운 선생님이 곧 다시 구령을 외친다.

"기상!"

죄수들의 잠자기 동작이 너무 느리다고 생트집 잡는다. 이리하여 또다시 '잠잘 준비!' '잠자라!' '감사합니다!' '기상!' 동작이 수십 번이나 반복된다. 잠자는 동작의 반복 처벌로 금시 피곤에 쌓였던 졸음을 깡그리 몰아 버린다. 이렇게 수십 번 잠자기 동작으로 고통당한 후 어렵게 잠을 청한다. 하지만 금세 잠이 올 리 없다. 분통과 울분 때문에 밤새껏 잠을 이루지 못한다. 그러다가 새벽녘에야 겨우 잠들게 된다.

이 잡이와 꽃제비 참상

어느 날 아침이었다. 6시가 되어 모두 기상하며, 감방의 하루 일과가 시작되었다. 대소변 보고 청소하고 가벼운 팔다리 운동이 끝난 후, 죄수들은 윗도리를 벗고 이 잡이를 했다. 위생이 불결하여 감방 안의 수인들 몸에는 이가 매우 많아서 이 잡는 일과가 하나의 항목으로 진행되었다.

나는 이 잡이 일과를 수행하지 않고 깊은 공상에 잠겨 묵묵히 앉아서 밖을 내다보고 있었다. 나의 감방 쇠살창 앞에 선생님이 나타난 것도 모르고 멍청하게 맞은 켠 벽체에 기대어 있었다.

선생님은 살창 사이로 주먹을 들이밀어 나의 머리에 강타를 날렸다. 벌떡 놀란 나는 머리를 들어 선생님을 무심결에 올려다보았다. 아니꼬운 선생님은 말한다.

"야, 이 새끼야, 너는 이 잡이도 하지 않고 뭘 해, 사람은 왜 올려다봐?"

이렇게 말하며 내게 살창 가까이로 접근해 오라고 지시한다. 나는 살창에 바싹 다가갔다. 선생님은 살창 사이로 손을 들이밀어 나의 머리카락을 움켜쥐더니 잡아당겨 끌면서 연속 내 이마를 쇠 살창에 짓찧어댔다. 순식간에 이마에는 두 줄기의 커다란 혹이 솟아났다. 몇 번 쇠살창에다 머리를 짓찧어대더니만 살창 사이로 두 다리를 내보내라는 것이다. 나는 바짓가랑이를 걷어 올리고 두 다리를 살창 밖으로 내보냈다. 그놈은 이번엔 구둣발로 연방 나의 두 다리를 걷어찼다.

한참 동안이나 구둣발 차는 소리와 신음이 엇바뀌어 감방을 울리다가 조용해졌다. 제자리에 바로 앉은 나는 분하기 짝이 없었다. 끝까지 살아서 탈출하리라는 강렬한 복수심이 타올랐다. 안전부 선생님들은 감방에서 우쭐대면서 수인들을 못살게 굴며 전횡 부리기를 일삼고 있지만, 그들의 가정생활 형편도 가소롭기 불 보듯 빤하다. 겨우 강냉이밥이나 얻어먹으면서 안전부에서 쥐어주는 몇 푼의 월급으로는 입쌀 한두 가마밖에 살 수 없는 형편이다. 그러므로 선생님들은 감방 수인들을 다스리면서 그들을 등쳐 먹고 사는 편향들도 일반적이다. 따라서 오후 4시부터 밤 12까지 근무 교대에 나와서는 수인들의 집 주소와 가정 형편, 친척 관계 등을 싱겁게 물어보면서 자기들의 물질적, 경제적 물욕을 채우려는 경향이 빤히 들여다보인다.

회령 시내와 그 주변에 사는 죄수들에게 이것저것 캐물으면서 인위적으로 접근을 유도하고 그들의 가정과 친척에 접근하여 자기의 물질적 목적을 추구한다. 선생님들은 자기들의 미련하고 음흉한 계책을 죄수들에게 노골적으로 표현하거나 간교하게 감추며 하는 것을 예민한 신경을 가진 수인들이 모를 리 없다. 좀 괜찮게 사는 집들을 찾아다니면서 죄수의 안부를 전하거나 그에게 면식이나 면회를 보장해 주는 약속을 은밀히 해가며 자기들의 물질적 야심을 성사시킨다.

감방에 돌아와서는 수인의 가정 형편과 소식을 전해 주면서 그런 죄수와의 관계 개선을 보이는 것처럼 행동하는 것을 감방객들은 눈치로 다 안다. 선생님들은 은밀히 먹을 게 좀 있는 수인과의 유대를 도모하면서 자기 집 생활 처지를 일떠세우는 데 한몫 단단히 보고 있는 판국이다.

하루는 특사 선생님이 4호 감방 청년 죄수와 이야기한다. 선생님이 겨울나기 준비로 유선탄광에서 석탄을 실어 와야 하겠는데, 휘발유가 없어서 차가 뛰지 못한다는 것이다. 그런데 4호 감방 청년 죄수의 아버지가 회령 시내 모 기업소 자동차 운전수로 일한다고 한다. 그러니 그의 아버지를 꾀여서 휘발유 40kg을 얻어내려는 심산이다. 청년은 집 주소와 아버지께 쪽지 편지를 써서 선생님에게 주면서 자기 집에 가면 아버지가 휘발유를 해결해 줄 것이라고 확신 있게 말한다. 그리고 또 어머니가 면식을 해 면회 오도록 하라고 이야기하자, 선생님은 죄수에게 면회시켜줄 것을 약속하는 것이다.

지금 조선에서는 휘발유가 절품이다. 자동차와 운전 기동수단들이 움직이지 못하는 형편이다. 그러므로 개인들 속에서 휘발유 1kg당 50~60원씩 비싸게 거래된다. 그러니 휘발유 40kg이면 2,000~2,400원이나 된다. 한 달에 100원씩 로임을 받는 선생님의 생활비로 계산하면 약 2년 동안의 로임을 단 며칠 사이에 죄수와의 배려 관계로써 해결되는 셈이다. 이 나라 모든 선생님들은 이런 식으로 살아가며 자신을 살찌우는 것이다.

여기 회령의 안전부 감방 특사 선생님들뿐만 아니라 전국의 안전부 일꾼들은 자기의 집권을 악용하여 죄수들이나 안면 관계를 내세워 여러 가지 부정으로 백성으로부터 세 부담을 받아내며 부정부패 리윤을 거둬들여 살아가는 것이 보통 현상이다.

지금 집권자들의 부정 축재를 비꼬는 다음의 이야기를 한번 상기해보라.

"당 일꾼들은 당당하게 해먹고 보위 일꾼들은 보이지 않게 해먹고 안전원들은 안전하게 해먹고 간부들은 간단하게 해먹는다. 그러기 때문에 그런 것을 보고만 있을 수 없기에 로동자들은 로골적으로 해 먹는다."

이 말은 단순한 유머가 아니라 조선의 실태를 그대로 반영한 명언이라 하겠다. 국가에서 제정한 식량 배급제도는 백성이나 정복 입은 사람이나 꼭 같은 것이며 로임 수준도 별반 차이가 없다. 그러나 일반 백성과 권총 차고 정복 입은 자들의 생활수준은 하늘과 땅 차이라고 해야 옳을 것이다. 단순히 듣고 지나갈 일이 아니다. 꼭 같은 배급제도, 꼭 같은 로임 수준인데도 생활 수평 차는 하늘과 땅이니 여기에 그 무엇이 작용한다고 보아야 하는가. 애국자를 자처하는 상급 계층들의 비축 행위로 인한 사회악의 가장 큰 부패 현상이 이런 모순 속에 숨어 있는 것이다.

상층부, 그들에 의하여 빈부의 차가 생겼고 백성이 굶어 죽었고 백성의 귀한 자식이 굶어 죽었으며 그들에 의하여 새 시대에 새롭게 나타난 꽃제비를 탄생하였고, 그들에 의하여 탈북자도 방랑자도 출현한 것이 아닌가!

상층부는 호화로운 승용차를 무상으로 타고 다니며 평양행 두만강행 일류 렬차의 포근한 침대 칸을 독점하고 다닐 때 백성은 유리창 한 장 없는 찬바람 나드는 일반 차도 겨우 타고 하루 갈 거리도 10여 일씩이나 가게 된다. 상층부 인물들이 푹신한 연석 침대에 누워 다닐 때 백성들은 설 자리도 없어 렬차 지붕이나 승강대 발판 밑에 매달려 숨어서 려행하며 렬차 바퀴 옆에 달린 빈 바떼리(배터리)통 안에 앉아 려행을 하니 이 얼마나 가슴 아픈 조선의 참상인가!

최근 새로 나타난 꽃제비 술어의 웃지 못할 가슴 쓰린 현상을 음미해 보라!

"애야, 너 이름이 뭐지?"

"제비예요."

"거참 이름이 좋구나!"

"제비는 제비인데 꽃제비예요."

"야 참 불쌍하구나! 너 어데서 살지?"

"수도에서 살아요."

"거참 좋은 데 사는구나!"

"그런데 수도는 수도인데 하수도에서 살아요!"

"야 참 불쌍하구나! 그래 너 무엇을 먹고 살지?"

"오리를 먹고 살아요."

"거 참 좋은 것을 먹는구나!"

"그런데 오리는 오리인데 하수도에 흐르는 국수오리(국숫발)를 먹어요."

"야 참 불쌍하구나!"

누가 지었는지 모르나 소박한 량심인이 꽃제비들의 생활 면모를 밝힌 살아있는 글이다.

아이들은 나라의 왕이라 하며 좋은 말로 춰올리던 때가 언제인데 벌써 버림받은 아이 떼가 '하수도 꽃제비'로 되었어도 고급 승용차 탄 급 높은 정치인은 외면하며 지나가는 오늘날 꽃제비 시대의 참상은 어느 때든 인민은 계산할 것이다.

오늘의 사회에서 살아야 할 것이 죽어가고 죽어야 할 것이 살아서 풍창(흥청망청)대는 조선 사회의 가슴 아픈 사연은 전국의 모든 곳 어디에서나 찾아낼 수 있다.

여기 내가 갇혀 있는 회령시 안전부 감방지기 특사 선생님들 형상을 하수도 꽃제비들의 생활과 대조할 때 정복 입은 당신들이여 낮이 붉어지지 않는가! 눈감아 주고 뢰물 받고, 뢰물 받고 눈감아 주는 비법 사회이니 감방 수인들 앞에서 선생님들이 못 할 짓이 그 무엇이랴!

나는 감방 생활을 이어가는 도중 여러 차례의 모욕과 수모를 감당하였고, 참기 어려운 매를 수십 차례씩이나 맞았다. 다른 죄수들의 수많은 곤욕과 괴로워 신음하는 참경을 목격하면서 회령시 안전부 감방생활을 두 번째 시련으로 체험하였다. 스산한 바람 속에서 어느덧 8월의 마지막 열흘이 흘렀다.

8월 31일 9시경이었다. 방금 뽐뿌 300회를 끝마쳤다. 끝마쳤다기보다 기권하였다. 기진한 나는 100번째 뽐뿌 동작에서 쓰러지고 말았다. 매로 대치받을 것을 각오하고 의식적으로 주저앉은 것이다. 뽐뿌 300번을 포기한 죄로 또 어떤 기합이 들이닥칠까 하는 의구심으로 한순간도 긴장을 풀 수 없었고, 머리가 곤두서는 감을 느끼고 있었다.

그런데 이때 갑자기 3호 감방 앞에 어깨에 중위 견장을 단 감방 책임자 군관 선생님이 나타나서 소리쳤다.

"3호 감방 57번 뒤에 붙으라!"

나는 처벌을 면하게 돼서 요행이라고 생각했다. 울렁거리는 가슴 안고 네 발 걸음걸이 하여 감방 뒷벽 입출구 철판 문에 엉덩이를 붙이고 엎드려 있었다.

잠시 후 철커덕거리는 소리와 함께 자물쇠가 벗겨지고 철문이 열렸다. 엉덩이부터 복도 쪽에 내밀면서 뒷걸음 기기로 감방에서 빠져나갔다. 안전원 중위는 내가 처음 입소할 때 첫 매를 당하던 자그마한 사무실로 안내했다. 그는 옆에 달린 창고를 가리키면서 신발 덕대에 가서 나의 신발과 양말을 찾아 신으라고 나직하게 말했다. 나는 중위가 시키는 대로 옆에 달린 창고에 들어가 나의 신발과 신발 속에 밀어 넣은 양말을 찾아 신고 중위 앞에 다시 와 섰다.

중위는 두툼한 접수대장을 꺼내 펼쳤다. 57번 자리에서 내 이름을 찾고 그 뒤에 출감 날짜 칸에 오늘 날짜를 기록하더니 나더러 엄지손가락 도장을 찍으라고 했다. 나는 그가 시키는 대로 손

도장을 찍었다. 중위는 접수대장을 책꽂이에 다시 꽂아 넣었다.

안전원 중위는 또 한 장의 종이를 꺼내더니 맨 아래에 나의 이름과 생년월일, 주소를 밝히고 거기에도 손가락 도장을 찍으라고 했다. 이게 뭔가 하고 물으니 그는 종이 위에 쓰인 글을 읽어 내려갔다. 이 문건은 여기 안전부 감방에서 생활한 기간의 모든 보고 듣고 체험한 사실을 절대로 그 누구에게도 말해서는 안 된다는 서약서였다. 만약 내가 출옥하여 그 어디를 가나 누구에게든지 감방에서 있은 사실에 대해 말하였을 경우에는 비밀루설죄로 3년간 징역형을 받는다는 것을 서약한 문건이었다.

너무나도 어처구니없는 놀음에 서글픈 웃음을 지으며 그 문건 아래에 손도장을 찍자 안전원 중위는 그것을 별도로 장부책에 처리했다. 안전부 감방에서 10일간이나 구류됐으니 혹시나 출옥시키는가 하는 생각이 들었다. 중위는 나를 데리고 구류장 건물 밖으로 나갔다. 밖에는 8월 21일 여기 안전부 감방에 데리고 왔던 시정치보위부의 국방색 난방셔츠를 입은 키 작은 지도원이 기다리고 있었다. 그는 수쇠를 쥐고 나를 인계받는다. 그가 수쇠를 잠그려 할 때 나는 보위원에게 청원했다.

"선생님, 수쇠 잠그기 전에 대변 좀 보게 해 주시오."

"왜 아침에 대변 안 봤는가?"

"아침에 정전이 돼서 세척수가 나오지 않아 용변을 보지 못하게 해서 모두 뒤를 보지 않았습니다."

이때 옆에 있던 안전원 중위가 버럭 큰소리를 치며 말했다.

"방금 감방 안에서 있은 일에 대하여 외부에 나가서 말하지 않겠다는 서약을 했는데 왜 감방에서 있은 이야기를 해!"

중위는 당장 강타 먹일 기세로 동작을 취하다가 그만두었다. 나는 참기 어려운 뒷사정을 보위지도원에게 다시 권고해서야 겨우 승인을 얻어 뒤를 볼 수 있었다.

회령시 정치보위부 지도원은 나에게 수쇠를 잠그더니 앞장서 걸으라 했다. 나는 그가 가리키는 통로를 따라 걷기 시작했다. 그는 나를 데리고 회령시 중앙도로를 따라 걸었다. 역전 방향으로 가더니 오산덕(김일성 첫 부인 김정숙의 고향) 맨 끝부분에 자리 잡은 아늑한 단층 건물이 보이는 언덕으로 올랐다.

나는 어디로 가는지 알고 싶어 보위지도원에게 물었다.

"지도원 동지, 지금 나를 어디로 데려갑니까?"

보위지도원은 나를 백산초소로 호송한다고 했다. 백산초소는 조선인민군 보위사령부 회령 주둔 인민군 정치보위부다. 보위지도원은 내가 백산초소로 옮겨지는 리유를 설명하였다.

내가 처음 시정치보위부에 이관돼 취조받을 때 작성한 나의 개인 문건을 시보위부가 현지 확인하였던 모양이다. 나의 거주지와 직장 지위는 함경북도 길주팔프련합기업소 설계원이었다. 그런데 길주팔프련합기업소는 일반 사회 기업소가 아니라 조선인민군 후방총국 직속 련합기업소다. 조선인민군 무력부 산하 공장 로동자, 사무원은 모두 인민군대 로무자의 성격을 띠기 때문에 일반 사회정치 보위부는 마음대로 관할 처분하지 못한다. 반드시 해당 련합기업소의 상급기관인 인민군 산하 보위기관만이 취급 처리하게 돼 있다. 이런 사정으로부터 출발하여 회령시 정치보위부는 나의 처분을 파기하고 나를 인민군 산하 정치보위부에 넘겨보내는 결심을 가지고 바로 사령부 산하 회령 백산초소 보위부로 데려가는 것이다.

온 가족 다섯 식구가 모두 월경했기 때문에 시보위부는 반드시 나에게 최고형을 내릴 것이라는 속생각을 늘 하고 있었다. 그런데 인민군 보위부로 넘긴다니 나의 앞길은 더욱 아찔했다.

군대 형벌은 무자비하다. 나는 운명의 종점을 걷는다고 생각했다. 수쇠 잠긴 두 손을 무겁게 드리우고 터벅터벅 언덕길을 올라 보위지도원이 가리키는 대로 몇 분 동안 더 가 백산초소 보위부 마당으로 들어섰다. 자그만하고 아담하게 꾸민 단층집 마당에서 인민군 복장 차림의 특무상사와 중사 한 명이 나오더니 시정치보위부 지도원한테서 나의 개별 자료 문건 2매를 인계받았다.

시보위부 지도원은 나의 손목에서 수쇠를 벗겨 자기 가방 안에 넣은 다음 인민군 특무상사와 인사를 나누고 오던 길을 되돌아 내려갔다.

나는 지금부터 백산초소의 감방 죄수가 된 것이다.

66

기름때 반들거리는 꽃제비 아이들의 정기 잃은 눈동자, 휘청거리며
방랑하는 거지 옷 차림의 중년 사나이들과 로인들, 무거운 짐을 두
어깨에 걸머진 배낭꾼 행인들, 허약에 걸린 젊은 병사의 무질서한
움직임. 그런 풍경이 시야에 들어왔다. 차는 질풍같이 남쪽으로 남
쪽으로 내달렸다.

99

2장

탈출

보위사령부 백산초소

내가 백산초소로 옮겨간 것은 8월 31일 오전이었다.

회령시 정치보위부 지도원이 나를 시안전부 감방에서 출감하여 백산초소로 데리고 가자 인민군 특무상사와 중사 한 명이 나를 문건과 함께 인계받았다.

백산초소는 조선인민군 무력부 산하의 보위사령부 회령 주둔 군대 정치보위부다. 특무상사는 곧 자기의 상급에게 전화를 걸어 방금 나를 인계받은 상황을 보고한다. 그리고는 중사에게 나를 가리키며 '검진'하라고 지시한다. 나는 검진이 무엇인지 몰랐다. 젊은 중사는 나더러 자기를 따라오라고 했다. 그러더니 감방 복도 앞에 가서 옷을 모두 벗으라고 명령했다. 내가 주춤거리자 젊은 병사는 어느새 내 허리를 발로 차면서 주제넘은 행패 짓을 하려든다. 나는 급히 옷을 모두 벗고 알몸으로 복도 옆에 나섰다. 중사는 나의 호주머니를 모조리 검진했다. 나는 이미 시안전부에 입소할 때 일체 검진을 거쳤으므로 아무것도 나타나는 것이 없었다. 잠시 후 다시 옷을 입었다.

회령 백산초소에 간 나는 본능적으로 주변의 지형지물을 눈에 익히기 시작했다. 백산초소의 단층 건물은 '기역(ㄱ)'자 형이었다. 한쪽에는 끝에서부터 식당 주방실, 식당 칸, 교양실, 병실, 무기고, 사무실 순서로 되었고, 다른 쪽 방향으로는 끝에서부터 차고, 석탄 창고, 경비실, 복도, 감방으로 되어 있었다. 건물은 그리 크지 않은 3m 폭으로 지은 아담한 단층 블록 벽체 집이다. 마당 한구석으로 평행봉과 철봉, 권투용 모래주머니가 매달려 있었다. 건물 앞에 자그만하게 마당을 형성하고 마당 앞으로는 대략 150평 정도의 부업밭으로 되어있다.

부업밭에는 여러 가지 남새류와 강냉이를 심었다. 건물과 밭을 포함하여 그 주위를 빙 둘러가면서 3m 높이로 울타리를 쌓고, 울타리 벽 맨 꼭대기에는 세 선의 전기 강선을 둘러쳤다. 병사들은 모두 단속 임무를 수행하기 위해 회령 시내와 회령 장마당 주변에 나갔다는 것이다.

나는 잠깐 사이에 초소 안의 지형지물과 구성 요소를 눈에 익혀 머릿속에 기록하였다. 지금 초소 안에는 특무상사 한 명과 중사 한 명, 그리고 식당 근무원인 듯한 병사 하나가 주방 칸 주변을 부지런히 오가고 있었다. 방금 중사한테 검진을 마친 나는 그가 지정해 주는 마당 한 켠에서 그 어떤 좋은 기회가 조성되면 여기서 탈출한 방향을 부단히 감시하면서 서 있었다.

잠시 후 백산초소 보위부 책임자인 듯한 보통 키의 뚱뚱한 사람이 군관 두 명을 달고 정문으로 들어온다. 그는 지퍼 달린 사복 잠바 차림으로 발에는 검은색 소가죽 단화를 신었으며 인조 가죽으로 된 서류가방을 옆구리에 끼고 있었다. 마당에 섰던 특무상사와 중사는 그에게 차렷 자세를 취하면서 거수경례를 붙이며 예의를 표한다.

뚱뚱보 군관은 사복 차림을 하였으므로 그의 군사 칭호가 뭔지 모르겠으나 그가 함께 달고 온 두 명의 군관 중 한 명은 중좌이고 다른 한 명은 대위였다. 뚱뚱보 군관은 중좌에게 반말로 이야기하였으며 중좌는 뚱뚱보에게 예의 있게 존칭어로 말하는 걸 보아서 아마도 그 뚱뚱보 군관은 상좌급 이상은 되는 상 싶었다. 사무실에 들어온 뚱뚱보 군관은 나의 인계 문건을 한참 들여다보더니 특무상사에게 뭐라고 지시한다. 다시 특무상사가 중사에게 뭐라고 지시하니 중사가 감방 문을 열고 나를 거기에 밀어 넣었다.

감방은 3개의 방으로 구성되었다. 너비가 2m이고 길이가 3m, 높이가 2m도 안 되는 작은 감방이었다. 바닥은 널마루이고 뒷벽 맨 꼭대기에는 15cm 정도의 정방형 환기구멍이 나 있었다. 앞 벽면에는 철판으로 만든 50×130cm 정도의 출입문이 달려있고 밖에서 빗장을 걸고 자물쇠로 잠그게 돼 있었다. 출입문 밖으로는 2m 너비로 복도가 있다. 감방 안은 매우 어둡다. 천장 중심에 조명등을 켤 수 있게 소켓이 설치되었으나 전등알은 없다. 캄캄한 감방 한 쪽 구석에는 대소변 받는 녹슨 양철 소래기 하나가 놓여있다. 세 개의 감방 중에서 나는 가운데에 들었다. 첫 번째 감방에는 남자 죄수 한 명이, 세 번째 감방에는 녀자 죄수 한 명이 들어 있었다.

그날 나는 오전 11시경에 감방에 들어갔는데 저녁 때까지 그 어떤 구속도 받지 않고 홀로 있었다. 밤이 깊었는데도 감방에는 인기척 하나 얼씬 안 한다. 그들은 나에게 저녁 식사조차 보장하지 않았다. 오늘은 점심 식사도 주지 않았으며 저녁 식사 역시 주지 않는다. 회령시 안전부 감방에 있을 때에는 비록 거친 사료와 같은 적은 량의 밥이나마 규정된 시간에 꼭꼭 보장하던데, 여기 백산초소 감방에 옮겨오니 점심 저녁은 물론이고 다음날 아침에도 식사를 보장해 주지 않는다.

저녁 취침 시간이 되어도 잠을 자라거나 아침 기상 시간이 되어 기상 하라거나 하는 독촉도 없다. 죄수의 결심에 따라 자기도 하고 깨기도 한다. 다음날 아침 9시가 좀 지나니 감방 출입문 자물쇠 벗기는 절그렁 소리가 난다. 중사 하나가 출입문을 열고 나오라 하기에 그의 뒤를 따라 사무실에 들어갔다. 뚱뚱보 사복장이 군관이 책상 앞에 위풍 있게 앉아 있다. 나를 자기 책상 옆에 놓인 의자에 앉으라고 한다.

사복장이는 콧등에 돋보기 안경을 걸고 안경 너머로 나를 쏘아보며 말머리를 찾아낸다. 내가 의자에 앉아 창밖을 조용히 내다보고 있는데 "너는 나라와 인민 앞에 역적이 되었으니 이 땅에서 살 자격이 없다. 응당히 군사재판을 받아야 하며 처형되어야 한다. 우리는 너를 엄하게 처벌하겠다. 의견이 있는가?"하고 말했다. 나는 아무 대답도 하지 않았다.

어제 점심부터 오늘 아침까지 아무것도 주지 않아 련속 굶었으니 말할 맥도 없거니와 이자의 역적이요 처형이요 하는 어리석은 말소리가 가소롭게만 들려왔다. 나는 속생각으로 이자를 단죄하였다. 내가 왜 역적이며 처형을 받아야 하는가! 이웃 나라들처럼 백성에게 식량과 돈을 주고, 외국으로 가겠다고 하는 사람은 원하는 대로 외국으로 보내면 난민도 생기지 않을 것이며 불법 월경자, 탈북자도 없을 것 아닌가! 그런데 이 나라 당국은 일을 한 백성에게 식량조차 안 주고 월급을 주지 않고 려권과 통행증도 해 주지 않으니 수천수만 명의 백성이, 아니 수십만 명의 인민들이 지금 이 시각에도 끊임없이 너희들을 경멸하며 살기 위해 국경을 넘지 않는가! 살기 위해 중국으로, 동북으로 떠나지 않는가! 이 수많은 인민들이 너희들을 버리고 떠나고 있으니 너희들이야말로 진짜배기 역적들이다! 감옥 생활도 너희들의 몫이며 처형도 너희 집권자들, 권력자들이 응당히 받아야 할 것이다.

사복장이 보위군관은 규격 인쇄물 종이를 꺼내더니 나의 이름과 생년월일, 당별, 거주지, 직장 직위, 학력과 경력, 가족 및 친척 관계를 기록했다. 또 다른 규격 용지엔 탈북 날짜와 중국 체류기간 거주 관계와 있은 일들, 돌아올 때까지의 행적에 대하여 료약하여 기록하는 것이다. 나는 그자가 묻는 대로 간단 간단하게 대답했고, 그는 나의 말을 다듬어서 규격지에 기록했다. 나의 중국 체류기간 자료를 3매 정도의 규격지에 기록하더니 나더러 방금 작성한 문건에 손가락 도장을 찍으라는 것이다. 나는 그 매 장마다 엄지손가락 도장을 찍었다. 그다음 나에게 규격 종이 20매 정도를 꺼내주면서 이제부터 여기에다 '자백서'를 쓰라고 말했다.

중국에 들어간 날부터 나올 때까지 겪은 사실을 죄다 쓰라는 것이다. 이자도 역시 회령시 정치보위부에서 심문받을 때 보위지도원들이 나에게 하던 말과 꼭 같은 말을 되풀이한다. 나의 월경 후 행적을 다 알고 있다느니, 중국의 해당 일꾼들로부터 나의 자료를 이미 통보 받았다느니, 남조선 안기부와의 접촉 관계를 구체적으로 비판하라느니 등등. 나는 속으로 쓴웃음을 지었다. 너희들이 하는 수법은 어디에서나 꼭 같구나 하는 속생각으로 이자의 말을 삼켜버렸다. 사복장이는 콧등에서 안경을 벗으면서 나에게 우선 중국에 들어가서 한 일에 대하여 한 번 들어보자고 한다.

그리하여 그자에게 지난해 8월 1일 탈북하여 1999년 8월 17일 회령 교두를 통해 나올 때까지의 경위에 대해 거짓 진술을 하였다. 모두 저번 시보위부에서 진술한 내용과 꼭 같이 반복하여 말하였다. 그랬더니 보위군관은 자기가 알고 있는 자료를 다 말하지 않았다고 생억지 부리면서 그 외에도 다른 한 일이 많았다고 하면서 그것들을 다 솔직히 말하라고 한다. 조금이라도 내가 한 일에 대하여 감추거나 줄이거나 거짓 자백하는 경우에는 용서 안 한다고 위협 주는 것이다.

그자는 전사 한 명을 호출하더니 나를 감방 안으로 안내하여 들여보냈다. 규격 종이 20매와 원주필 하나를 받아 쥔 나는 어두운 감방 안에 들어갔다. 전사는 다시 나갔다가 오더니 보위군관한테서 전구알 하나를 받아 쥐고 와서 감방 안 소켓에 꽂아 넣었다. 전사는 감방 문을 잠그고 갔다. 비좁은 감방 안은 전등 빛으로 환하게 밝아졌다. 나는 감방 안에서 또 자백서를 쓰기 시작하였다. 자백서 내용은 시보위부에서 써낸 그대로 써 내려갔다. 화룡시 서성향의 4촌 처남네 집에 갔다가 몇 달 동안이나 급성 대장염에 걸려 고생했다는 내용 외에 다른 것은 하나도 없었다. 내가 회령시 정치보위부에서 이미 써낸 자백서 내용 외에 다른 내용을 더 써서는 절대로 안 된다는 철석 같은 신념으로 본래 쓴 자백서 내용을 참신하게 기억하면서 그대로 서술하였다.

그날 저녁까지 자백서 내용을 절반 정도 쓰고 맥없이 감방 한 구석에 누워 있었다. 저녁 어둠이 내리기 시작할 때 전사 하나가 감방 문을 열더니 나오라고 했다. 전사를 따라 사무실에 들어가자 뚱뚱보 보위군관이 자백서 쓴 여부를 물었다. 아직 다 쓰지 못했다 하니 내일 아침까지 완성하라면서 자기가 내일 오전에 자백서 내용을 보고 다음 단계로 넘기겠다고 한다. 나는 심한 갈증을 느끼면서 군관에게 물 한 모금 마시자고 청을 넣었다. 그랬더니 군관은 전사에게 물을 떠 오게 하여 물 한 고뿌(컵) 얻어 마실 수 있게 되었다.

저녁이 되어 공작 나갔던 전사들이 모두 들어왔다. 한 개 분대가량의 전사들이다. 이들은 아침이면 분대장 인솔로 장마당 주변과 역전 등 시내 공공장소에 다니면서 자기들의 활동 방침에 따라 단속 사업을 진행한다. 때로는 밤에도 단속 사업을 나간다.

마당에서 전사들끼리 주고받는 말을 듣고 분석해 보니 기본 초소는 이곳이고, 몇 개의 다른 분대는 시내 여러 곳에 분산 초소가 있어 거기에서 먹고 자고 하면서 단속 임무를 수행하는 모양이다. 나는 다시 감방에 들어와 사색에 잠겨 있는데 저녁 7시쯤 전사 한 명이 저녁 식사를 하라면서 나에게 밥그릇을 가져다준다.

전사들이 먹는 밥 그대로인 것 같다. 입쌀 20% 정도 섞은 강냉이 80% 밥이다. 군대용 알루미늄 식기 안에 절반 좀 넘어나게 들어있다. 밥 위에는 소금에 절인 오이 조각 몇 개가 얹어 있을 뿐이다. 여기 백산초소에 감금된 후 처음으로 맞이하는 식사다. 련속 네 끼씩이나 굶다가 다섯 번째 끼니에 비로소 식사하게 된 것이다.

오랜만에 무력부 밥을 먹어보니 감회가 깊게 생각되는 일들이 많다. 한창 성장하는 나이의 청년 군인들이 이런 강냉이밥에 소금 절인 남새류, 그것조차 배불리 먹지 못하는 조선 인민 군대에 대한 생각을 하니 무엇인가 허전한 마음을 감금할 수 없구나! 방금 마당에서 본 초소 내 군인들의 얼굴 형태가 떠오른다. 군대가 튼튼하고 강해야 나라가 튼튼하고 강한 것이다. 그런데 조선 군대의 체력은 튼튼치 못하다. 청년들인데도 얼굴에 핏기가 없고 근육이 붙지 않고 한창 필 나이에 몸매가 가늘고 작은 키에 빡빡 깎은 까까머리를 보니 북에서 말하는 일당백 싸움꾼이 아니라 어느 교화소 징역살이꾼 같은 인상을 준다.

나는 1년 동안 중국에 머물면서 중국 군대 청년들을 많이 보았다. 룡정변방대에 잡혀 들어갔을 때에도 그곳 변방대 군인들의 씩씩하고 튼튼한 모습을 자세히 보았다. 그들 모두가 우람한 체격을 갖고 있었다. 그들의 얼굴에는 홍조가 어려 있었고 핏기가 돌았으며 왕성한 패기와 정열이 있어 보였다. 그러나 조선의 인민군대는 그들과는 너무나도 대조적이다. 얼굴이 앙상하게 야윈 데다가 어깨 또한 축 늘어진 모습이었다.

조선의 일반 백성뿐만 아니라 총 쥔 군인들까지도 식량난 때문에 배고프게 지내는 참상! 군인들은 마을과 거리를 싸다니며 인민들의 생명과 재산을 닥치는 대로 강탈하며 먹어버리고 있으니 인민들의 생활은 점점 궁핍해졌다. 군인이 시민을 때리고 호주머니 돈을 강탈하여 장마당에서 매식질 하는가 하면 길 가는 자동차를 멈춰 세워서는 강제로 휘발유를 뽑아 개인들에게 팔아 그 돈으로 허기진 배를 달래며 백성과 서슴없이 무리 싸움을 해대는 것이 오늘의 조선 모습이다. 초소 마당에서 서성거리는 군인들을 보면서 어느덧 고향에서 나의 어머니가 들려주던 말이 귀에 쟁쟁히 울려온다.

"…그날은 1997년 8월 말일이었단다. 그땐 길주군 룡성리의 어느 한 산골짜기에 살았지. 밤 10시가 지난 시각이었어. 다섯 명의 인민군 병사가 들어왔단다. 그들은 길주군 남양리골 안에 자리 잡은 인민군 제9군단 10사단 소속 병사들이었지. 군인 다섯 명이 군대 배낭 두 개에 풋강냉이를 가득 넣어 메고 들어서는데 분대장이라 하면서 나이 젊은 군인이 내게 부탁을 하는 거야. 분대가 잠자는 시간이 되자 배가 너무 고파 협동농장 강냉이밭에 들어가서 풋강냉이 두 배낭 훔쳐왔는데, 좀 삶아 달라고 애원을 하지 뭐냐. 농촌 마을에 들어가 삶자고 하니 들키게 되면 후환이 무섭다고. 그런 이유에서 이렇게 산골 안 외딴집에 찾아들어 왔다는 거야. 처음엔 거절했지. 근데 가만 보니, 굶주린 모습이 딱하기도 하고, 동정이 가더라고. 두 배낭의 풋강냉이를 다 삶아 놓았더니 다섯이서 허기 없이 먹더라. 삶은 풋강냉이를 배불리 먹고 난 병사들은 병실에 있는 나머지 분대 성원들에게 가져다주겠다면서 자기들이 먹다 남은 삶은 강냉이를 배낭에 주워 담더니 내게 인사를 남기고 떠났지. 그런데 일은 여기서 그친 게 아니란다. 나와 안면을 익힌 병사들은 그후에도 자주 찾아왔어. 찾아올 때마다 이것저것 가져왔지. 어디서 훔친 강냉이뿐 아니라 개, 토끼, 양, 닭, 심지어 돼지까지 가져와서 끓여 달라고 하는 거야. 매번 거절하려 손을 내저었지만 마음이 쉽지 않았단다. 그들의 완고성과 불쌍함에 못 이겨 삶고 끓이고 하여 그들의 식욕에 만족을 주곤 했지. 그들의 비행 덕분에 나도 이따금 고기 맛을 보았단다.”

이렇게 우스갯소리 하던 어머니의 형상이 떠오른다.

중학교를 졸업하면 17살이나 18살이 된다. 그 나이에 무조건 군대에 입대해야 하며 30살이 될 때까지 군사 복무하며 10년 넘는 동안 단 한 번도 집에 가 보지 못하고 그리운 부모 형제 혈육을 그리워했다. 굶주린 배를 끌어안고 힘겨운 훈련을 받으며 군 복무를 하다보니 수많은 군인이 영양실조로 몸이 쇠약하고 키가 크지 못했다. 그러니 자신뿐만 아니라 부모도 속을 썩이며 살고 있다. 군의소마다 군인 환자들로 차고 넘치니 이것이 오늘 북조선에서 자랑하는 일당백 병사의 모습이다.

나는 감방 안에서 오래도록 어머니와 불쌍한 청년 군인 병사들의 식생활을 회고하다가 깊은 잠에 빠지고 말았다. 내가 백산초소 감방에 감금된 지 세 번째 날 아침이다. 일찍 일어나서 어제 완성 못한 자백서를 마저 쓰기 시작하였다. 두어 시간 집중해 쓰니 자백서는 먼저 때와 꼭 같이 손색없이 완성되었다.

전사 한 명이 와서 감방 문을 열어주기에 나는 구석에 놓인 대소변 용기를 변소에 가서 쏟아버리고 다시 감방에 들어왔다. 전사는 나의 행동을 지켜보다가 감방 문을 잠그고 가버렸다. 오늘도 역시 아침밥을 주지 않는다. 배고픔을 참으며 조용히 누워 있는데 9시 조금 지나니 직일근무를 서던 전사가 와서 문을 열어주면서 나오라고 한다. 나는 자백서를 쥐고 전사를 따라 사무실로 갔다. 뚱뚱한 사복 군관이 나를 기다린다.

나는 그에게 자백서를 내놓았다. 그는 자백서를 읽고 난 뒤 매 장마다 맨 아래 부분에 나의 손가락 도장을 찍게 하였다. 그리고 안경 너머로 나를 보며 지껄인다.

"당신은 용서받을 수 없소. 지금 온 나라 군인들과 근로자들은 위대한 장군님의 강성대국 건설 로선을 받들고 힘차게 투쟁하고 있는 이때에…"라고 하면서 날마다 외워대는 판에 박은 말로써 나에게 위협을 줬다.

나는 아무 말 없이 그자의 말이 다 끝날 때까지 기다렸다가 전사를 따라 감방에 다시 들어왔다. 잠시 후 또 불러내기에 나가 보았더니 두 전사가 석탄 창고 앞에 부려 놓은 석탄 한 차를 창고 안에 퍼 넣으면서 나보고 함께 하라면서 삽 하나를 쥐어 주는 것이다. 나는 여러 끼 굶은 탓으로 힘을 내 삽질을 할 수가 없었다. 석탄 푸는 두 전사에게 사정 이야기를 했더니 나더러 저쪽 마당 한 구석의 평행봉, 철봉, 권투용 모래주머니를 달아맨 주변 마당에 난 잡풀을 뽑고 그 주변 청소를 깨끗이 하라고 했다. 두 전사는 오늘 과제로 석탄 한 차를 창고 안에 퍼 넣고 마당의 풀을 뽑고 청소하는 임무를 받았던 모양이다.

두 전사는 오늘 맡은 과제를 나까지 동원하여 오전 중으로 수행하고, 오후에는 두만강에 나가서 자유주의 할 작전을 드러냈다. 일찍 일을 끝낸 나는 감방에 다시 들어갔고, 전사들도 각자의 길로 가 버렸다. 오늘도 점심밥을 주지 않았다. 뒤늦은 저녁에야 전사 하나가 저녁 먹으라면서 알루미늄 식기에 밥 한 그릇과 시래깃국 한 그릇을 한데 담아 가져왔다. 나는 밥 한 그릇을 냉큼 먹어버리고 빈 그릇을 출입문 옆에 놓은 후 오래도록 궁상에 잠겼다가 감방 속의 백산초소에서 또 하룻밤을 보낼 수 있었다.

백산초소 감방에서의 네 번째 날 아침이다. 전사 하나가 와서 감방 문을 열더니 어제저녁에 들여온 식기를 찾아 내간다. 나는 아침밥이 들어오기를 기다렸다. 그러나 오늘 아침도 밥을 주지 않는다.

아침 8시쯤 되니 중사 하나가 나를 호출한다. 첫 번째 감방에 갇혀있던 다른 죄수도 호출받아 나온다. 전사는 우리 두 죄수에게 각각 일감을 제시해 준다. 마당 안의 부업밭인 가지밭, 고추밭, 배추밭, 토마토밭의 잡풀을 모조리 뽑으라고 했다. 그리고 병사는 마당 저쪽 평행봉 위에 걸터앉아 우리 두 죄수를 감시하면서 흥얼흥얼 콧노래를 불러댔다.

나와 옆방 죄수는 함께 남새밭 잡초를 부지런히 뽑았다. 오랜만에 바깥세상을 보니 시원한 기분이 들었다. 따스한 햇볕도 반갑고, 시원한 아침 공기는 새롭게 기분 전환을 가져왔다. 한참 풀을 뽑다가 옆방 죄수에게 접근하였다. 그는 안경쟁인데 나이는 45~50살 정도 돼 보였다. 머리카락은 사자머리처럼 푹 내려있고, 얼굴은 온통 수염으로 뒤덮여서 얼굴 형태를 가늠하기 어려웠다. 원숭이 얼굴을 상기시켰다.

나는 가만히 그에게 물었다.

"동무는 언제 여기에 들어왔소?"

"여기 들어온 지 넉 달이 넘었습니다."

평안도 지방의 억양이다.

"무슨 죄로 붙잡혀 왔소?"

"중국에 들어갔다가 잡혀서 왔습니다."

그는 월경하여 다니던 경위를 간단히 말하였으며, 조선에서 기자 직업을 하였다고 하였다. 5월에 붙잡혀서 백산초소에 들어왔는데 지금까지 나가지 못하고 그냥 잡혀 있다고 한다. 여름 내내 초소 안의 부업밭에 씨 뿌리고 김매고 가꾸는 노예가 되었다고 말했다. 군인들한테 모진 구속을 다 받으며 언제 나갈지도 모른다면서 나에 대해서도 물어보았다.

나도 월경죄로 잡혀왔다고 하면서 신세타령을 같이하였다. 그와 나는 두 시간 이상 걸려 풀을 다 뽑고 호미로 밭을 보기 좋게 긁어 놓은 다음 여기저기 놓인 풀들을 모아 담가(들것)에 담아 쓰레기장에 던졌다. 마지막 풀 더미를 담가에 담아 변소 뒤에 있는 쓰레기장으로 옮길 때였다. 우리를 감시하던 중사가 따라오더니 물었다. 맡은 작업을 다 했느냐고 묻기에 나는 일을 다 끝마쳤다고 말했다. 중사는 담가를 안경쟁이 죄수에게 주라고 하면서 나보곤 쓰레기장 옆에 그냥 서라는 것이다. 나는 영문도 모른 채 그 자리에 섰다. 안경쟁이는 저쪽 울타리 옆에 서서 나와 중사를 바라보고 있다.

이때 갑자기 중사가 나에게 접근하면서 자기의 무릎으로 나의 사타구니를 힘 있게 타격했다. 내가 순간 비명을 지르며 허리를 구부리는 순간 이번엔 주먹으로 복부의 급소를 타격하는 것이다. 불시에 강한 타격을 받은 나는 "헉" 하고 비명을 지르고서는 숨을 쉴 수가 없었다. 배를 움켜쥐고 숨도 쉬지 못하고 허둥지둥 빙빙 돌아가는 나를 또 태권도 동작으로 발차기 하면서 허리와 가슴 부위를 마구 발길질 해대는 것이다. 나는 쓰레기장 풀무지 위에 쓰러지면서 의식을 잃었다.

내가 의식을 회복했을 때는 감방 안에 누워 있었다. 나를 강타 먹이던 중사와 안경쟁이가 나를 들어 감방 안에 들여놓았던 것 같다. 30~40분 잃었던 정신을 차리고 보니 분한 생각이 머리끝까지 치밀어 올랐다. 가는 곳마다 치욕에 사무친 원한뿐이다. 낮 12시 고동소리가 울리더니 조금 후에 병사들 소리가 들렸다. 공작 나갔던 군인들이 점심 먹으러 오는 모양이다. 전사들이 떠드는 소리와 사관들의 구령 소리가 엇바뀌어 들려왔다. 오후 2시쯤 되니 사관들의 구령 소리와 전사들이 병실을 떠나는 소리가 들렸다. 나는 조용한 감방 안에 홀로 누워 사색에 잠겼다. 지나온 생애에 대한 여운을 돌이켜 봤다.

백산초소에서의 네 번째 날에도 그랬다. 그들은 나에게 아침밥과 점심밥을 주지 않았다. 저녁 8시가 되니, 무력부 밥 한 그릇이 겨우 차려졌다. 간단히 저녁을 먹은 후 무정한 감방의 하룻밤을 또 보냈다.

백산초소에서의 다섯 번째 날을 맞이했다. 아침 6시가 되니 전사들은 기상하여 아침 체조와 마당 청소를 했다. 그들 모두 상의를 벗은 채 내의만 입었고 분주히 돌아치면서 자기 과제를 수행했다. 분대장인 듯한 병사 하나가 감방에 와서 나를 불러냈다. 전사 하나가 마주 오더니 나를 변소 뒤 쓰레기장 옆으로 안내했다. 거기서 전사는 나를 상대로 태권도 동작을 훈련했다. 무섭게 달려들더니 휙 돌면서 발뒤꿈치로 허리를 차며 발질과 주먹질을 련속 들이댔다.

나는 신음을 내면서 전사의 행패질을 이리저리 피하며 움직였으나 어쩔 수 없었다. 마구 들이치는 젊은 병사의 매질 앞에서 나는 아픔과 고통, 괴로움과 분통을 참는 외에는 다른 방도가 없었다. 이리저리 몰리다가 강냉이밭에 쓰러졌다. 애매한 강냉이대가 여러 개 부러졌다. 뿌지직하는 강냉이대 부러지는 소리와 함께 위수 구역 밖의 동네 개 짖는 소리가 요란했다.

전사는 나한테 일어나라고 호령했다. 나는 일어설 수 없었다. 오른쪽 옆구리를 강하게 타격받았기 때문이다. 몸을 반쯤 일으켰다가 다시 푹 고꾸라졌다. 두 번이나 다시 일어서려다 끝내 일어나지 못하고 쓰러졌다. 오른손 바닥으로 옆구리 아픈 부위를 누르며 신음을 냈다. 지켜보던 전사는 자기의 타격 성공에 희열을 느끼며 두 손으로 나의 옷자락을 잡아끌어 순식간에 일으켜 세웠다. 전사의 힘에 의해 일어선 나는 허리를 구부리며 배를 안고 엄살을 부렸다. 전사도 나를 보기가 참혹했던지 맛이 어떠냐고 묻더니 이내 저쪽으로 가자고 잡아끌었다.

전사는 나를 누군가에게 데려갔다. 나이 좀 먹은 병사였다. 분대장인 듯했다. 그 병사는 나에게 싸리로 만든 마당비를 쥐여주면서 식당 옆의 개집 주변을 깨끗이 청소하라고 한다. 나는 청소를 마친 후 청소 도구를 창고에 갖다 놓았다. 병사들 모이라는 구령이 내려지자 나는 감방으로 되돌아갔다. 보위사령부 백산초소에서의 다섯 번째 날의 아침은 이렇게 비참하게 시작되었다.

낮 12시 지나 얼마 안 되어 감방 문 여는 소리가 들렸다. 누워 있다가 벌떡 일어나니 뚱뚱보 사복장이 보위군관이 연한 암갈색 색안경을 끼고 감방 안을 들여다봤다. 젊은 병사 하나가 뚱뚱보 뒤에 서 있다. 보위군관이 더 생각한 것 없느냐고 물었다. 나는 머리를 숙인 채 아무 응대도 하지 않았다. 잠시 후 전사가 감방 문을 꽝 닫고 자물쇠를 잠갔다. 그 다음은 안경쟁이 죄수의 감방 문 여는 소리가 들렸다. 보위군관은 죄수와 몇 마디 말을 주고받더니 다음은 세 번째 녀자 죄수의 감방 문 여는 소리가 났다. 풍풍보는 녀자 죄수한테 한참이나 뭐라고 욕하다가 전사와 함께 나가버렸다. 감방은 다시 정적이 깃들었다.

이곳 감방에서 여섯 번째 날이다. 어제 아침과 꼭 같은 일과가 또 벌어졌다. 감방 안에서 마당으로 끌려나온 나는 한 전사를 따라 쓰레기장 풀무지 옆으로 갔다. 그곳에서 나는 어린 병사의 태권도 훈련 대상으로 그의 서투른 발차기와 주먹치기 대접을 받아야만 했다. 실로 억울하고 분통 터지는 인권 침해, 인권 유린이다. 실컷 매 맞고 밟히고 쓰러지고서도 그 어디에 고소할 수 없는 운명이었다. 젊은 병사의 산 훈련 대상으로 오늘 아침도 새날을 맞이하는 운명이다.

일이 끝나고 다시 감방 안에 드러누운 나는 일어서기가 어려웠다. 일어나려 하니 옆구리 타격 받은 부위가 심하게 아파 와 움직일 수 없었다. 숨을 쉴 때마다 옆구리가 쑤셨다. 더욱이 기침 할 때면 숨이 넘어가는 것 같은 고통이 옆구리를 자극했다. 갈비뼈가 상한 것이다. 걸음걸음 발을 뗄 때마다 옆구리 통증을 견뎌 내기가 어려웠다. 그러나 참아야만 했다. 누구 하나 동정하거나 대신 괴로워하는 이가 없었다. 운명의 주인만이 참고 견디며 피눈물을 삼켜야 했다.

아침 8시가 지나니 병사들이 시내로 나가는 소리가 들리고 초소가 조용해졌다. 30분 정도 더 지나니, 사복 차림의 병사 하나가 안경쟁이 죄수와 나를 차례로 불러냈다. 각자에게 호미

하나씩 쥐어주었다. 초소 정문으로부터 그들이 늘 다니는 도로의 량 옆에 난 잡초를 모조리 뽑으라고 했다. 풀 뽑을 거리는 대략 50~60m 정도 되었다. 안경쟁이가 도로 왼쪽 풀을 뽑고 내가 도로 오른쪽 풀을 뽑았다.

초소 병실 안에는 식당 근무 한 명만 남아있다. 다른 병사들은 모두 단속 임무 수행으로 시내로 나갔다. 하사 한 명이서 나와 안경쟁이에게 호미를 쥐어주고 일을 시킬 뿐이다. 하사는 울타리 주변의 언덕에 앉아 콧노래를 흥얼거렸다. 한창 풀 뽑기를 하는데 하사는 안경쟁이 죄수를 오라고 하더니 그더러 옛말을 하라고 했다. 안경쟁이는 원래 직업이 기자이기에 문예서적을 많이 읽은 사람 같았다. 이전에도 젊은 병사들에게 옛말을 자주 들려주어 그들에게서 호감을 산 모양이다. 안경쟁이는 하사한테 옛날 평양성의 계월향이 왜군 적장을 유인 살해한 이야기와 한 선비가 지혜 있게 살아온 이야기를 1시간 정도 들려주었다. 하사는 주의력을 모두 잃고 안경쟁이의 옛말에만 정신을 집중하였다.

나는 이 기회가 탈출할 수 있는 순간이 아닌가 하는 생각이 들었다. 나는 호미라는 위력한 무기를 지금 손에 쥐고 있다. 병사는 맨손에 윗도리까지 벗고 주의력을 완전히 잃고 옛말 듣기에만 정신이 집중돼 있으니 호미로 전사와 혈전을 각오하고 탈출하면 될 것 같은 못된 생각이 움트기 시작했다. 날파람 있는 젊은 사람이라면 이 기회를 놓치지 않고 모험을 단행했을 것이다. 그러나 나에게는 지금 힘이 모자란다. 이 자그마한 호미자루 하나도 휘두를 수 있는 에네르기(에너지)가 부족하다. 일을 단행했다가 성공하지 못 하는 경우에는 운명의 종말인 것이다.

나는 못된 생각을 포기했다. 반나절 동안 임무를 완성하고 뽑아낸 잡풀을 담가에 담아 쓰레기장에 버린 후 공구를 정돈하고 감방에 들어가려는데 불의에 몇 명의 병사들이 왁작거리며 초소에 들어왔다. 들어와서는 한 전사를 앞에 세우고 서로 욕하며 비방하며 몰아쳤다. 주위에서 서성거리며 그들이 주고받으며 으르렁대는 말소리를 들으니 그 내용은 이렇다.

장마당에 단속 나갔던 한 전사가 식품 장사꾼의 음식을 몰래 채 먹다 발각되어 장사꾼의 보호자 청년들에게 잡혀 죽도록 매를 맞았다. 주변에서 이 광경을 본 초소 군인들이 달려들어 매 맞는 자기 병사를 구원하면서 장사꾼 보호자 청년들에게 달려들어 집단으로 구타하기 시작하였다. 이로 인하여 군인들과 장마당 청년들 간에 패싸움이 벌어진 사실을 놓고 여기 초소 병실에까지 와서 옥신각신 옴니암니하면서 시비치기 하는 판이었다.

나는 이들의 몰골을 보면서 놀란 마음을 금할 수 없었다. 신성한 조선 인민군대라 하는 것들이 인민의 생명과 재산을 위협하며 거지 노릇하는 군대로, 인민의 비방과 저주를 받는 군대로 행동하는 꼴이 되었으니 이 얼마나 수치인가! 군대 말이 났으니 말 뗀 김에 또 하나의 그저 웃지 못할 인민군대의 비행 하나 더 얘기해보자.

1997년 9월에 있었던 일이다. '농사 제일주의' 구호 밑에 전체 인민군대가 이른 봄부터 각지 농촌에 동원되어 농사일을 책임지고 농민을 돕는다고 했다. 그리하여 씨뿌리기부터 시작하여 김매기, 가을걷이, 수확 탈곡까지 모두 군대가 개입했다. 가을이 되면서부터 군대는 현대식 보병총에 탄알을 만장탄한 상태에서 밤이면 강냉이밭에 총을 메고 보초를 섰다.

식량난에 굶주린 조선의 모든 곳에서는 강냉이 도적이 살판쳤다. 군대나 농민이나 노동자나 학생이나 할 것 없이 모두가 풋강냉이 때부터 강냉이 도적질에 이골이 났다. 길주군 홍수리 관저 일꾼들은 공화국 창건 기념일인 9월 9일을 의의 깊게 맞이하느라고 먹자판을 벌였다. 농장 공동축사의 돼지를 잡고 햅쌀로 찰떡치고 야단법석이었다. 그런데 어둠이 깃든 명절날 밤 정적을 깨뜨리는 한 방의 요란한 총소리에 이어 잠시 후 농장 강냉이밭에서 인민군 병사 한 명이 강냉이밭 경비를 서던 인민군 병사의 총에 맞아 죽었다고 했다.

알고 보니 홍수리 주변 주둔 군부대 병사가 풋강냉이를 도적질하기 위해 밭에 들어갔다가 군대 무장 경비원의 자동총 세례를 받아 즉사한 것이었다. 그리하여 농장 관리 일꾼들이 마련한 9·9절 축제용 돼지고기와 푸짐한 찰떡은 죽은 병사의 장례 차림으로 군 참모부에 옮겨갔고, 푸짐한 돼지고기와 찰떡 맛을 보려던 농장 관리 일꾼들은 싱겁게 군침만 삼켰다는 이야기였다. 인민군대 병사들의 비행 자료를 말하자면 이루 다 말할 수 없다.

보위사령부 회령 백산초소의 병사들도 꼭 같은 독재정권에 맹동맹종하는 도적군대 도태군대였다.

이날 오전 나는 풀 뽑기를 끝내고 조용히 어두운 감방 안에서 잠을 청했으나 잠이 오지 않았다. 나는 8월 31일 여기 회령 백산초소 보위부에 감금되어 9월 5일까지 6일 동안 이곳에서 지냈다. 그 기간에 단 다섯 끼 식사만 보장받았다. 엿새 동안에 열여덟 번 식사하게 된 곳에서 오직 다섯 끼만 밥을 주고 나머지 끼니는 모두 굶기니 하루에 평균 한 끼 식사도 보장 안 해 주는 인권 불모지 백산초소! 이것이 오늘 조선의 인권 실태다.

오후 2시가 되었다. 밖에서 지프차가 경적 소리와 함께 엔진 멎는 소리가 들렸다. 잠시 후 직일근무 병사가 감방 문을 열더니 나오라고 했다. 나는 감방에서 나와 병실 마당으로 갔다. 중국제 새 지프차 한 대가 왔고, 그 주변에 인민군 중좌 두 명이 백산초소의 뚱뚱보 사복 군관과 함께 서 있다.

낯 모를 중좌 한 명이 나를 보더니 내 이름을 부르면서 신분을 확인했다. 나는 가느다란 목소리로 그의 물음에 겨우 대답했다. 그는 나에게 목소리가 왜 맑지 못하냐고 반문한다. 나는 대답하지 않았다. 그는 이번엔 어디 아프냐고 묻는다. 그래도 나는 대답이 없었다. 이 외에도 중좌는 나에게 여러 말을 물었으나 나는 단 한마디도 대답하지 않았다. 대답할 용기도 없거니와 말할 맥도 없었다.

내가 묻는 말에 전혀 응답이 없으니 중좌는 생각에 잠긴 듯했다. 나는 중좌가 나를 매우 조심스럽게 대하는 감을 느꼈고, 어딘지 모르게 따뜻한 촉감을 느꼈다. 나는 그에게 말했다.

"중좌 동지 물 한 모금만 마시게 해 주시오. 갈증이 심해서입니다."

그랬더니 군관은 옆에 있던 직일병사에게 물을 가져오게 하여 나는 오래간만에 시원한 물을 한 고뿌 마실 수 있었다.

잠시 후 중좌는 자기의 전투 가방에서 수쇠를 꺼내더니 나의 두 손목에 채우고 지프차 뒷문을 열고 올라탔다. 나는 지프차 뒷좌석에 수쇠 찬 손을 무겁게 드리우고 올라앉았다. 중좌는 차 문을 쾅 닫아 버렸다. 차 앞에서는 새로운 낯선 중좌 두 명과 백산초소 사복장이 뚱뚱보 보위군관이 서서 몇 분간 말을 주고받으면서 담배를 피우고 있었다.

뚱뚱보가 물었다.

"어떤 놈이요?"

나에게 수쇠를 잠갔던 중좌가 대답했다.

"큰 고기입니다. 조심스레 다루어서 도착할 때까지 사고 없어야 하겠는데….."

"…군사재판감입니다….."

차 앞머리에서 주고받는 세 군관의 말이 나에게 똑똑히 들렸다. 나는 그들의 대화를 주의 깊게 듣고 있었다.

머나먼 길주로의 호송

  1999년 9월 5일 오후 3시를 조금 앞두고 나를 태운 지프차는 조선인민군 회령시 보위사령부 백산초소를 떠났다. 나는 호송되었다. 지프차의 운전수 옆자리에는 중좌복 차림의 상급 보위지도원이 앉았고, 뒷자리 왼쪽에는 두 손목에 수쇠 찬 내가 앉았다. 나의 오른쪽 자리엔 또 한 명의 인민군 중좌 보위지도원이 앉았다. 두 군관 보위지도원은 모두 허리에 권총을 차고 나를 호송했다. 말 없는 숭엄한 기운이 감도는 가운데 차 행군이 시작됐다. 차 안 공기는 싸늘했다. 두 호송 군관은 무언의 상태에서 나에 대한 경각성을 높였다.

  행여나 차 행군 도중에 내가 탈출을 시도하여 무뢰한 행동이나 하지 않을까 하는 의구심 때문인지 첫 순간부터 그들은 나를 조심스럽게 다루었다. 차가 천천히 언덕을 내려가더니 시내 중심 도로에 나섰다. 내 옆에 앉은 군관이 수쇠 찬 나의 손목을 내려다보더니 마음이 놓이지 않았는지 자기 호주머니에서 짧은 나일론 끈을 꺼내 내 손목의 수쇠 고리에 한 쪽 끝을 매고 다른 한 쪽 끝은 나의 바지 앞에 난 단추 구멍에 꿰여서 조였다. 그래놓고선 바지와 수쇠 찬 손을 하나의 끈으로 단단히 묶어 놓았다. 손을 자유롭게 움직이지 못하게 한 것이다. 거리에 나선 지프차는 속도를 높였다. 빠른 속도로 달리는 자동차의 상하 진동으로 승객은 허공에서 붕 떴다가 다시 착지하기를 반복했다.

차 안에서 한 차례씩 진동을 받을 때마다 옆구리 갈비뼈 타격 부위가 짜릿짜릿 아파왔다. 숨 쉬기조차 어려웠다. 백산초소에서 당한 후로는 온몸에 피멍이 지고 눈두덩은 퉁퉁 부어 있었다. 얼굴 여기저기에 시퍼렇게 멍이 들고 험상한 부위가 드러나 보였다. 어디로 호송하는 것일까, 나를 호송하는 인민군 중좌들은 누구겠는가 하는 생각을 하며 차 안에 몸을 맡긴 채 창밖을 내다보았다. 새뽀얀 먼지를 일구며 한참 달리던 차 안에서 앞좌석에 앉은 상급 보위지도원이 입을 연다.

"어둡기 전에 청진까지는 가야겠는데."

"도중에 용무를 단축해 주십시오. 그러면 얼마든지 어둡기 전에 청진까지는 들어설 수 있습니다."

운전수가 하는 말이었다. 도중 용무란 두 군관이 고무산지구에서 그 무슨 장사 꿍꿍이를 모의하고 간다는 걸 두고 하는 말이었다. 나는 이들의 몇 마디 대화를 속으로 분석했다. 청진이 나의 종착점이 아니겠는가 하는 생각 등 온갖 잡념으로 머릿속을 진정시킬 수가 없었다.

지프차는 조선의 북방에서부터 남쪽을 향해 달렸다. 벌판과 산골짜기, 철도와 공장지대를 지났다. 길가의 수많은 행인들과도 어기며 지루하게 달렸다. 달리는 차의 앞을 주시하면서 오늘의 북조선 현실을 빠짐없이 바라볼 수 있었다.

탈북 후 1년 만에 다시 돌아오는 조선의 지리와 마을, 사람과 자연, 숨 막히는 현실을 목격하면서 그 속에서 어렵게 살아가는 백성들의 모습이 삼삼히 떠올랐다. 길가에서는 1년 전 내가 조선을 떠날 때와 다름없는 백성들의 참상이 펼쳐졌다. 기름때 반들거리는 꽃제비 아이들의 정기 잃은 눈동자, 휘청거리며 방랑하는 거지 옷차림의 중년 사나이들과 로인들, 무거운 짐을 두 어깨에 걸머진 배낭꾼 행인들, 허약에 걸린 젊은 병사의 무질서한 움직임. 그런 풍경이 시야에 들어왔다. 차는 질풍같이 남쪽으로 남쪽으로 내달렸다.

햇볕에 얼굴이 새까맣게 그슬린 대지의 농장원들도 불탄 산에 올라 땔나무를 꺾어 싣고 땀 흘리며 힘겹게 걸어가는 할아버지의 손구루마와 어기며 때로는 화려한 상표 붙은 맥주병과 술병, 고급 려과담배를 하늘 높이 쳐들고 흔들어 보이며 차를 태워 달라고 애원하는 마대 배낭 멘 장사군 녀인의 애타하는 모습도 보인다. 도로 중심에 두 다리 쩍 버티고 당당히 서서 두 팔 벌려 자동차를 타자고 억지 부리는 인민군 청년의 광기 어린 모습도 보인다.

오늘의 조선에서만 볼 수 있는 생활의 흐름과 이 나라 백성의 살아가는 화폭을 한 눈으로 바라볼 수 있는 원거리 자동차 행군의 기회라 할까! 무거운 압력을 받아 안고 짓눌려 헤매며 살아가는 이 나라 백성들의 모습을 그대로 펼쳐보는 장거리 차 이동은 참말로 많은 것을 기억 속에 영상으로 남긴다. 땅땅한 석비례 흙으로 다짐한 도로를 따라 달리노라면 남쪽에서부터 들어오는 온성행 렬차도 만난다.

며칠 만에 들어오는 객차인지 렬차는 바라보기조차 끔찍했다. 유리창 하나 없는 객차 안에는 사람들로 붐볐다. 차내 복도에 꽉 들어찬 사람들은 비지땀에 젖어있고 의자와 사람들은 보이지도 않았다. 복도 사이에도, 의자와 의자 사이에도 빼곡히 사람들로 메워져 여러 명이 한데 엉켜 붙었다. 창 문턱 위에도 사람들이 앉고 짐 덕대 위에도 젊은이들이 올라갔다. 아우성치며 복잡한 가운데 힘겨운 녀인들은 등에 업었던 아기를 머리 위 짐 당반(선반)에 짐과 함께 올려놓았다. 망나니 청년들과 인민군 무리들은 유리 없는 창 문턱 위에 앉아 두 다리를 객차 밖으로 드리우고 흥얼거리는 등 달리는 객차 안의 모습은 실로 눈 뜨고 보기가 참혹했다. 렬차 밖의 경치는 또 얼마나 흉측한가.

렬차 지붕 위에도 빈자리 없이 려객들로 만원이었다. 전기 철도의 전차 선로에 머리가 닿을까 봐 모두 머리를 낮추어 엎드린 자세로 마주 오는 세찬 바람을 막아 비닐 보자기로 앞을 가렸다. 렬차 안에서는 배낭 짐 잃은 아낙네들의 통곡소리, 남의 짐을 훔치다가 덜미 잡힌 협잡꾼의 매 맞는 소리가 그칠 새 없었다.

이것이 오늘 조선의 려객렬차 모습이었다. 륙로를 따라 차로 장도 려행을 하노라면 오늘의 조선 현실이 죄다 펼쳐보인다. 차는 한참 달리더니 자그마한 산골 마을의 철도 역전 주변을 지나갔다. 역에선 금방 북방의 탄전에서 석탄을 실은 한 편대의 화물렬차가 남쪽 방향으로 떠났다. 화물차 석탄무지 우에는 삶을 찾아 헤매는 이 나라 생기 잃은 백성들이 무수히 올라탔다. 어디서부터 타고 오는 사람들인지 새까만 석탄재 먼지를 뒤집어써서 얼굴마다 흑인상이었다.

달리는 차 안에서 지난 1년 동안 중국에서 살면서 목격하고 체험한 발전하는 오늘의 중국 인민을 생각하며 어둡고 침침한 조선의 마을과 거리를 대조하노라니 쓰리고 아픈 마음 누를 데 없어하는데 저 멀리 앞에서 얼룩덜룩 착색한 무거운 도로 차단봉이 내려지면서 앞길을 막았다.

왼팔에 경무관 완장을 낀 군관 한 명이 차 앞을 막아 나선다. 앞좌석에 앉은 상급 보위지도원이 내려 경무관과 마주 선다. 무슨 영문인지 차단봉은 내려진 채 움직이지 않고 차는 떠날 줄을 모른다. 상급 보위지도원이 경무관에게 빌붙는 모습이 보였다. 무슨 규정이라도 어긴 것일까? 한참이나 빌붙어 사정하던 보위군관이 거의 동시에 차에 다시 와서 가방을 뒤졌다. 가방 안에서 중담배 몇 곽을 쥐고 가더니 완장 두른 경무관에게 내밀었다. 경무관은 몇 발자국 뒷걸음치다가 고급 담배를 받아 쥐었다. 거의 동시에 도로 차단봉이 가볍게 하늘로 쳐올라갔다.

속으로 쓴웃음을 지었다. 아마 옆에 앉은 보위군관도, 운전수도 다 쓴웃음을 지었을 거다. 지프차는 다시 다져진 석비례 도로를 따라 속도를 높였다. 회령을 떠난 지도 시간이 많이 흘렀다. 어느덧 해는 서산마루에 걸려있고 운전수의 엔진 냉각수 갈아 넣는 동작도 있었다. 지프차는 청진시를 가까이하여 높고 낮은 산골짜기를 질풍같이 빠져나갔다.

나무 한 그루 없는 산들이 끝없이 펼쳐졌다. 모든 산이 민둥산이었다. 그러나 산들은 빠짐없이 푸른색 산림 빛을 그대로 띠고 있다. 모든 산이 산림이 아니라 강냉이밭과 콩밭으로 되었다. 나라의 식량을 포기한 이 나라 백성들의 손발은 산에 있는 나무를 무자비하게 베어버리고 화전을 일구었다. 너나없이 달려든 화전 일구기는 몇 해 사이에 온 나라의 산을 모조리 불태워 버렸다. 올망졸망한 개인 소토지 밭 경계선들이 지도처럼 안겨왔다. 60~70도 경사지도 소토지꾼들의 생명을 이어주는 귀중한 뙈기밭이 되었고, 해발 2000m 고지 위에도 소토지 임자들이 나타났다. 이것이 오늘날 북조선 사람들의 생계 방식이다.

아스라한 산 위의 밭 경계를 따라 수많은 초막이 보였다. 소토지 주인들의 강냉이밭 경비막이었다. 풋강냉이 때부터 소토지꾼들은 자기 밭 경계에 경비막을 짓고 수확할 때까지 비바람 요동치는 날도 마다않고 풀벌레 소리를 가요로 들으며 침식을 산으로 옮겼다. 봄에는 소토지 땅 속에 심은 감자 종자를 몰래 파내 그것으로 때식을 이어가는 사람들이 있었다. 5월엔 어린 콩싹을 뽑아다가 삶아 먹기에 콩싹을 지키기 위해 밭 경비를 서야 하는 소토지 주인들의 고통도 이만저만이 아니었다.

소토지 주인들은 전국 어디에나 있다. 량강도와 자강도, 함경

도와 강원도, 황해도와 평안도에도 있는 소토지 주인들, 그 소
토지 주인들에 의하여 백성은 살기도 하고 죽기도 한다. 소토
지 주인은 농민도, 로동자도, 군인도, 안전원도, 보위원 가족이
나 간부 가족도 다 있다. 협동농장의 비료는 끊임없이 소토지
꾼들에게로 흘러나간다. 농장 포전에 뿌리려고 들고나갔던 비
료는 농장원의 손에 의하여 개인들 손으로 넘어가게 되며 다
시 소토지 주인들한테 팔려나간다. 비료는 강냉이와 1:1 또는
1:2 비례로 바꿈질도 한다.

　비료 먹은 농작물 소토지 이삭은 크게 자라고, 비료 빼앗긴
협동농장 작물의 이삭은 영양실조에 걸려 자라지 못한다. 그러
니 소토지 수확은 올라가고 농장 밭 수확은 내려간다. 농민들
의 개인 텃밭과 소토지 주인들의 곡식 자라는 속도는 매우 왕
성하다. 그러나 협동농장 밭 곡식은 그렇지 못하다. 그리하여
소토지에서 수확된 곡식은 장마당 거래를 통하여 인민을 살려
내고, 계획 수확량에 미달한 협동농장 분배를 바라보고 사는
백성은 죽어가는 것이다. 나무 한 그루 없는 벌거벗은 조선의
산들은 모조리 소토지로 변질했다.

　달리는 차 안에서 이것저것 살피면서 해가 지고 어둠이 깃들
때까지 달리니 지프차는 어느덧 청진역 앞에 도착했다. 두 보
위군관은 오늘 밤 청진시 친척 집에 들러 장사 거래 의논을 하
며 푸짐한 안주에 고급 술잔도 기울일 작전을 짰다. 두 군관이
잠깐 쑥덕거리더니 차를 청진시 보위소대에 들이댄다. 상급 보
위군관이 보위소대 직일관실에 들어갔다가 나오더니 수쇠 잠

근 나를 차에서 내리게 했다. 나는 그를 따라 청진 보위소대 감방 안에 안내됐다. 상급 보위원은 청진 보위소대 직일관실에서 나오면서 담당 직일관에게 오늘 저녁과 래일 아침에 나에게 감방 식사를 보장해 주라고 부탁하고서는 차를 타고 사라졌다.

나는 청진시 보위소대 감방에 들어갔다. 감방 안은 어둡고 침침하다. 직일관실과 잇닿아 있는 감방은 감시구를 통하여 희미한 빛이 들어왔다. 철판으로 만든 작은 출입문은 감방 밖에서 직일관이 여닫으며 빗장을 잠그게 되었다. 내가 청진보위소대 감방에 들어갔을 때 감방 안에는 청년 군인 한 명이 갇혀 있었다. 나는 인츰(이내) 그와 사귀였다. 젊은 군인은 내게 아버님은 어데서 오시냐며 첫 인사말을 던졌다. 나는 그에게 여기로 오게 된 사연을 자초지종 이야기하고 그가 감방에 갇히게 된 사정을 물었다.

청년은 청진시에서 군사 복무하는 중사편제의 날파람 있는 사람이었다. 175cm의 보기 좋은 키에 건장한 체력을 가진 청년이었다. 지금까지 9년 동안 군사 복무하였다며 군대 생활에 대한 권태증을 늘여 놓았다. 부대 내에서 한 전사와 싸움질을 했는데 상대편 전사가 크게 얻어맞아 죽게 된 상태라고 했다. 자기한테 맞은 전사가 죽으면 자기도 사형될 것이라고 하면서 아직 저쪽 전사가 죽었는지 살았는지 모르겠다며, 자기 생각에는 틀림없이 죽었을 것이라고 했다. 오늘은 여기에 들어온 지 꼭 30일 되는 날이라고 했다.

누구든지 군인을 만나면 처음에 고향이 어디며 몇 살인가를 묻는다. 나도 그에게 고향과 나이를 물었다. 그는 대답했다. 새별군에 집이 있고, 스물일곱 살이라고 했다. 아직 입당도 못했으며 너무나도 오랜 기간동안 군사 복무함으로써 제대하고픈 마음이 날마다 커진다고 했다. 나는 내가 중국에 갔던 일과 중국 인민들의 잘 사는 형편, 그리고 중국 경제의 비약적 발전상과 대외정책 같은 것들을 아는 대로 재미나게 이야기하였다. 남조선 경제의 발전상에 대하여서도 흥취 나게 이야기해 주었다.

그는 자기 집이 두만강 류역에 있기 때문에 군대에 입대하기 전에 두만강에서 헤엄도 치고 겨울에는 썰매도 탔다는 이야기를 하면서 고향을 그리워하며 지루한 군사 복무 기일을 개탄했다. 나는 중국에서 1년간 살면서 한국의 KBS 사회교육방송을 많이 애청하였으며 한국과 다른 여러 나라 소식들도 다소 알고 있었다. 그리하여 병사에게 내가 알고 있는 한국 소식과 세계 뉴스에 대하여 이것저것 아는 대로 이야기해 주었다. 청년 군인은 매우 귀맛이 있어 하였다.

서로 재미나게 이야기하는 과정에 저녁 식사 시간이 되었다. 직일관은 병사에게만 죽 한 사발을 가져왔다. 나에게는 저녁 식사가 없다고 했다. 병사는 자기에게 차려진 죽 그릇을 내게 내밀면서 함께 먹자고 했다. 혼자 몇 그릇이나 먹어도 성에 차지 않을 정도로 적은 량이었다. 밥사발 안에 절반 정도 담아주니 그런 건 몇 그릇 먹어도 만족 못할 청년의 식량에 내가 개입할 체면이 못 되었다. 배고픈 심정을 참으면서 먹고 싶지 않다고 하면서 끝내 사양하였다. 청년 병사는 순식간에 죽을 먹어

버리고 밥그릇을 직일관실에 내밀었다.

청년 군인 죄수의 말에 의하면 자신은 오랜 기간의 군사 복무를 통하여 체력이 비교적 강하게 단련되었다고 했다. 중학교 시절부터 권투와 구기운동에 취미가 있었다고, 특히 권투선수로 활약한 실력 때문에 군대 생활 과정에 여러 번 감방 구류장 밥을 먹었다고 했다. 괄괄한 남성다운 그의 성격은 동료 병사들에게 주먹 강타를 먹여주던 이야기와 그 후과로 수차 구류장 감방 생활하던 이야기를 신나게 했다. 아직 젊은 나이지만 감방 생활 경험은 풍부했다.

나는 병사와 여러 이야기를 하면서 내가 여기까지 오게 된 경위와 나의 간단한 경력을 이야기 하고 그에게 내가 앞으로 어떻게 처리될 것 같은가를 심심풀이로 물어보았다. 그것은 그 병사가 군사복무 기간에 여러 차례 감방 생활을 체험해 군대 내에서 죄수들의 처형에 대한 이런저런 실태에 대하여 많은 것을 알고 있을 것 같아서였다.

청년 병사는 자기가 보고 체험한 경험에 기초하여 말했다. 그의 말에 의하면 나는 래일 청진시 라남구역에 있는 군단 구류장으로 옮겨질 것이며, 거기서 적어도 3개월 정도 강한 규율과 압제 속에서 구류당하면서 피를 말리우면서 예심을 받는다고 했다. 그는 자신이 사회안전부 구류장도 맛보았고, 군 구류장에도 갇혀 보았는데 군대 내 구류장은 사회안전부 구류장보다 더 참기 어렵다고 했다. 예심에서 반주검 된 상태로 군사재판을 받게 될 것이며 용서 없이 사형 집행 언도할 것이라고 하였다. 그 병사의 몸서리나는 군대 구류장 생활의 처참한 내용은 듣기만 해도 기절초풍할 정도였다. 인권의 불모지, 인권 유린, 인권 침해의 왕국인 이 나라를 끝없이 통탄하게 되었다.

밤 11시쯤 되었을 때였다. 감방 문 열리는 요란한 소리에 이어 상등병 군복 차림의 어린 병사 한 명이 직일병의 주먹 강타를 먹으면서 쫓기듯이 감방 안으로 들어왔다. 병사는 기가 꺾여 한숨만 푹푹 내쉬면서 감방 한구석에 자리 잡아 앉았다.

구 병사 죄수는 신입 병사 죄수에게 물어본다.

"너 어느 부대냐?"

신입 죄수가 자기 부대 명을 말하자, 구 병사 죄수가 다시 묻는다.

"너 무슨 일로 해서 잡혀들어 왔어?"

신입 상등병 죄수는 자기소개를 시작했다.

황해남도 배천군에 집이 있고, 부모는 협동농장에서 일한다고. 자기는 청진시에서 군사 복무한 지 3년 됐고 올해 나이 22살이라고 했다. 그는 군대생활 기간에 잘 먹지 못하고 배고픈 생활의 련속으로 지금 영양실조에 걸렸다고 했다. 그리하여 기차 타고 온성군에 살고 있는 삼촌네 집을 찾아가다가 고무산역을 지나면서 렬차 내 경무원들의 검열에 단속되어 온성까지 갔다가 호송 군관에게 인계되어 여기까지 되돌아 나왔다고 말했다. 나올 때에 자기 외에 다른 병사가 함께 단속돼 있었는데 그 병사는 나오다가 달리는 렬차에서 뛰어내려 도망쳤다는 말도 했다.

구 병사는 신이 나서 계속 물어봤다.

"그런데 너 온성에 있는 삼촌네 집은 왜 가니?"

"삼촌한테 가서 돈이라도 좀 구해보자고 가지. 황해남도까지 가자면 거리가 멀어 못 가겠지만 온성은 여기서 가까우니까. 오래간만에 조카가 군복 입고 찾아갔는데 삼촌이 얼마간의 돈은 줄 수 있겠지!"

상등병은 삼촌한테서 돈을 얻어가지고 와서 그 돈으로 배고플 때마다 매식함으로써 영양이라도 보충하려던 것이라고 이야기하였다.

나도 상등병에게 몇 마디 물어보았다.

"부대에서 외출증명서나 려행증명서를 해 가지고 떠날 것이지 왜 무단 외출하나?"

"시끄러우니까. 외출증은 내주지도 않거니와 군관들 모르게 슬그머니 갔다 오면 그만이지…."

"군관은 모를 수 있어도 분대장이나 다른 사관들이야 알 수 있지 않니?"

"그거야 뭐. 갔다가 와서 슬그머니 호주머니 안에 담배 몇 곽 찔러 넣어주면 되는 거죠."

그는 두 가지 사실을 알려주었다. 하나는, 부대 내에서 분대장과만 잘 통하면 외출쯤은 대수롭지 않게 실현된다는 것. 다른 하나는, 군관이 알아차린다 해도 분대장이 그 군관한테 뢰물을 찔러주면 극복된다는 것이다. 하지만 이번에는 우연히 경무원한테 단속되었기 때문에 재수가 없게 되었다는 것이다. 그리고 이와 같은 실례는 부대 내 군인들 속에서 보편적으로 있는 사실이라고 이야기한다.

"그러다가 전쟁이나 일어나고 부대가 다른 곳으로 이동하면 어떻게 하겠나?"

구 병사 죄수는 엉뚱한 질문을 들이댄다.

"전쟁이 터지겠으면 터지라지. 그때는 뭐 살아나기나 할 것 같애? 너 죽고 나 죽고 다 죽고 말 터인데….."

상등병의 대답이다. 강성대국 한다는 조선인민군 병사들의 정신사상적 준비의 진짜 실태가 이러하다. 나는 현재 군대 내 규률과 질서의 한 부분을 감방 안에 있는 두 전사의 대화에서 낱낱이 들여다 볼 수 있었다. 한참 후에 나는 두 병사에게 물었다.

"지금 남조선 사람들이 지난해 11월부터 우리나라 금강산 관광을 진행하고 있는데 그런 내용을 알고 있나?"

두 병사는 처음 듣는 소리라고 한다.

"금년 봄부터 남조선 당국이 우리 북조선에 리산가족 문제를 해결하는 방안을 제기하고, 그 대가로 북조선에 비료 20만 톤 지원하며 리산가족 문제 회담을 시작하기 전까지 먼저 화학비료 10만 톤을 지원한 사실을 알고 있나?"

두 전사는 역시 처음 듣는 이야기라고 답했다.

어찌 그럴 수 있느냐는 기색이었다. 나는 계속하여 지금 남조선의 농업과학자들이 북조선에 와서 강냉이, 감자 등 우리나라 기후 풍토에 맞는 농작물을 개선하기 위하여 농업과학 연구사업도 진행되고 있는 사실을 알고 있는가 하고 물어보았다. 그러나 두 병사는 그런 내용을 전혀 모르고 있었다. 나는 또 두 병사에게 북조선 잠수함이 남해 바닷가를 은밀히 침공하였다가 남조선 군인들의 화력에 얻어맞아 침몰된 사실과 동해에선 두 척의 북조선 간첩 배가 일본 해역에 들어갔다가 추격 받고 도망친 내용 등 세상 사람들의 기억에 흔적을 남긴 몇 가지 사실에 대하여 이들에게 물어 보았다. 두 병사는 역시 전혀 모르고 있었다.

북조선에서 이런 것을 모르는 것쯤은 별 희귀한 일이 아니다. 너무나도 파렴치한 당과 정부의 인민에 대한 기만과 우롱, 파쇼적인 독재정치의 산물에 대하여 단죄하게 되는 것이다.

세 명의 감방객은 시간가는 줄도 모른 채 오랫동안 정치체제와 사회, 경제 관리에 대한 비화를 나누었다. 체제에 대한 불만과 비판, 사회 경제 관계에 대한 모순 등 인민의 감정에 맞지 않는 현상에 대해서는 오직 이 감방 안에서 감방객 호상간만이 서로 마음 놓고 주고받을 수 있는 이야기였다. 감방 밖의 모든 공간 그 어디에서도 함부로 체제와 정치에 대하여 옳다거나 그르다거나 비판할 수 없었다.

체제와 정치에 대한 비판과 불평불만은 북조선 사회에선 최대의 범죄로 취급되며 이 정치 낚시에 걸리기만 하면 영원히 인간 세상을 떠나야 하는 최대의 범죄자로 규정되었다. 이 정치 낚시에 걸리면 본인뿐만 아니라 그의 가족, 친척 모두가 지옥의 가시밭을 걸어야 하는 것이 오늘의 조선 정치 화폭이다. 그러기에 체제와 정치에 대해서는 무조건 좋다, 옳다, 훌륭하다고 해야 하며, 찬양하는 말 외 그 어떤 반대 뜻의 다른 말 표현은 절대로 허용되지 않는다.

청진시 보위소대 감방에서의 밤은 빠르게 지나갔다. 잠시 잠들었나 했더니 벌써 새날이 밝았다. 감방 밖에서 생존 경쟁을 알리는 사람들의 악성이 새벽 공기를 가르며 귀전을 쳤다. 청진역 구내와 잇닿은 감방 속에는 역 구내에서 규찰대와 정복 입은 철도안전부 군관에게 단속된 생존 경쟁자들과 보따리 장사꾼들의 비운에 찬 불쌍한 구걸하는 소리와 으르렁대는 세력가들의 어지러운 악음이 뒤섞여 들려왔다. 잠에서 깬 나는 좌우를 살폈다. 환기 구멍 너머로 철도역 구내에서 소리가 들려온다. 인민군 중사 죄수도, 상등병 죄수도 눈을 말똥하게 뜨고는 소리가 들려오는 쪽을 향해 귀를 기울이고 있었다.

지난밤에 갓 들어온 상등병 전사는 눈확이 팍 꺼지고 가느다란 목에 때 묻은 목달개를 달고 있었다. 그가 갑자기 나의 왼손을 잡아들더니 손바닥을 펴라고 했다. 빳빳하게 편 나의 손바닥을 들여다보던 병사는 점쟁이처럼 혼자 중얼거린다. 재산이 어떻겠다느니, 인생살이 고생이 어떻다느니, 자식이 어떻다느니 또 친척과 이웃관계가 어떻다느니 하면서 중얼댔다.

"아버님, 꼭 감방에서 탈출하여 자유의 몸이 되십시오. 아버님 손금을 보니 탈출만 하면 매우 오래 살 것 같습니다. 명금이 아주 좋습니다."

병사의 점쟁이 같은 운세 놀음에 오랜만에 감방의 셋은 명랑하게 웃었다.

아침 7시, 고동이 울리고 감방 안으로 아침 식사가 들어왔다. 그런데 어제 저녁처럼 밥사발에 담은 죽 한 그릇만이 들어왔다. 사발 속엔 숟가락 두 개가 꽂혀 있었다. 아직도 죽 두 그릇을 더 들여보내야 하겠기에 우리 셋은 한참이나 기다렸다. 그러나 죽 그릇은 끝내 더 이상 들어오지 않았다. 중사는 감시창으로 직일관을 향해 소리쳤다.

"직일관 동지, 죽 하나만 들어왔습니다. 두 그릇 더 들어와야 합니다."

"야, 이 새끼야. 죽 한 그릇을 두 놈이 같이 먹으란 말이야. 숟가락 두 개를 한데 넣어 보낸 것 보면 알아야지. 지난밤에 들어온 놀개지(노루) 새끼는 먹이지 말라!"

그제야 우리 세 명의 감방객은 어처구니없어 하며 죽 한 그릇을 셋이서 함께 먹었다. 아침 9시가 되자 보위소대 직일관은 두 병사를 불러냈다. 갓 철거된 건물의 두드러진 기초 부분의 콘크리트 까 내리는 작업을 시켰다. 감방에 혼자 적적하게 누워있는데 낮 12시가 되어 나를 호출하는 직일관의 목소리가 들렸다. 밖에 나가니 어제 타고 온 지프차가 마당에 들어와 있다. 두 중좌 보위군관이 내리더니 어제와 꼭 같이 나의 두 손목에 수쇠를 잠그고 차에 태웠다. 어제와 다른 점은 지프차의 뒷좌석 가운데 내가 앉고, 나의 오른쪽에 중좌 호송군관이 앉고, 왼쪽에는 젊은 해군복 차림의 하사 한 명이 국방색 군인 배낭을 자리 뒤 등받이 우의 빈 공간에 올려놓고 조심스레 앉았다. 앞좌석에 앉은 상급 보위지도원이 보위소대 직일관과 거수경례로 작별인사를 나누자 차는 부르릉거리며 자리를 떴다.

나는 차가 라남구역 군단 범죄자 집결소로 가는 줄로 생각하면서 긴장감으로 초조하였다. 긴장 속에서 앞을 주시하는데 지프차는 군단 방향으로 가는 것이 아니라 라남 고개를 넘어 달리더니 경성 포장도로를 따라 계속 달리는 것이 아닌가. 남쪽으로 쉼 없이 달리는 차 안에서 마음이 점점 무거워졌다. 차는 이제 운명의 종착점을 향해 빠른 속도로 달리고 있다. 운전수도, 호송 보위군관도, 해군 병사도 묵묵히 아무 말 없이 앞만 주시했다.

차 안에 탄 모든 사람이 나의 움직임, 나의 숨소리, 나의 몸가짐을 예리하게 주시하는 게 느껴졌다. 이따금 가볍게 올려 뛰는 자동차 스프링 쇠의 진동으로 허공에 떴다가 떨어질 때마다 옆구리 갈비뼈 상처의 동통 때문에 정신을 잃을 것만 같았다.

조용히 달리는 차 안에서 보위소대 감방의 애젊은 상등병의 목소리가 상기되었다.

"아버님, 꼭 감방에서 탈출하여 자유의 몸이 되십시오. 명금이 아주 좋습니다."

나는 지금 악마들의 철쇠에 묶인 몸이나 탈출만을 노리고 있다. 감옥에 잡혀 들어간 첫 순간부터 탈출 기회만 예리하게 살폈다. 그 기회를 잡기 위해 한순간도 방심하지 않았다. 밤이면 감방 안에 조용히 누워 하루를 되짚어보았다. 오늘 탈출할 기회가 있었는데 놓친 것은 아닌가, 만약에 선택된 그 어느 순간에 탈출을 시도하였더라면 성공할 수 있었겠는가 등 탈출 시도에 대하여 세심히 그리고 가장 랭정하게 총화해 보곤 하였다.

로정에서의 도주 기도는 나의 최대 사활적 과업이며 확고부동한 신념이었다. 매 시각 순간순간을 탈출이라는 거사와 련결시켜 재 보고 저울질해 보는 것이 이제는 내 감방생활의 첫 순간부터 익혀온 본능으로 되어 버렸다. 그러나 지금까지 탈출이라는 그 성공의 기회와 순간이 차려지지 않았다.

착잡한 생각으로 모대기는데 어느덧 차는 시원한 동해 바닷가의 도로를 달리고 있었다. 바닷물은 쉼 없이 출렁댔다. 출렁이는 바다 모습이 마치 자유를 갈망하며 몸부림치는 나 같았다. 바닷가 백사장 주위로 끝없이 뻗어간 가시철망이 눈에 들어왔다.

전체 조선의 바닷가 주변은 이렇게 강철 가시철망으로 둘러막혔다. 둘러막힌 그 가시철망 안에서 조선의 정치가 살판 쳤다. 10여 줄의 가시철망은 조선 땅 전체를 봉쇄하였고, 그 가시철망으로 해서 백성들은 바닷가조차 마음 놓고 나가지 못했다. 무더운 여름날 시원한 해수욕도 가시철망으로 단절됐다. 고기잡이 어부도 총 쥔 인민군의 승인을 받아야 바다 어장으로 나갈 수 있다. 조금씩 열어주는 가시철망 틈으로 빠져나갔다가 세찬 풍파를 만나면 좁게 열린 그 가시철망 사이로만 찾아 들어오는 폐쇄된 바닷가 마을의 인생살이 또한 원통했다.

언제면 광활한 바다 우에 자유롭게 날아드는 저 갈매기 떼처럼 이 땅의 그 어디라도 자유롭게 다닐 수 있을까! 북방의 두만강이 동해와 합쳐지는 그곳에서부터 시작된 가시철망은 동해 연선을 따라 남으로 끝없이 뻗어가 남북 조선의 허리를 가로질러 서해 바닷가로 건너간다. 그 가시철망은 이 나라 백성의 가슴속에 가시 박힌 상처를 남겼으니 조선의 고위 정치가들이여, 량심의 가책으로 백성 앞에 사죄하라. 너희들의 정치 빈곤으로 하여 백성들은 빈혈이 왔고, 너희들의 가시철 봉쇄로 하여 조선은 세계 앞에 고립됐고, 빛을 잃었음을 명심하라!

  동해 바닷가 도로를 따라 달리니 창문 너머로 바다 경치가 보였다. 자연의 경치는 아름다웠으나 가슴속을 파헤치는 쓰라린 마음의 고통은 누를 길이 없다. 나의 조국 산천, 내 조국의 바다이건만 인생의 황혼기가 되도록 단 한 번만이라도 시원한 바닷가에서 낚시질하며 바다를 즐겨보는 소원을 이루지 못한 이 나라 백성이 얼마나 숱할까. 이웃나라 사람들도 즐겨보는 내 나라 금강산과 묘향산, 칠보산과 백두산이건만 내 나라 인민은 보지 못하고 향수하지 못한다. 이런 백성의 아픈 마음 또한 씁쓸하기 그지없다. 산 좋고 물 좋은 곳만 찾아다니며 별장이요, 특각이요 하면서 호화 호텔 지어놓고 그 주변에는 백성이 얼씬도 못하게 하는 이 나라 고위 정치가들의 량심에 들이박힌 차가운 원천이 무엇인가 분석해 보라!

  호송을 위해 머나먼 길을 달려온 차는 어느 한 바닷가 어촌의 아늑한 곳에서 발동을 멈추었다. 운전수도, 호송 군관도 차에서 내려 휴식하였다. 운전수는 자동차 보닛 뚜껑을 열었다. 라제따의 물구멍에서 뜨거운 증기가 뿜어난다. 사람도 차도 모두 피곤했다. 차 안에는 나와 해군 병사뿐이었다. 나는 병사에게 조용히 물었다.

"젊은이는 어디로 가오?"

"평륙리로 갑니다."

나는 해군 병사의 목적지를 듣고서야 비로소 내가 길주로 호송되는 중이라는 사실을 깨달았다. 길주군 평륙리인 것이다. 그리고 다시 곰곰이 생각을 더듬어 보니 이 지프차와 운전수가 기억난다. 작년에 내가 기업소 다닐 때 이 차를 련합보위부가 배정받아 접수해 놓고 보니 한 부속이 파손되어 있었다. 그때 내가 파손된 부속품을 기술 준비하여 공무직장서 제작해 조립하던 일이 생각난다. 이들은 길주 련합기업소 정치보위부 군관들임이 이제야 느껴진다. 최근 새로 기업소에 파견돼 온 군관들일 것이다. 나는 비로소 이들이 회령 백산초소에서부터 조심스럽게 대하면서 여기까지 달려온 전 로정을 길주팔프련합기업소와 련결시켜 생각해 보았다.

호송차는 여기서 충분히 휴식하였다. 일행은 다시 차에 올랐고 운전수는 전과 같이 남은 로정으로 차를 몰아갔다. 차는 어느새 어랑에 들어선다. 내 옆에 앉은 중좌가 운전수에게 어랑비행장에 잠깐 들렸다 가자고 했다. 항공부대에 가서 군의로 복무하는 자기 형을 만나보고 가겠다고 했다. 운전수는 핸들을 돌려 어랑비행장 예비 활주로를 타고 달렸다.

비행장 활주로 끝부분에 30여 대의 가짜 비행기가 횡대지어 섰다. 새하얀 백칠판으로 만든 가짜 미그형 전투기들이 활주로 주변 로천에 보란 듯이 형체를 드러내 보이고 있다. 중좌의 말에 의하면 진짜 전투기는 지하 굴속에 은폐 돼 있고, 가짜 비행기 외피만이 저렇게 허수아비로 배치해 놓는다고 했다. 적을 기만하기 위하여 비행기 형체를 외피만 만들어 잘 보이는 곳에 배치해 놓는다는 것이다. 활주로 주변에 배치된 가짜 미그형 전투기들을 보면서 진짜가 없는 조선의 가짜에 대하여 깊이 생각해 본다. 정치도 가짜, 선전도 가짜, 력사도 가짜, 무력도 가짜, 모든 것이 가짜가 판을 치며 없는 것도 있는 것으로, 있는 것도 없는 것으로, 작은 것도 큰 것으로 둔갑하는 나라이니 가짜 비행기로 위장해 보려는 어리석은 군사독재도 허수아비 가짜로 운명을 고할 때가 멀지 아니한 것이다.

길주가 점점 가까워졌다. 가까워질수록 이런저런 생각으로 머릿속은 복잡해졌다. 먼 로정을 달려온 차는 어느덧 명천구역을 지나 온수평 고개를 넘어 길주로 들어섰다. 온수평으로부터 금송, 길주로 달리는 동안 백성들의 옛 모습을 그대로 펼쳐 보였다. 무거운 배낭을 메고 다니는 아낙네들, 불탄 산에 가서 땔나무 듬뿍 싣고 땀투성이가 되어 손구루마 끄는 사람들, 농촌 지원에 동원된 군인들과 학생들, 여기저기 보이는 강냉이밭 경비 초막들, 무리지어 다니는 꽃제비 아이들, 모든 것이 예나 다름없는 모습으로 탈북 1년 만에 다시 돌아오는 나의 마음을 쓸쓸히 파고들었다.

저녁 6시가 넘자 차는 길주 세거리 갈림길에 닿았다. 세거리 갈림길에서 평륙리에 간다는 젊은 해군 하사가 내렸다. 이후에 차는 다시 방향을 돌려 공장 정문을 향하여 달렸다. 내가 살던 영북구 고향집을 바라보며 회상에 잠기는데 벌써 차는 련합기업소 정문을 서서히 통과했다. 앞을 내다보니 낯익은 얼굴들이 퇴근길을 나서고 있었다. 모두 피부색이 그을린 데다가 핏기 없는 얼굴들이다. 하루 생계를 근심하며 퇴근하는 그들의 얼굴을 바라보며 지난날의 식량난이 오늘까지 계속됨을 한눈으로 읽을 수 있었다.

차는 구내길 위로 서서히 가는 중인데 나는 공장 굴뚝부터 쳐다보았다. 연기가 안 나는 공장 굴뚝은 온기 없이 랭랭하고 기계의 동움소리가 하나도 없었다. 조명등을 꺼버린 캄캄한 직장 안의 창문들엔 다 꿰진 박막들이 바람에 펄럭이고 있었다. 작년 여름 내가 이곳을 떠날 때보다도 더 참혹한 몰골로 공장은 죽은 듯이 서 있었다.

나를 호송한 지프차가 련합기업소 정치보위부 정문에 들어선 것은 이날 저녁 6시 30분이었다. 호송 군관인 상급 보위지도원은 나의 손목에서 수쇠를 푼 뒤, 곧 련합기업소 정치보위부장실로 들어갔다.

살인 소굴 재탈출

길주팔프련합기업소 보위부 마당에 도착한 상급 보위지도원은 곧 보위부장실에 들어가서 보고했다. 련합기업소 정치보위부 대좌 박길운 부장이 중좌인 보위지도원과 함께 내 앞에 나타났다. 나는 머리를 숙인 채로 마당 중심에 못 박힌 듯 서 있었다. 한참 동안 쏘아보던 부장은 랭혹하게 한마디 했다.

"언제부터 변질되기 시작했소!"

나는 대답하지 않았다. 잠시 무거운 침묵이 흘렀다. 보위부장은 옆에 선 중좌에게 턱으로 나를 가리키며 저쪽으로 데려가라는 신호를 보냈다. 나는 부장의 신호에 따라 보위부 건물 중앙 복도를 따라 걸어 경비실로 들어가 대기하였다.

부장은 전체 보위부 성원들을 마당에 집합시키고 쑥덕공론을 벌였다. 아마도 내 문제를 앞으로 어떻게 처리할 것인가에 관해 지시를 내리는 모양이다. 보위부 마당에서 포취(전달)사업이 끝나자 보위원들은 각각 자기 사무실로 들어갔다. 부장은 천천히 걸어서 내가 있는 경비실로 오더니 마주서서 나를 지켜보았다. 나는 그저 머리 숙인 채 침묵하고 있었다. 마주 선 두 적수는 보위전선에 나선 어제의 상급과 하급 간의 긴밀하던 관계였다. 랭랭한 침묵 속에서 몇 분가량이나 마주선 채로 서로를 응시했다. 그러다가 부장은 천천히 돌아서서 자기 방으로 갔다. 나는 경비실 온돌방에 올라 다리를 펴고 편안히 앉았다.

　나는 조선인민군 총정치국 직속 길주팔프련합기업소 설계실에서 30여 년을 설계원으로 일하면서 실무 및 과학기술 지식을 련마하여 왔다. 그러면서 1974년부터 기업소 정치보위부 비밀공작원으로 사업했다. 정치보위부가 나를 비밀공작원으로 흡수한 근저에는 원인이 있다. 나는 복잡한 가정환경과 토대를 가진 사람이다. 일찍이 6·25전쟁 당시 아버지가 남조선으로 월남했다. 그랬기 때문에 '월남자 가족'이라는 불명예스런 정치적 감투를 쓰고 온갖 정치적 수난과 사회경제적으로도 정신적 압력과 고통 속에서 살아왔다. 외가 편도, 처가 편도 모두 가정환경과 토대가 시원치 못했다. 그래서 모든 일에 소심하였고 나서기를 주저하고 매사에 심중하였다. 성분을 새로 개선하기 위해서는 살과 뼈를 깎아서라도 인생로를 닦아 남들의 수모를 받지 말아야 했다. 그리하여 남들보다 열 배 백 배 뛰고 또 뛰어 국가와 사회에 충실하려고 했다.

　기업소 정치보위부는 나의 우단점을 정확히 보고 저들의 시야에 넣었다. 그들이 내게 비밀공작사업을 권고하였을 때, 나는 거절할 수 없었다. 거절은 곧 반혁명으로 간주받기 때문이며, 그로부터 감당해야 하는 후환이 걱정되기 때문이다. 그들이 나에게 주는 임무란 내가 일하고 있는 설계실과 기업소 관리부서 내 간부들과 근로자들 속에서 나타나고 있는 사상 동향과 반국가, 반체제, 반정부 요소에 대한 판단 적발과 그에 대한 장악 보고를 제때 하는 것, 그리고 재일조선 귀국민들과 복잡한 계층 주민들에 대한 사상 동향을 감시하여 장악하고 보고하는 거였다. 보위부는 이 사업을 위한 묘리와 방법론을 자주 강습해 주었고, 비밀리에 나 자신을 장악 통제하려 들었다.

나의 직속 담당 상관이 보위부장이었다. 나는 꼭 보위부장과만 상대했다. 이 사업은 절대 비밀이었다. 부장과 제정된 날짜와 시간에 접선하여 새로운 임무도 받는다. 때로는 군보위부 밀실에 가서 침식도 함께하면서 정치보위사업의 방법론과 경험담을 청취하였으며 때로는 공작비도 써 가면서 그들의 방안대로 움직여야 했다. 내가 수행한 비밀정보사업에 대해서는 후일에 별도로 토론할 기회가 있으리라 생각하면서 다른 이야기부터 하자.

저녁 7시가 훨씬 지나자 사위가 어두워졌다. 상급 보위지도원은 나에게 합숙 식당으로 저녁 식사를 하러 가자고 했다. 부드러운 음성이었다. 나는 싫다고 대답했다. 보위군관은 인정 있게 대하면서 말했다. 죄는 죄고, 식사는 식사다. 그러니 제때 식사 해야 한다고 그는 말했다. 그러더니 공장 정문 밖에 있는 로동자 합숙 식당으로 나를 안내했다. 지난날 내 정성을 담아 다듬어오던 낯익은 공장 구내길을 천천히 걸으며 숨죽은 듯한 참모부서의 건물을 지나 중좌와 함께 로동자 합숙 식당에 왔다. 중좌 상급 보위지도원은 합숙 식당 책임자에게 자기 식권 한 장을 주었다. 회령에서 나를 방금 데리고 온 사연을 이야기하면서 며칠간 나에게 식사를 보장하는 일에 대한 동의를 얻었다.

합숙 식당의 식모들이 일제히 나에게 시선을 돌렸다. 모두가 다 잘 알고 있는 식모들이다. 합숙 사감을 비롯하여 련합기업소 후방과 거의 모든 종업원들이 나를 알고 있었다. 내가 온 것을 알게 된 식당 식모들은 저마다 배식구로 머리를 내밀어 나를 보려고 했다. 나는 배식구 쪽에 등을 돌려대고 반대 켠으로 앉았다. 식모 하나가 나와 중좌 보위지도원에게 저녁 식사를 가져왔다. 흔히 보는 강냉이 국수였다. 배추 시래기 소금국에 국수를 퍼 담아 가져왔다. 막 국수를 먹기 시작하는데 갑자기 정전이 되었다. 사방이 캄캄했다. 등잔불 찾는 식모들의 앵앵거리는 소리가 들렸다.

나는 식사를 끝내고 상급 보위원과 함께 공장 구내를 걸어 정치보위부 경비실로 갔다. 그는 밤 10시가 지날 때까지 아무 말 없이 텔레비죤을 보더니 취침하자고 했다. 허리에 권총을 찬 세 명의 인민군 중좌 정치보위 군관들이 나를 지키고 있다. 보위부 경비실에서 두 보위군관이 나와 함께 자고, 한 명의 보위군관이 보위부 청사 중앙 현관에 의자를 놓고 앉아 경비실을 감시한다. 길주팔프련합기업소에서의 첫 밤은 이렇게 정치 보위군관들의 든든한 '호위' 속에서 '편안히' 잠자게 되었다.

다음 날인 9월 7일, 련합기업소 보위부 내부지도원이 나한테 착 붙어 다녔다. 권총 찬 내부지도원이라는 사복 차림의 중좌는 나와 함께 세면장에도 같이 가고 복도 청소와 앞뒤 마당 청소도 같이하였다. 그가 식사하러 가자기에 합숙 식당에도 같이 다녔다. 내부지도원과 함께 합숙 식당에서 강냉이밥 한 그릇을 소금물 배춧국에 담가 먹고 합숙 건물 앞 도로에 나섰다.

아침 7시 고동소리가 났다. 로동자들의 출근 시간이다. 내부지도원은 합숙 건물 앞 도로에 서서 담배 한 대 꼬나물고 소풍한다. 나도 그의 옆에 나란히 섰다. 출근하는 낯익은 로동자들과 간부들과 맞닥뜨리기도 했다. 그들은 나를 반겨 맞이하기도 했고, 외면하기도 했다.

나는 그들을 보기가 죄면스러운 심정이었다. 작년 7월 30일, 가족과 함께 행방불명된 내가 지금 이 자리에 나타났으니 그새 나의 행방에 대한 수많은 억측과 악담들이 벌어졌을 것이다. 그런 생각을 하니 얼굴이 뜨겁게 달아올랐다. 지난해 7월까지 내가 여기서 사업할 때 허물없이 무릎을 마주 대고 사업상 문제를 토론하던 이들, 설계와 구조를 토론하던 이들, 구김새 없이 다정하게 대하던 이들이 오늘 출근길에서 불현듯 나를 보더니 놀라며 반기기도 하고 외면하기도 했다. 어색해 하기도 했다. 련합기업소 지배인도 정문에서 만났다. 지배인은 떨떠름한 표정으로 조용하고 무겁게 한마디 한다.

"어디에 갔댔소?"

나는 속으로 천당에 다녀왔다고 생각하면서도 "지옥에 갔다

왔습니다"라고 롱조로 대답했다. 지배인 곁에 나란히 서서 보위지도원과 함께 공장 구내를 걸었다. 지배인은 아무 말 없이 깊은 생각에 잠겨 묵묵히 걸었다. 이따금 나를 유심히 보기도 하면서…. 지배인과 천천히 함께 걸으며 지난 30여 년간 지금의 이 지배인과 함께 달려온 혁명의 력사를, 인생의 력사를 돌이켜 보며 무겁게 발걸음을 옮겼다.

런합기업소 보위부는 오전 10시 조금 전에 오늘 사업 포취가 끝난 모양이었다. 10시가 지나니 경비실에서 나를 지키고 있던 내부지도원이 나가고 상급 보위지도원 중좌가 나를 호출했다. 나는 상급 지도원 사무실에 들어갔다. 34㎡의 규모 있게 꾸려진 사무실은 3m 높이 벽의 중심에 창문이 나 있고 창문 밖은 쇠살창으로 둘러져 있었다. 창문 쪽 방향에 있는 상급 보위원 테이블 앞에 커다란 책상이 하나 더 놓여 있었고, 여러 개의 의자들이 놓여 있었다. 상급 보위원은 나에게 바로 앉으라고 했다. 그런 다음 자기도 자세를 바로 가지며 엄숙하게 말했다.

"지금부터 나와 당신과의 관계는 법관과 죄수와의 관계요. 이제부터 당신을 심문하겠소. 당신은 모든 것을 솔직히 말해야만 하오."

그는 법관으로서의 틀을 차리면서 위협조로 말했다.

"그 기간 조선에서 떠날 때부터 중국에 갔다가 돌아올 때까지 있은 일을 하나도 빠짐없이 다 자백해야 하오. 특히 중국에서 어디어디에 갔으며 누구누구를 만났으며 남조선 안기부 사람들과의 관계가 있었으면 그를 철저하게 자백해야 하겠소."

상급 지도원은 안기부와의 관계라는 말에다 힘을 넣어 중시하여 말했다.

"우리는 이미 당신의 개인 자료를 상급 기관으로부터 넘겨받았소. 그러므로 거짓 진술하거나 우리 정치보위부와 외교하려는 시도가 있으면 당신에게 더욱 불리하다는 것을 잊지 말아야 하오. 당신은 오랫동안 우리 련합기업소에서 당의 높은 신임도 받았고, 정치보위부 비밀공작 사업을 수행한 사람인 것만큼 보위부의 신임이 컸는데 이 신임을 저버린 죄는 간단치 않다는 철저한 관점에서 진술을 허심하게 해야겠소."

상급 지도원은 자기의 부장에게서 나의 지난 시기 공작 정형과 개인적 특성을 다 청취하였다고 하면서 회령으로 나를 데리러 가기 전에 나에 대한 사전 료해를 철저히 하였다는 말을 하였다. 그리고 나와 관련된 일 처리를 빨리 끝내야 한다는 내용과 해당한 상부 보위기관에 나를 문건과 함께 보내게 된다는 것까지 소상하게 말했다. 그런 다음 만약에 내가 거짓 진술하거나 솔직성이 희박하게 여겨질 때에는 형법 제 몇 조 몇 조에 근거하여 엄중하게 형벌을 받는다고 위협까지 한 후 진술을 들어보자고 하면서 위엄 있게 자세를 바로 고쳤다.

나는 나를 처형하고 싶어하는 그들의 의도를 여러 낌새를 통해 충분히 예감할 수 있었다. 나의 범죄 내용을 엄중하게 평가함으로써 군사재판에 넘겨 사형 처리하는 길과 또 다른 하나는 영원히 나올 수 없는 정치범수용소에 보내는 길뿐이었다. 다음은 나라를 배반한 역적을 잡아 처형한 공로로 자기들은 훈장이

나 타면 그만이라는 얘기다. 조선의 정치보위부나 사회안전부는 더 많이 죽이고 더 많이 처형한 일꾼이 공로가 큰 것으로 평가되며 그런 인물이 국가로부터 훈장도 받고 직위도 올라간다. 나를 큰 고기로 낚은 그들의 숨은 의도를 회령에서 호송되는 순간부터 예리하게 감지할 수 있었다. 상급 보위지도원의 랭혹한 대화를 들으며 나는 굳게 맹세한다.

"…너희들의 처형 대상으로 되지 않을 것이다. 반드시 너희들 소굴에서 탈출할 것이며 탈출하지 못 할 경우에는 자결하는 것으로 대항하리라…."

나는 상급 보위지도원 앞에서 조용하고 인내성 있게 진술을 시작하였다. 진술하는 모든 내용이 회령시 정치보위부와 백산 초소에서 진술한 내용을 그대로 상기한 것이었다. 정치보위원은 필기도구를 갖추고 진술 내용의 요점을 기록한다. 나는 다음과 같이 진술하였다.

"나의 범죄적 사실은 1998년 2월부터 시작되었습니다. 어려운 가정생활을 유지하기 위해 안해가 화대군에 가서 해삼 2kg을 샀습니다. 화대군에서 1kg당 6,000원씩 사서 무산군에 가서 12,000원씩 판매합니다. 이것으로 대홍단에 가서 농마를 사다가 청진시에 가서 팔고 거기서 나온 금액으로 무산에 다시 가서 중국제 상품을 넘겨받아 길주에 와서 팔면 그 소득이 상당하기에 안해는 곧 장사 행동을 시작하였습니다. 2월 중으로 장사 거래를 끝내기로 약속하고 떠났는데 3월, 4월을 지나 7월까지 돌아오지 않았습니다. 엄마가 부재한 가정은 어려움이 한

두 가지가 아니었습니다. 18살 막내아들이 2월 말부터 심한 파라티브스병에 걸려 고생하던 끝에 숱한 빚을 내서 약을 쓰고 겨우 일어났으며, 그 후과로 영양실조에 걸려 학교에도 다니지 못하고 식량난으로 굶으며 살아왔습니다. 병원에 다니는 맏딸은 영양 부족으로 뇌신경병에 걸려 출근하지 못했습니다. 식량난과 병으로 생활이 어려워지자 둘째 딸이 어머니를 찾아오겠다면서 4월 25일 집을 떠나 청진과 무산으로 갔으나 그 아이 역시 5월, 6월, 7월이 다 지나가도록 돌아오지 않았습니다. 풀죽으로 연명하며 겨우 살아가던 어머니가 영양 부족으로 7월 20일부터 갑자기 앓기 시작하더니 7월 26일 오전에 사망하였습니다. 나 역시 영양 부족으로 혈압이 100/60으로 떨어졌으며 7월 중순부터 직장에 출근하지 못하였습니다. 어머니를 잃은 집안의 공기는 쓸쓸하기 이를 데 없었습니다. 나는 맏딸과 막내아들을 데리고 7월 30일 집 출입문에 자물쇠를 잠그고 안해를 찾기 위해 청진으로 갔으며 청진에서 우리 셋은 서로 갈라져서 제각기 행동하면서 방랑했습니다. 그리하여 애들한테는 청진에서 어머니를 찾게 하고 나는 무산으로 들어갔습니다. 무산에서 우연히 안해의 장사 친구를 만났는데 그의 말에 의하면 저의 안해가 해삼 값을 더 많이 받기 위해 중국에 사는 친척 집에 건너가더라는 것입니다. 그리하여 나는 8월 1일 새벽 두만강을 건너 중국에 들어갔으며 4촌 처남이 사는 화룡시 서성향을 찾아가게 되었습니다….”

내가 진술하는 동안 정치보위원은 질문을 자주 제기했다. 나는 그다음 계속하여 회령시 정치보위부와 보위사령부 백산초소에서 진술한 내용을 그대로 말하였다. 물론 이 진술들은 사실과 맞지 않았다. 나의 '범죄'적 성격을 줄이기 위해 창작된 허위 진술이었다. 나의 거짓 진술 내용을 끝까지 다 듣고 난 보위지도원은 정색하면서 지금까지 한 말 중에서 일부 말하지 않은 것이 있다고 하면서 그래서는 안 된다면서 이제부터 방금 말한 내용과 루락된 내용에 대하여 규격지에 상세하게 쓰라고 했다. 특히 중국에서 만난 사람들이 다 밝혀지지 않았다고 말했다.

그는 내게 규격지 30매 정도를 건넸다. 자백서를 구체적으로 쓰라고 하면서 먹통과 철필을 내어주었다. 오늘 중으로 쓰기를 끝내라고 했다. 나는 상급 보위지도원이 주는 규격지 위에 먹필로 자백서를 쓰기 시작했다. 회령에서 진술한 내용을 상기해 그대로 규격지에 옮겨 쓰면서 생각했다.

'나는 이 진술서 쓰는 시간을 질질 끌면서 여기서 탈출할 기회를 얻어내야 한다. 탈출하지 못하면 모든 것이 끝장이다.'

이런 생각을 하면서 규격지 우에 또박또박 글을 써 내려갔다. 낮 12시가 되니 내부지도원이 점심 식사하러 가자고 한다. 나는 그와 함께 공장 구내길을 나란히 걸으면서 합숙 식당을 향했다.

"지도원 동지, 왜 공장 굴뚝에 연기가 나지 않습니까?"

나는 알면서도 지도원에게 말을 건넸다.

"공장을 좀 수리하는 모양이요."

보위원의 대답이다. 사실은 수리하는 것이 아니다. 공장 원료

토장(임시 집재장)을 들여다보니 생산용 통나무가 전혀 없었다. 팔프 직장과 제지 직장이 만부하로 운전되려면 하루에 통나무가 1,500㎥ 이상씩 있어야 하는데 원목 토장을 들여다보니 텅 비어 있었다. 한편 달리 또 생각해 보니 지도원 말대로 공장을 수리할 만도 했다. 공장 종업원들은 식량과 돈을 얻기 위하여 기회만 조성되면 기계 부속품을 뜯어내거나 훔쳐 장마당이나 개별적 수요자들에게 팔아넘겨 그 돈으로 살아가는 것이 하나의 생활 방식이다. 그러니 공장은 매일과 같이 수리해야 했다.

유색 금속, 특히 동이나 바비트, 희유금속, 베어링류, 공구류, 측정 수단, 계량계측요소, 자동화요소 등을 마구 훔쳐내어 사생활을 유지하는 것이다. 그런 결과로 팔프 직장 138초지기는 지금까지 5~6년 동안 단 한 번도 팔프 생산을 하지 못했고, 길주팔프공장의 팔프를 원료로 하여 움직이는 청진화학섬유공장도 단 한 톤의 인조 섬유를 생산하지 못하여 그 전도가 캄캄했다.

화학섬유 련합기업소 모체 공장인 청진화학섬유공장의 섬유 생산량은 나라의 섬유 생산 실적을 가늠할 수 있는 것인데 이 지경이 됐으니 조선에서의 화학섬유 생산 실태가 어느 정도인가를 알 수 있다.

1960년대 길주에서 하루 100여 톤의 인견 팔프를 생산하여 청진화학섬유공장에 보내 그 전량으로 인조 섬유를 생산하던 그때의 그 설비 그 사람들이 지금은 5~6년 동안 단 한 톤의 인견 팔프도 생산하지 못했다. 이것이 조선의 섬유공업에서만이

아닌 온 나라의 공업 실태이니 경제 강국은 언제 실현하며 강
성대국은 어떻게 건설한다는 것인가! 경제 토대가 거덜난데다
가 쌀이 없어 먹지 못해 병든 백성에게 강성대국 한다니 소가
웃다가 꾸레미 터질 노릇이다.

　내가 지도원에게 공장 실태에 대하여 이것저것 물었더니 그
는 지난해까지 공장이 조선인민군 총정치국 직속 산하 련합기
업소였는데 금년부터는 총정치국 직속에서 밀렸다고 답했다.
그리하여 지금은 조선인민군 후방총국 산하 련합기업소로 강
급되었다고 말했다. 그리고 기업소 보위지도원들이 보충되어
왔다는 이야기를 했다. 새로 배치받은 보위지도원들은 아직도
살림집이 해결되지 않아 가족생활을 못하고 본인들만 와서 합숙
생활을 한다고 했다.

　나는 보위지도원과 함께 합숙 식당에서 국수 한 그릇씩 먹고
둘이 함께 공장 구내로 들어오는데 점심 시간이 돼서 공장 밖
으로 나가는 로동자들과 간부들을 마주치게 되었다. 기사장도
보았고 초급당비서도, 관리부서 지도원들과 직장장들도 만났
다. 그들 중의 일부는 나를 보더니 반갑게 인사를 하는가 하면
어떤 이들은 외면하기도 한다. 나는 그들의 심리를 충분히 리
해하고 있다. 나는 지금 정치보위원과 함께 걷고 있다. 정치보
위원의 눈이 그들을 주시하고 있는 것이다.

　보위부 경비실에 들어온 나는 벽에 몸을 기댄 채 다리를 펴
고 앉았다. 내부지도원은 담배 한 대 피우더니 나보고 자백서
를 빨리 쓰라고 채근했다. 그리고 베개를 꺼내더니 모재비로

누워버렸다. 나는 경비실 책상에 앉아 자백서를 한 줄 한 줄 써 내려갔다. 자백서 쓰던 펜을 자주 멈추면서 탈출이라는 큰일에 대해서만 신경을 도사리게 된다.

오후 2시가 지나자 보위부장도 들어오고 여러 보위군관들이 각기 자기 사무실에 들렀다가 다시 현장으로 나간다면서 내부 지도원에게 행처를 알린다. 작년에는 5명의 보위지도원이 사업하였는데 지금은 10명의 보위지도원으로 인원이 확장됐다. 반이 초면인 군관들이다. 왜인지 구면인 보위지도원들은 나의 근처에 전혀 나타나지 않는다. 오직 새로운 보위지도원들만이 나와의 련계가 진행된다. 차라리 다행스럽게도 생각됐다.

오후 3시가 되었다. 나를 지켜보던 보위지도원이 흑색 텔레비죤 기동 스위치를 누른다. 평양텔레비죤 방송이 중계된다. 나도 텔레비죤을 구경하면서 이따금씩 글을 써나간다. 4시부터는 자백서 쓰기를 중단하고 텔레비죤만 보고 있었다. 오후 6시가 좀 지나자 내부지도원이 배가 고프다고 하면서 저녁 식사를 하러 가자고 한다.

나는 그와 함께 정문 밖에 있는 로동자 합숙 식당에 가서 강냉이 국수 한 그릇을 소금국에 넣어 먹은 후 보위부 경비실에 다시 왔다. 내부지도원이 또 텔레비죤을 켠다. 그와 함께 텔레비죤을 보는데 상급 보위지도원이 들어오더니 나더러 자백서 쓴 것을 보자고 한다. 나는 그때까지 자백서 10매 정도를 썼다. 한참 들여다보던 상급 지도원은 서둘러서 오늘 밤중으로 다 쓰라고 재촉한다. 나는 쓸 수 없다고 했다. 밤이 돼서 글이 보이지 않는다고 했다. 이전에 설계할 때에는 낮에도 돋배기(돋보기) 안경을 써야만 글을 볼 수가 있었고, 지금은 더욱이 밤이 돼서 안경을 써도 글이 안 보인다고 사정하였다.

그는 내게 말했다. 촉수 높은 전등으로 교체해 끼우고 글을 계속 쓰라고 말이다. 나는 불빛이 비치는 데서는 전혀 보이지 않는다고 했다. 그도 할 수 없는 모양이었다. 다음 단계의 사업에 지장이 있다고 하면서도 그럼 래일 아침 일찍부터 쓰기 시작하여 9시 전까지 완성하라고 수정 지시했다.

경비실에 세 명의 보위원이 또 들어와 텔레비죤을 본다. 조금 있더니 보위부장이 경비실 출입문을 열고 다섯 명의 보위군관을 불러내 복도 중앙 현관 홀에서 무슨 사업 토의를 한다. 그들에게 세심한 과업을 주는 모양 같았다. 그들의 모의가 끝나자 낯선 보위지도원 군관 한 명이 허리에 권총을 차고 들어와 텔레비죤을 함께 보면서 나를 감시한다. 복도 중앙 현관 홀에 있던 다른 보위지도원들은 모두 어디론가 나가버렸다. 저녁 식사하러 간 모양이었다.

나와 함께 텔레비죤을 보던 낯선 보위군관은 나더러 몇 살이며 어디서 살았으며 공장에서 무슨 일을 하였는가, 기업소에서 몇 해나 일하였는가 등을 물으면서 말을 건넸다. 그가 나에 대해 몰라서 묻는 것이 아니라고 생각되었다. 재미없는 텔레비죤 보는 맛도 없거니와 적적한 분위기를 좀 전환시켜 보려는 것 같았다.

나는 그가 묻는 대로 대답했다. 그는 점점 더 생활적인 것들을 부드럽게 물었다. 중국에 가서 본 생활의 이모저모에 대하여 흥미를 가지고 물어왔다. 나는 그에게 중국 인민들이 잘 살아가는 모습과 내가 체험한 생활 면모를 재미나게 이야기해 주었다. 중국 인민의 생활 모습을 보는 듯한 그의 얼굴에는 점점 더 호기심이 생기는 빛이었다.

나는 그에게 중국에서 보고 들은 다양한 이야기를 들려주었다. 그는 나의 이야기에 깊이 빠져들었다. 나는 신이 나서 중국 조선족 사람들이 한국에 나가서 돈을 벌어오는 사연과 중국에서 들은 한국의 발전 모습에 대하여서도 조심성 있게 예술적으로 이야기해 주었다. 나는 그에게 두어 시간동안 강의를 해 주었다. 마지막에 그는 나에게 물었다.

"당신은 그래 앞으로 어떻게 할 결심이오?"

나는 앞으로의 처리 문제에 대하여서는 련합기업소 보위부에서 작전하여 이미 결정된 걸로 알고 있는데, 나에게 이런 물음을 제기하니 심각해졌다. 나는 이렇게 대답했다.

"이미 죄진 사람이니 별 수가 있습니까. 보위부에 억류된 몸이니만큼 보위부 지도원 동지들 하기에 달렸지요. 정치보위부가 살려주면 사는 것이고 죽이면 죽어야하는 것이 나의 운명이니 나의 결심으로 앞으로 어떻게 하겠다는 것이 없지요. 보위부 결심이 곧 나의 운명이라고 생각합니다."

저녁 9시가 지나자 내부지도원과 다른 한 보위지도원이 들어왔다. 내가 여기서 본 보위군관들은 모두가 소좌급과 중좌급이다. 나이도 40~50살 범위에 들어보인다. 보위부장만이 대좌

급이다. 오늘 밤 방금 도착한 세 명의 보위지도원 군관들이 나를 감시하여 경비 서게 되었다. 나는 오늘 밤 중으로 결정적으로 여기를 탈출해야 한다고 결심했다. 여기 련합기업소 보위부에서는 나에게 수쇠를 잠그지 않았다. 보위부 울타리 안에서는 어느 정도 자유롭게 수도 칸이나 변소에도 나들었다.

보위군관들과 얼굴을 익히는 과정에 그들의 호의도 받으며 지냈다. 함께 간단한 일이나 청소도 하고 소풍도 하는 과정을 통해 그들의 긴장도 완화되고 경각성도 풀린 모습이었다. 그러나 나는 그들의 웃음 속에 숨은 비수를 경각성 있게 주시하면서 탈출 순간만을 심중히 재고 있었다. 래일 나의 자백서가 완성되면 그들은 나에게 수쇠를 잠가 다른 데로 호송할 것이다. 그곳은 운명의 종착점이었다.

밤 10시가 지나자 오늘의 취침이 시작됐다. 초저녁부터 나와 이야기하던 보위지도원이 텔레비죤 차단 스위치를 누른다. 함께 텔레비죤을 보던 내부지도원이 벌렁 뒤로 눕더니 잠시 후 다시 일어나 중앙 복도 건너에 있는 자기 사무실 소파에 가서 자겠다고 하면서 경비실을 떠났다. 또 다른 보위지도원 군관은 경비실에서 나가 보위부 마당 울타리 정문 출입문과 중앙 복도 끝에 있는 출입문을 닫아건다. 중앙 현관문도 닫아걸고 개별 의자를 하나 가져다 놓고 거기에 앉아 경비 임무를 수행한다. 이제는 경비실 안에 남아 있는 군관이 조명등을 끄고 경비실 출입문 옆에 눕는다. 나도 방 한구석에 누웠다.

보위부 건물은 남쪽 방향으로 앉은 아담한 단층이다. 건물 중앙 현관으로 들어가면 폭 1.5m의 복도가 동서 방향으로 나 있고 복도 좌우로 여러 칸의 사무실 방들이 있다. 현관과 복도, 모든 사무실 칸은 잘 연마된 아름다운 대리석 바닥이며 허리벽까지 대리석 붙임하였다.

내가 있는 경비실은 중앙 복도 북쪽의 맨 동쪽 칸이다. 방의 너비가 4m이고 길이가 6m이다. 북쪽 벽에 3m 간격으로 두 개의 창문이 있고 창문은 밖으로 12mm 철근 쇠살창 처리하였다. 중앙 복도에는 경비실 출입문을 열고 방에 들어서서 신발을 벗게 되어 있다. 방의 서쪽 벽에는 김일성 김정일 초상화가 걸려 있고 초상화 아래 방바닥에 흑색 텔레비죤이 놓여 있다. 또 방의 동쪽 벽에 출입문 하나가 있고 문을 열고 나가면 부엌 칸이다.

부엌 칸은 너비가 4m, 길이는 3m이고 두 개의 가마를 걸었으며 바닥은 가마면과 수평으로 널장판 된 곳이었다. 부엌 칸에서 중앙 복도로 나가는 출입문이 나 있었다. 부엌 칸의 북쪽 벽과 동쪽 벽에는 각각 창문이 나 있고 쇠살창을 대지 않은 상태였다. 보위부 전체 건물 주위로는 2m 높이의 블록 울타리로 둘러 막혀 있다. 오늘 밤은 기어코 여기서 탈출해야 한다는 마음으로 초저녁부터 긴장하였다.

밤 10시가 지나자 나와 함께 경비실에서 자던 보위지도원이 코를 골기 시작하였다. 몸집이 비대한 그 군관은 근기 있게 온 밤 큰 소리로 코를 골며 세상모르는 얼굴로 잠들어 있다. 내부 지도원은 오늘따라 중앙 복도 건너 자기 사무실 소파로 갔다.

그러므로 중앙 현관 홀에 의자를 놓고 앉아 지키는 보위지도원만 제끼면 되는 것이다. 그는 복도 끝에 있는 출입문도 잠가 버렸다.

나는 캄캄한 방에서 맑은 정신으로 한 초 한 초 순간을 기다린다. 밤 1시쯤 되었을 때 중앙 현관 홀에서 지키던 보위지도원이 경비실과 복도 출입문을 차례로 열고 부엌 칸으로 들어가 등을 켰다. 부엌에서 경비실 출입문을 연 그는 안으로 들어오더니 부엌 칸과 경비실 사이의 출입문을 완전히 닫지 않고 조금 열린 상태로 두었다. 그는 경비실로 들어오자마자 잠든 동료를 향해 "잘 잔다!"라고 한마디 하더니 "에라, 모르겠다, 추워 죽겠는데 나도 한잠 자기나 하자!" 하며 혼잣말을 했다. 그러면서 텔레비죤 앞에 자리 잡아 눕더니 금세 코를 골았다.

나는 속으로 두 경비원 보위지도원이 깊은 잠에 들기를 기대했다. 30분도 채 못 되어 새로 들어온 군관도 드렁드렁 코 고는 소리가 시작되었다. 시간이 얼마 더 지나더니 한 방에서 두 군관의 드센 코 고는 소리가 서로 경쟁이나 하듯이 점점 높아졌다. 나는 그들이 더 깊이 잠에 빠지기를 기다리면서 맑은 정신으로 긴장하고 초조한 마음으로 인내심 있게 기다렸다.

밤 2시가 좀 지났을까. 나는 이부자리에서 조용히 일어났다. 결정적 탈출의 시각이었다. 심장박동과 숨소리마저 높아지는 것 같았다. 나의 소가죽 구두 신발은 잠자는 보위지도원의 허리를 넘어 출입문 곁에 있다. 뚜벅 소리 요란한 구두를 신어서는 안 된다. 구두를 신고서는 먼 길 걷기도 어렵다. 발뒤꿈치를 들었다. 소리 안 나게 부엌 칸으로 나갔다. 중앙 현관에서 경비를 서다가 들어온 보위지도원의 운동화가 부엌 칸에 있다. 보위군관의 운동화를 신었다. 다행히도 내 발에 꼭 맞는다.

북쪽 벽의 창문을 살그머니 당겨 보았다. 쉽게 열렸다. 2중창으로 되어 있었다. 바깥 창문을 밖으로 밀어보니 그것도 역시 살짝 열렸다. 소리 죽여 창턱을 날아 넘었다. 그다음 보위부 뒷마당 울타리를 넘었다. 그 뒤는 공장 탁아소 3층 건물이었다. 탁아소 앞을 지나 구내 일반 식당 주위를 외돌아 공장 정문 반대쪽인 서쪽 가성소다 직장 방향을 향해 빠른 걸음으로 갔다. 가성소다 직장 끝의 공장 구내 마지막 경계는 울타리가 없고 자그마한 개울로 되어 있다. 나는 신발을 신은 채로 개울에 들어서 건넜다. 이제는 공장 구내를 완전히 벗어났다. 탈출에 성공했다고 생각하니 이루 말할 수 없이 기뻤다. 자유로운 새 한 마리가 된 것처럼 마음이 가벼워졌다.

살인 소굴을 뛰쳐나온 나는 기차를 타고 량강도 혜산으로, 그다음 혜산에서 압록강을 건너 장백현으로, 그 다음은 연길로 찾아가서 그리운 가족과 상봉할 휘황한 꿈을 안고 지금 방향을 찾았다. 일단 죽음의 함정을 빠져나왔으나 또 다른 어려움이 앞길을 막았다.

지금은 가을이어서 여기 함경북도는 한창 풋강냉이철이다. 굶주린 배를 채우기 위해 강냉이 도적질이 심할 때였다. 그래서 어디에나 강냉이밭 경비를 서는 것이다. 큰 도로까지 빠져나가야겠는데 온통 강냉이밭으로 둘러싸인 이 위치에서 깊은 밤중에 밭 주변을 지나노라면 강냉이 도적으로 의심을 받고 관리위원회나 안전부 분주소에 끌려갈 요소가 충분히 많은 거다. 혜산 쪽으로 가려면 기차를 타야 하는데 가까운 길주역에서는 기차를 탈 수 없었다. 우연히 면목 아는 사람을 만날 수 있기 때문이었다. 다음으로는, 언제 들어올지 모르는 기차를 무한정 기다리다가는 보위부 수색 작전에 걸릴 수도 있는 위험이 있었다. 그러므로 나는 길주-혜산선을 따라 몇 개의 역을 지나서 기차를 타리라고 결심했다.

짙은 구름이 두껍게 틀고 앉아 캄캄한 밤은 지면이 전혀 보이지 않았다. 군데군데 모닥불 피우고 둘러앉은 강냉이밭 경비원들의 불무지가 여기저기 사방에서 보인다. 나는 봉암리 방향으로 발길을 옮기기 시작했다.

어둠 속에서 조금 갔더니 우등불을 피우고 앉아 있는 강냉이밭 경비원 두 명이 보인다. 할 수 없이 강냉이밭 속에 숨어서 서쪽 방향으로 자리를 조금 옮긴 후 다시 북쪽 방향을 따라 걸었다. 약 200m쯤 간 뒤 또 다른 강냉이밭 속에서 북서 방향으로 얼마간 걸어가니 거기에서도 경비원들의 주고받는 말소리가 들렸다. 나는 서남 쪽으로 다시 방향을 돌려 강냉이밭과 콩밭을 지나 한참 걸어갔지만 거기에서도 경비원들의 말소리에 부딪히게 되었다.

이 깊은 밤에 그들 경비원과 맞닥뜨리면 강냉이 도적으로 몰리기에 딱 좋은 환경이었다. 나는 소리를 죽여 가며 서쪽으로 좀 멀리 갔다가 다시 북쪽으로 향했다. 100m쯤 더 전진하다가 서쪽에 이르니 큰 강이 나타났다. 나는 긴장한 나머지 당황하기까지 하여 온몸이 땀에 흠뻑 젖었다. 젖은 채로 강을 건너기 시작했다. 미끄러운 강바닥 막돌을 디딜 때마다 중심을 잃고 물속에 풍덩 넘어졌다가 다시 일어나기를 몇 번이나 거듭했다. 그렇게 강을 건넜고 또 한참 걸어가니 벼와 논이 발에 밟히는 게 아닌가. 논두렁을 찾아 밟으며 습지대를 건너니 농촌 달구지길이 나타났다.

달구지 길에 나선 나는 여기가 도대체 어디인지 방향을 분간할 수 없었다. 달빛도 흐린 밤이었다. 아무것도 보이지 않았다. 할 수 없이 거기서 날이 밝을 때까지 기다리기로 결심했다. 맥빠진 몸으로 달구지 길 옆 풀밭에서 물에 젖은 옷을 벗어 물기를 짜고 젖은 옷을 그대로 입었다. 방금 전만 해도 땀 범벅이었던지라 찬 공기를 쐬니 체온이 급감하기 시작했다. 추위를 견디기가 어려웠다.

얼마나 지났을까, 사위가 밝아오기 시작하였다. 달구지 길을 따라 북쪽으로 조심스레 올라가니 합포리 협동농장 구역에 들어섰다. 봉암리 방향으로 간다는 것이 합포리가 되었으니 나의 착각이 심했던 모양이다. 거기서부터 다시 정확한 방향을 잡아 남대천 합포다리를 찾아갔다. 합포다리 위 강둑을 따라 십일리 방향으로 올라가다가 목성리로 가서 기차를 타려고 결심하였다. 때는 새벽 4~5시 사이였다.

남대천 둑을 따라 북쪽 방향으로 올라가는데 문득 저만치 걸어가는 두 사람이 보였다. 한 300m쯤 되는 거리였다. 국방색 옷을 입은 두 젊은이가 나와 같은 북쪽 방향으로 가는 것이 보였다. 그 모습을 보니 순간 머릿속을 스치는 생각이 있었다. 경각심을 높이며 걸었다. 경비실에서 자던 보위지도원들이 잠에서 깨어나 내가 없어진 것을 알게 되었을지도 몰랐다. 비상대책으로 내가 움직일 수 있는 모든 길을 일찍이 차단해 놓을 수도 있었다. 그러니 한순간도 경각성을 늦출 수 없었다.

나는 젊은이들을 주시하며 한참을 걸었다. 두 젊은이가 합포리 마지막 부락의 마을 쪽으로 굽어 들어가는 것을 본 나는 안도했다. 주위를 살피며 천천히 걸었다. 그런데 두 청년은 합포리 마을을 통과하여 다시 내가 가려는 십일리 입구 동둑에 오르는 게 아닌가. 그때 나와 그들 사이의 거리는 약 200m 정도 되어 보였다. 순간 불안했다. 등골에는 식은땀이 맺혔다.

두 청년은 십일리 입구 동둑에 오르더니 제자리에 선 채로 사방을 두리번거렸다. 그러더니 내가 오는 방향으로 돌아보는 게 아닌가. 나는 더욱 긴장했다. 자세히 보니 허리에 혁띠(혁대)를 매고 적위대복 차림이었다. 적위대 모자까지 썼다. 차림새를 보니 틀림없는 련합기업소 무장보위대 성원이라는 생각이 들었다. 하지만 나는 가던 걸음을 되돌아 설 수 없었다. 그들의 의심을 받을 수 있기 때문이다. 그러므로 앞으로 조금 더 가다가 왼쪽으로 90도 꺾었다. 마을 쪽으로 들어가는 달구지 길, 즉 방금 두 청년이 걸어 나온 마을 쪽을 향해 걸었다. 구부러진 길로 100m쯤 가다가 강냉이밭 속으로 들어갔다. 내가 가려던 십일리 방향으로 달리다시피 걸어 나갔다. 강냉이밭 속에서 허리를 낮추고 대략 500~600m쯤 올라갔다가 다시 십일리 동둑에 올라서서 살폈다. 여기저기 강냉이밭 경비원들이 움직이는 게 보였다. 방금 앞에 섰던 보호색 옷 입은 두 청년은 나에게서 무려 300m가량 뒤떨어져서 동둑 위에 서 있다.

이들을 틀림없는 련합기업소 무장보위대 성원들이라고 락착짓고 나는 재빨리 앞으로 걸어 나갔다. 두 청년은 자기들의 300m 거리 앞에 불의에 나타난 나를 발견하고 느린 걸음으로 나의 뒤를 쫓아왔다. 아마도 내게 들키지 않으려는 심산인 것 같았다. 그래서 일부러 천천히 다가오는 것이라고 생각했다. 다급해진 나는 결국 달리기 시작했다. 달리면서 뒤를 돌아보니 그들도 달려오고 있었다. 적수는 확증됐다. 나는 있는 힘을 다 내며 목성리 방향 달구지 길을 달리다가 좌측 언덕진 등성 우로 강냉이밭 속을 따라 높은 지대로 올라갔다. 숨을 몰아쉬며 계속 높은 등성 우의 강냉이밭 속을 달렸다.

유리한 지형의 높은 곳에 올라서서 뒤를 돌아봤다. 두 청년 중의 한 청년이 계속 내가 오른 산등성이 강냉이밭으로 따르고 있었다. 다른 한 청년은 목성리로 향하는 달구지 길을 따라 빠른 걸음으로 이동하고 있었다. 나를 추격하는 적수와의 거리는 대략 300m 정도 되었다. 나는 계속하여 강냉이밭 속을 헤치며 달렸다. 온몸이 화끈 달아올랐다. 땀범벅이었다. 숨을 몰아쉬기조차 힘들고 목에서는 심한 갈증이 느껴졌다. 한참 달리다가 또 유리한 언덕 지형에 올라서서 뒤를 돌아보니 청년은 악착스레 그냥 추격했다. 그와의 거리는 별로 더 좁아진 감은 없었다.

나는 또다시 달렸다. 달리면서 생각했다. 이렇게 달리다간 기진맥진하여 청년들에게 잡힐 수 있다는 생각이 들었다. 달리는 나의 왼쪽 산 경사지에 키 높이로 무성하게 자라난 깨밭이 나타났다. 대략 100여 평이나 되는 듯한 무성한 깨밭이었다. 나는 허리를 낮추고 재빨리 깨밭에 들어갔다. 깨밭 중심쯤 들어가서 밭고랑 사이에 몸을 숨기고 드러누웠다. 무성한 깨밭 속에 드러누우니 하늘조차 보이지 않았다. 나는 깨밭 속에 조용히 누워서 2시간 이상이나 움직이지 않고 휴식하였다.

누운 나는 생각을 더듬었다. 나를 추격하던 청년들은 내가 누운 깨밭 주변을 통과하여 강냉이밭만 주시하면서 계속 목성리까지 올라갔을 것이다. 그들은 하루 종일 목성역과 혜산 방향으로 가는 도로를 차단하고 있었을 것이다. 나는 깨밭 속에 조용히 누워서 방금 추격당한 사실과 결부시켜 보위부 경비실에서 내가 나간 후 있었을 사변을 추리해 보았다.

내가 탈출한 후 함께 자던 보위지도원이 적당한 시간에 잠에서 깨어났다. 내가 없어진 것을 알자 곧 자기네 경비성원들끼리 모여 비상 대책을 론의하고 련합기업소 무장경비대를 비상 소집하였다. 그다음 무장경비대에 과업을 주었을 것이며, 여러 갈래로 나눠 봉쇄 작전을 하였을 것이다. 우선 길주역을 봉쇄했을 것이며 청진, 혜산 방향 도로와 남쪽 방향과 화대 방향 등 모든 방면의 도로를 차단하고 소동을 벌였을 것이다. 다음은 친척집 수색전을 진행했을 것이다. 가만히 누워서 생각하노라니 나도 모르게 웃음이 나왔다. 그들의 어리석은 놀음이 가소롭기 짝이 없었다.

나는 깨밭 속에서 충분히 휴식했다. 해가 중천에 떴을 때쯤 깨밭에서 천천히 나와 십일리 산림 속으로 들어갔다. 산림 속을 걸어서 고개를 여러 개 넘었다. 고개를 넘으니 목성리 골짜기 중간에 들어설 수 있었다. 목성골 안에서부터 순수 산밭을 타고 북쪽으로 끊임없이 행군하였다. 울창한 산림은 활엽수로 들어찼다. 하늘도 보이지 않았다. 구름이 온 하늘을 덮었다. 짙은 안개로 앞을 분간할 수 없었다. 나는 가파른 산 속에서 여러 개의 산봉우리를 넘고 또 넘었다. 때로는 방향을 잃기도 했다. 산 고개를 넘는다는 것이 처음 위치로 되돌아오는 때도 있었다. 하루 종일 굶은 데다가 가파른 산림 속을 종일 헤매고 나니 움직일 맥조차 없었다. 힘으로가 아니라 악으로 걸었다. 발바닥은 온통 물집이 잡혔다.

진종일 무성한 밀림 속을 헤매면서 행군한 결과, 길주에서부터 세 번째 역인 성후역에 도착할 수 있었다. 역에 도착한 것은 9월 8일 밤 10시가 지나서였다. 하지만 혜산으로 들어가는 기차는 없었다. 그런 관계로 성후역 근처에 있던 어느 강냉이밭 속으로 들어갔다. 그곳에서 며칠 묵을 요량이었다. 밭 속에서 풋강냉이를 먹으며 대충 배를 채운 후 밭 속에서 밤잠을 잤다. 다음 날 아침에도 밭 속에서 날강냉이와 생콩으로 대강 때식을 해결하게 되었다. 하루 종일 강냉이밭 속에 숨어 있었다. 오후 3시경, 덜커덩거리는 소리가 나더니 성후역 구내로 화물렬차가 들어와 정차했다. 나는 강냉이밭 바깥으로 뛰어나가 화물렬차의 맨 뒤 우에 올라탔다.

다섯 개의 화물 차량을 단 매개차량은 빈자리 하나 없이 사람들로 꽉 찼다. 남녀로소와 군인들, 안전원들, 철도 정복 입은 사람들, 학생과 농민도 차량의 붙을 만한 자리마다 모두 매달려 있었다. 다섯 개의 차량을 끄는 견인차 련결기 우에도 사람들이 탔고, 매 차량의 련결기 짬 우에도 려객들이 매달렸다. 유조차 골조의 테두리와 망호루(맨홀) 우로 오르내리는 사다리에도 사람들이 붙었으며 유조차 등허리에도 빈틈없이 매달려 탔다. 철도 화물을 실은 무개차와 평차의 그 어디에도 빠짐없이 사람들이 빽빽이 작살처럼 들러붙어 있었다.

철도 화물 꼭대기에 서 있는 사람들은 대부분 커다란 배낭이나 마대 짐 몇 개씩 싣고 올라가 있었다. 높은 위치에 자리 잡은 차객들은 전기 철도의 전차선로에 머리가 닿지 않으려고 허리를 구부린 자세로 한순간도 긴장감을 늦추지 못한다. 이런 광경을 보고 사람들은 '해방된 조선'이라고 한다. 어느 한 촬영가가 45년도에 일본이 패망하고 조선이 해방되었을 때 중국 동북에 들어갔던 수많은 조선의 백성들이 고향을 다시 찾아오느라 화물렬차의 꼭대기에는 물론 증기를 푹푹 내뿜는 견인기관차 우에도 빈틈없이 올라 탄 모습을 촬영하고 그 아래에 '해방된 조선'이라고 제목을 단 화폭인 것이다.

그 '해방된 조선'의 화물렬차들, 아니 화물객차들이 지금도 길주—혜산선뿐만이 아닌 온 나라의 철길 위로 부끄러움도 없이 달리고 있었다. 가고픈 데로 갈 수 있는 려행증을 발급해 주지 않음으로 힘없는 인민들은 이런 화물렬차가 지나가는 기회를 노리다가 무임승차 요행수를 보는 것이다. 려행중이나 차표를 가진 사람이라도 언제 들어올지 예약 없는 려객렬차를 기다리다 못해 '해방된 조선'을 타는 것이다. '해방된 조선'은 전국의 어느 곳에서나 통하는 술어다. 이것이 오늘 북조선 철도 문화의 한 장면이다.

잠시 후 화물렬차는 성후역을 떠나 혜산선 철로를 따라 먼지 바람 일구며 굴러간다. 몇 개의 역을 지나더니 벌써 량곡역에 멎었다. 역 구내로 덜커덩거리며 들어가는 화물객차 소리는 자그마한 산골 역전마을 녀인네들의 귀를 자극했다. 어느새 나왔는지 여남은 명의 녀인들이 화물객차 주위를 돌아치며 "빵 사시오!" "사탕과자 사시오!" "삶은 강냉이! 삶은 감자!" 하며 사구려를 불러댔다. 길주역에서부터 기약 없는 차를 놓칠까 봐 자리를 뜨지 못하며 여러 끼 굶었던 차객들은 갑자기 나타난 산골 녀인들의 사구려 타령에 군침을 삼켰다. 안주머니에 소중히 품었던 따뜻한 온기 도는 돈지갑을 털리는 셈이다.

성질이 급한 청년 하나가 허기 없이 먹어대던 삶은 풋강냉이를 이리저리 돌리며 보다가 "야! 이년아!" 하며 손에 쥐었던 송치강냉이를 냅다 집어던진다. 송치강냉이가 녀인의 이마빡에 맞고 땅바닥에 떨어진다. 언제 삶았는지 쉰내 풀풀 나는 변질 식품이다. 저쪽에서도 "그년 돈주머니 뺏어라!"라는 심술궂은 망나니들의 거친 말소리가 튕겨 나왔다.

20분가량 정차한 량곡역 구내 풍경은 복잡하다. 어느새 차객들이 흘린 차량 밑 침목 우에 널린 지저분한 오줌똥 자리에는 예민한 후각을 가진 산골 동네집 개들이 으르렁대며 차바퀴 밑을 돌아쳤다. 려객 홈 위에는 강냉이 속과 감자 껍질이 널려 있었다. 누런색 묻은 휴지가 바람 부는 대로 날아다녔다. 밝은 코트 입은 젊은 신사의 혀 차는 소리에 이어 빗자루 든 량곡역 차표 받는 안내원 처녀의 앙칼진 나무람 소리가 울렸다. 유조차 등허리에 올라앉은 망나니 무리의 무질서한 휘파람 소리로 인해 좁은 산골의 역 구내는 순식간에 멀미를 일구었다.

기동을 다시 건 화물객차는 높은 구배의 자리길 따라 기적을 울리며 떠나갔다. 내가 탄 맨 뒤 차장차의 후면 지붕 없는 평차 부분에 여러 명의 남녀 중년들과 부부 행인들이 탔다. 철도 정복 입은 사람들도 있었다. 대부분 백암까지 가는 배낭 짐 보따리 장사꾼들이다. 그들은 길주에 사는 철도 종업원들과 그들의 가족이다. 평차 바닥 위에 꽉 들어찬 배낭 짐과 마대 짐은 모두 길주 특산물인 사과와 배다.

사람들은 사과와 배 마대 위에 무질서하게 걸터앉았다. 사과와 배를 백암지구 산골 마을에 가지고 가서 감자와 바꾸어 식량문제를 해결하여 산다는 것이다. 돌짐과 같이 무거운 사과 배 짐을 두 어깨 위에 짊어지고 깊은 산골 마을까지 찾아다니며 감자와 교환한다. 백암구역 가까운 집들은 이미 감자와 사과 배 교환이 끝난 모양이다. 행인들은 20리나 30리 멀리까지 메고 들어가서 바꾸어 나왔다. 사과와 감자는 1:2, 배와 감자는 1:1로 교환해 가족을 먹여 살리는 것이다. 힘들게 교환해

온 감자 짐 행인들은 역 구내 홈에서 며칠씩 머물러 있기는 보통이다. 그곳에서 감자구이로 며칠씩 밤낮을 보내다가 객차건 화물차건 맞닥뜨리기만 하면 미친 듯이 덤벼 감자 짐을 둘러메고 차에 매달렸다.

하늘 아래 첫 동네라고 불리는 여기 고산지대 백암군 사람들은 과일나무 한 그루 없이 살아도 해마다 감자철이면 저절로 찾아드는 과일 맛을 감자 덕으로 톡톡히 보게 되었다. 옛날에는 백암 사람들이 과일을 얻기 위하여 감자를 메고 길주로 내려왔으나 지금은 거꾸로 되었다. 길주 사람들이 과일 짐을 메고 감자 산지로 찾아든다. 식량이 없어서이다. 고산지대 감자움을 찾아 단천시와 김책시 주민들도 찾아오고 화성군과 경성군 사람들도, 리원과 신포 행인들도 찾아든다. 량강도 두메산골 감자움을 찾아 온 나라 방방곡곡에서 물고기와 소금, 신발과 비누, 비료와 옷가지를 들고 수없이 밀려든다.

황해도 사람도, 평안도 사람도 끊임없이 찾아들어 배낭 짐으로, 어깨 짐으로 살아가는 이 나라 백성의 모습이 끊임없이 펼쳐진다. 량강도 오지 마을에 갓 뜬은 동해 참미역을 갖고 와서 농마와 바꿔 려객렬차 지붕에 타고 가다가 전기철도 고압전선에 감전돼 죽은 바닷가 마을 녀인의 비참한 운명이며, 삼수갑산 두메산골에 가서 줄당콩(동부) 한 배낭 바꿔 며칠씩이나 역 구내에서 애타게 기차를 기다리다가 려행증 없이 다닌다 하여 안전원한테 짐을 송두리째 차압당한 채 눈물짓는 노처녀의 가슴 아픈 이야기 등 차마 눈물 없이는 듣기 어려운 생활의 참상을 사람들은 영원히 기억할 것이다.

백암 사람들이나 량강도 두메 사람들도 무거운 농마 배낭, 감자 돌짐과 언 감자 마대를 꾸려 읍이나 도시로 끊임없이 삶을 위해 떠다닌다. 병든 부모와 자식의 고통을 덜어주기 위해 알약 몇 개를 구하려고 주사 앰플 몇 개를 얻으려고 무거운 감자짐과 량강도 특산물들이 고달픈 백성의 어깨를 타고 쉼 없이 빠져나간다.

사람들이 힘겹게 붐비며 살아가는 세계를 목격하며 혜산시 위연역에 도착한 것은 9월 10일 새벽녘이었다.

역 구내를 이리저리 에돌면서 철도 규찰대와 경비대, 안전원들과 경무원들의 감시망을 피해 숨어 다니면서 역사 앞까지 나가니 어느덧 날이 밝았다. 련속 굶어 배고픈 시장기를 참기 어려워 단속 안전원들에게 쫓겨 다니면서 국수 파는 아낙네에게 와이셔츠를 벗어주고 농마국수 한 그릇으로 주린 창자를 한 끼 조절하였다. 이날 오전 나는 천천히 혜산 시내로 내리 걸으면서 압록강 건너 중국 장백현을 넘겨다본다. 장백현으로 간 다음 거기서 다시 연길로 갈 로정을 마음속 깊이 다지면서 강을 건너기에 편리한 곳을 찾아 혜산 시내 압록강 구역을 몇 번이나 오갔으나 적당한 곳을 찾지 못하였다.

초조한 가운데 오후부터는 보천으로 가는 도로를 따라 올라갔다. 큰길을 따라 얼마간 올라가다가 혹시나 단속 초소가 있을까 봐 포기했다. 대신 산등성 우로 오르기 시작하였다. 등성우에 오른 나는 밭에 난 좁은 오솔길을 따라 보천 방향으로 10

리가량 더 올라갔다. 거기서 압록강을 건널 적당한 지형을 눈에 익히고 머릿속에 기억한 후 넓다란 강냉이밭 속에 숨었다. 생강냉이로 끼니를 메우면서 밤 12시가 될 때까지 기다렸다. 자정이 넘은 다음 쥐잡이 하는 고양이마냥 살금살금 기어서 압록강 여울진 물가에 닿아 주위를 확인한 후 재빨리 물에 들어섰다. 물의 수위는 가슴팍까지 다다랐다. 물속에서 미끄러운 돌을 밟고 몸의 균형을 잃고 넘어졌다가 다시 일어나기를 몇 번이나 거듭하면서 압록강 국경을 넘을 수 있었다.

물에 젖은 몸은 추위로 떨렸다. 걸식한 위는 꼬르륵 소리를 내며 보챘다. 탈출을 잘 뒷받침한 두 발바닥은 붓고 아팠다. 발가락들은 물에 불어 터진 데다가 발톱까지 빠져서 너덜거렸다. 길주에서 추격당하며 탈출하던 날, 산골짜기를 150여 리나 오르내리며 상한 다리에 상처가 났다. 피곤에 쌓인 나는 중국 장백의 이름 모를 강냉이밭 속에 수평으로 몸을 펴고 날이 밝을 때까지 성공한 탈출과 월경의 기쁨을 느끼며 잠잠한 고요 속에 눈을 감았다. 풀벌레도 자취를 감추고 귀뚜라미도 소리를 멈춘 밤이었다.

66

갓 말을 배우는 젖먹이 어린애들도 꽃제비의 참뜻을 알고 있으니 이 얼마나 큰 민족의 수치인가! 허 씨의 눈물겨운 인생학 강의를 들으며 지금은 비록 목숨 붙어 살아가고 있으나 얼마 있지 않으면 또 새로운 꽃제비로 태어날 수많은 조선의 꽃제비 세상을 그려 보면서 또 하루 감방 속에서의 밤을 지새웠다.

99

3장

만장

중국 장백에서 만장까지

호박을 가득 실은 요란한 뜨락또르 소리가 새벽 공기를 진감
한다. 자다가 놀라서 깨어난 나는 환하게 맑은 새날의 첫걸음
을 여기 장백의 이름 모를 강냉이밭에서 시작한다. 도로 우에
나선 나는 장백현 시내로 들어갔다. 시내로 들어가면서 강 하
나를 사이에 둔 저쪽 조선의 혜산 땅을 넘겨다보면서 깊은 생
각에 잠긴다.

짓눌리며, 찢기며, 몰리며, 아우성치며 살아가는 강 건너 저
땅이 몸서리친다. 강 하나만을 사이에 둔 이 땅과 저 땅의 심
한 차이 때문에 탈북자와 리산가족이라는 슬픈 사연이 끊임없
이 늘어나고, 월경자를 죄수로 다스리는 감방 선생님들의 계책
도 나날이 발전하고 있다. 보호색 옷 입은 무리와 번뜩이는 금
속 별을 어깨 위에 장식한 비수 찬 무리들이 승냥이 몸뚱이 위
에 양가죽을 뒤집어쓰고 골목과 거리를 참빗질하며 날치는 강
건너 저 땅의 아첨기 어린 정치 머슴꾼들의 전횡을 끝없이 단

죄했다.

　나는 중국의 압록강 변을 따라 무거운 발걸음을 옮기며 장백 시내로 들어갔다. 한참 들어가니 아파트 거리의 도로 양 옆에 사람들로 붐비는 길거리 장마당이 이어졌다.

　희귀한 싸구려 중국어 곡이 들려온다. 노래가 여기저기서 울리는 가운데 언뜻 반가운 우리 말 소리도 들렸다. 얼른 조선말 소리의 주인을 찾아 조용히 길을 물었다. 화룡과 연길로 가는 도로 방향을 물었다. 행인은 친절히도 길을 알려준다. 나의 외모를 보고 조선 사람임을 감촉하는 듯싶다. 의심쩍은 눈길로 바라보는 그에게 장백에서 화룡, 연길까지 몇 리나 되는가 하고 태연하게 다시 물어보았다. 팔백 리도 넘는다는 그의 말에 정신이 아찔했다. 그러나 할 수 없다. 험난하지만, 먼 길이라도 가야 한다. 팔백 리가 아니라 팔천 리라 해도 가야하는 길이다. 천리 길도 한 발자국부터 시작되는 원칙에서 걷기 시작했다.

　허기 찬 배를 끈으로 졸라맸다. 무거운 다리를 한 걸음 한 걸음 화룡과 연길 방향으로 옮겨 놓았다. 한 시간 이상 걸으니 장백현 20도구 농촌 마을이 나타났다. 콘크리트 포장 도로 옆에 맑게 흐르는 개울물 한 모금으로 갈증 나는 목을 적셨다. 잔디 우에 풀썩 주저앉아 앞길을 내다보았다. 저 멀리 강냉이밭 옆에 자전거 하나가 눈에 걸렸다. 금시 나쁜 마음이 신경을 자극한다. 나는 자전거 옆으로 자리를 옮겨 앉았다.

　"이 자전거가 나를 목적지까지 실어다 줄 수 있는 위력한 수송 수단이구나!"

나는 얼른 자전거 안장에 올라앉아 발디디개를 힘껏 돌렸다. 콘크리트 도로를 질주하였다. 빠른 속도로 달리는 자전거 위에서 나의 마음은 벌써 연길에 가 있다. 3일이면 연길까지 갈 수 있다는 신심이 넘쳐 발디디개를 힘주어 밟았다. 긴긴 장백의 원시림 속으로 구불구불 뻗어나간 한줄기의 도로가 눈앞에 펼쳐졌다. 도로를 따라 쉼 없이 달리고 또 달렸다. 하루 종일 산림 속 도로를 달렸다. 하지만 무성한 원시림은 끝날 줄을 몰랐다. 한 굽이를 돌면 또 다른 굽이, 굽이굽이 수십 굽이, 수많은 고개 넘어 저녁 어둠과 함께 장백현에서부터 350리 더 떨어진 여기 만장까지 달려왔다.

만장의 밤은 어둡기도 하였다. 검은 구름이 온 하늘을 덮어버린 만장의 길을 더는 전진할 수 없었다. 산골 물 흐르는 아늑한 곳에 자리 잡고 캄캄한 밤의 정적 속에서 9월의 하룻밤을 만장의 바위 밑에서 지새운다. 잠들 수 없는 밤을 사색으로 보내고 날이 밝기도 전에 무거운 다리를 절룩거리며 도보를 시작하였다. 어제 자전거를 타고 먼 거리를 달려왔기 때문일까. 엉덩이 근육이 아파왔다. 자전거 안장 우에 앉을 수 없었다. 얼마나 걸었는지 새벽닭이 울기 시작했고, 만장 마을의 개 짖는 소리가 들려왔다.

외등이 환하게 비치는 2층집 앞을 지나고 있었다. 왼팔에 공안 표식을 단 병사들이 앞을 막았다. 중국 만장변방대 순찰원 병사들이었다. 그들의 끈질긴 횡포로 나는 만장변방대 구류장에 끌려갔다. 나의 옷차림과 신발이 조선의 것이었고, 나의 말이 조선말이었다. 중국말을 전혀 모르는 것으로 조선 사람의 신분이 여지없이 드러났다.

변방대 병사들이 달려들어 마구 때리고 짓밟으며 만행했다. 조선 민족의 수난과 민족적 멸시를 참지 못해 울분을 토하며 땅을 쳤다. 애써 탈출한 공로가 여기서 허물어졌다. 눈앞이 캄캄하고 하늘이 무너지고 땅이 꺼지는 것만 같았다. 심장의 피가 거꾸로 흐르고 살이 찢어지고 뼈가 갈리는 심정이었다. 어느덧 울분의 상처는 조선이라는 이름과 이어졌다. 조선 사람이기 때문이었다. 조선 사람이라는 신분 때문에 이렇게 중국 병사에게 매 맞고 멸시 당하고 수모 받으며 자유롭던 두 손목에 또다시 비운의 철쇄를 잠기운 채 만장의 중국 변방대 감방에서 괴로운 나날을 극복해야 했다.

나는 만장변방대에 9월 12일 새벽 4시경 체포되어 9월 29일까지 만장 감방에서 고통의 나날을 보냈다. 만장변방대에서 온갖 인권유린과 침해를 당했고, 말로 표현하기조차 어려운 몸서리치는 고문과 고통을 당했다. 만장변방대에서 나를 취급한 인물은 키가 큰 뚱뚱보 군관이었다. 175~180cm쯤 되는 큰 키에 황소 배때기처럼 큰 배에 얼룩덜룩 청개구리 보호색 군복을 입었다. 보기 흉한 몸체는 200근도 더 되어 보였다. 커다란 어깨에는 한 줄 띠 우에 작은 별 2개를 붙였다. 조선식으로 말하면 군사 등급이 중위인 셈이다.

첫날에 그자는 벌써 흉악성을 드러내기 시작하였다. 내가 변방대에 잡힌 날 저녁이었다. 한 줄 배기 전사가 안내하는 대로 사무실에 들어가니 키꺽다리 뚱뚱보 군관이 야수성을 드러냈다. 나의 손목에 수쇠를 잠그더니 그것을 또 사무실 난방용 배관에 고정시킨다. 그 다음 구두 신은 투박한 발로 다리를 마구 차며 다그쳤다. 똑바로 서라고 말이다. 소발통 같은 주먹으로 머리와 목덜미를 마구 때렸다. 그러면서 소리쳤다.

"조선 놈의 새끼 왜 중국에 왔어!"

그렇게 첫마디를 시작하더니 담배 연기를 한껏 빨아 나의 얼굴에 확 뿜어대는 게 아닌가. 나는 순간 결심했다. 이자에게 꺾일지언정 굽어들지는 않기로 말이다. 그건 나의 자존심 문제와도 같았다. 나는 머리만 돌려 뚫어지게 쏘아보았다. 그놈이 외국인도 몰라보는 무지하고 몽매한 놈이라는 생각을 했다. 놈과 대결할 마음속 준비를 갖추고 있었다. 내가 가장 분하고 가슴 쓰린 것은 이자가 나를 조선 사람이라는 이유로 업신여긴다는 점이었다. 참을 수 없는 분통은 업신여기는 데 있었다. 그의 말이 다시 떠올랐다.

"조선에서 빌어먹으며 살 것이지 중국에는 왜 왔느냐 말이다."

그가 멸시에 찬 시선을 보냈을 때 나는 민족적 울분을 삭힐 수 없었다. 이자는 한족이었다. 생김새 자체가 포악하게 생겼다. 그런데 생김새에 어울리지 않게 조선말은 또 얼마나 잘하는지, 못하는 소리가 없었다.

"중국에 빌어먹으러 온 것이 아니라 나는 여기에 정치 피난 왔다."

분김에 한마디 하였더니 이놈이 펄쩍 날뛰었다. 놈은 서류함에서 규격 인쇄지를 꺼내더니 호구조사를 시작했다. 이름, 년령, 당별, 학력, 경력, 출생지, 가족 관계 등을 묻고 기록했다. 내가 언제 어디로 월경했는지 역시 기록했다. 나는 솔직하고 정확하게 대답했다. 나는 나의 행동에 대하여 다음과 같이 말했다.

"…내가 작년 8월 다섯 명의 가족이 함께 탈북하여 연길시에 와서 살다가 나 혼자 금년 8월 거리에 나가 다니다가 북조선 특공대들에게 체포되어 조선 회령 국경경비대와 회령시 보위부에 이관되었다가 다시 고향으로 호송할 때에 중도에서 탈출하여 장백현을 걸쳐 중국에 왔으며 연길로 가는 도중이다…."

이자는 내가 하는 말을 다 기록했다. 그러더니 나에게서 수쇄를 풀고 감방에 들여보냈다. 감방 안에 들어간 나는 구석에 웅크리고 앉았다. 벽에 그려진 락서들이 눈에 띄었다. 각이한 필체로 쓴 무질서한 락서들이 여기저기 보였다. 수많은 조선의 난민이 여기 만장변방대 감방에서 고통받다가 뜻을 이루지 못하고 조선으로 다시 끌려 나간 흔적이었다. 그 흔적은 다음과 같다.

'아! 조선아, 너의 품으로 다시 가다니….'

'성공할 때까지 다시 한 번 솟으리라!'

'할 수 없구나. 굶어도 죽을 먹어도 조선에 다시 가는 수밖에….'

'연변이여, 잘 있으라! 다시 올 때까지 안녕히….'

'아! 원통하구나. 다시는 안 잡힐래.'

'여기까지 왔다가 되돌아간다. 리봉희.'

그걸 읽고 있노라니 나와 같은 처지의 조선인들이 떠올랐다. 나보다 먼저 이곳을 거쳐 갔을 수많은 조선인들이 상상되었다. 그들이 여기 만장변방대에서 고된 감방 생활을 하며 품었을 원한, 그런 몸으로 압록강을 다시 건너갔을 모습이 눈앞에 그려졌다. 그 대열 속에 나도 함께 가는구나 하는 생각을 가졌다. 감방 한구석에 힘없이 앉아 있었다.

내가 만장변방대에 감금된 날부터 6일 동안은 아무런 반응도 없이 지루한 나날을 보냈다. 답답할 정도였다. 식사 시간 외에는 그 누구 하나 들여다보는 사람도 없었다. 그러다가 7일째 되는 날 저녁 뚱뚱보 키꺽다리의 호출로 사무실로 끌려 나갔다. 전과 같이 두 손목에 수쇠를 잠그더니 그것을 다시 난방용 배관에 고정해 놓고서는 무작정 주먹으로 때리고 발로 차는 게 아닌가. 왜 거짓말을 했느냐고 다그치며 사정없이 때린다.

나는 스스로에게 반문했다. 무엇이 거짓말인가 하고 말이다. 그는 내가 진술한 내용을 확인하기 위하여 1주일 동안 많은 돈을 썼다고 했다. 전화와 팩스 치느라고 몇 백 원이나 소비했다는 것이다. 장거리 전화도 했고, 자기네와 련계 있는 조선의 해당 기관에 알아보았는데 그들이 내가 진술한 것과 같은 일이 없다고 알려 왔다는 것이다. 그리하여 괜히 돈만 랑비했다고 하면서 나더러 그 돈을 변상하라고 했다. 그는 나를 야수적으로 두들겨 팼다. 그는 내가 거짓말로 진술했다며 화를 냈다.

나는 너무나 억울했다. 그놈은 내게서 옷을 홀딱 벗겼다. 그러더니 알몸으로 콘크리트 바닥에 엎드리게 했다. 그놈은 고무 몽둥이로 온몸을 마구 내리쳤다. 처음 몇 매는 이를 악물고 참 았으나 점점 힘주어 내리치는 고무 몽둥이 매를 견디기 어려웠 다. 내리칠 때마다 신음과 함께 몸부림쳤다. 너무 아픈 나머지 수쇠에 잠긴 채 콘크리트 바닥에 막 뒹굴었다.

그래도 키꺽다리 뚱뚱보 놈은 200근이나 되는 체중의 몸무 게를 하나의 고무 몽둥이에 집중시켜 힘껏 내리쳤다. 나는 형 용하기 어려운 몸부림과 신음을 지르며 뒹굴었다. 그놈은 내가 신음을 낼 때마다 말했다. 소리 내지 않을 때까지 때리겠다고 말이다. 그건 그저 폭악한 심술이었고 억지였다. 련이어 우에 서 아래로, 아래서 우로 옮기면서 힘차게 때려댔다.

나의 신음은 점점 더 높아져 갔고, 몸부림도 더해졌다. 그렇 게 때리고 나더니 왜 거짓 진술을 했느냐며 또 따져 물었다. 나 는 거짓말이 아니라고 계속 우겨댔다. 그러자 이번에는 그놈 옆에서 지켜보던 두 줄 배기 병사에게 고무 몽둥이를 넘겨주더 니 계속 때리라고 지시했다. 나는 나이 어린 두 줄 배기 전사의 몽둥이에 또 한차례의 폭풍 같은 매를 견뎌 내야 했다. 고무 몽 둥이를 몸에 한 번씩 맞을 때마다 몽둥이 표면에 살가죽이 묻 어 떨어졌고, 살점이 떨어진 몸에서는 피가 흘렀다.

그러나 악마 같은 놈들은 계속해서 사정없이 두드려 팼다. 이 날 저녁 나는 완강히 나의 진술이 진실이라고 우겼으며 다시 한 번 확인해 보라고 말했다. 땀까지 흘려가면서 몽둥이질을 해대던 뚱뚱보 악마는 옷을 입으라면서 나의 속옷을 발로 차서 나한테 보냈다. 속옷을 주워 입었다. 그런데 나의 연미색 바지와 국방색 상의, 그리고 신발과 양말은 주지 않았다. 아래 병사를 시켜서 창고로 가져가게 하는 것이다. 나는 아래에 빤쯔(팬티) 하나에다 실내용 잠옷 바지 하나를 입었고, 우에는 런닝구(런닝)와 얇은 춘추 내의 하나만 입고 감방에 다시 들어갔다. 감방의 밤은 쓸쓸하기 이를 데 없었다. 방금 몰아맞은 매의 여파로 온몸이 저리고 쑤신다. 그날 나는 장백으로 월경의 길을 택한 자신을 끝없이 후회하며 감방의 밤을 보냈다.

다음 날 저녁이었다. 밤 10시가 넘은 시각, 감방 자물쇠 여는 소리가 나더니 이내 감방 문이 열렸다. 두 줄 배기 병사가 손짓으로 나오라고 한다. 사무실에 들어가니 술 냄새가 확 풍겨온다. 키꺽다리 뚱뚱보 군관이 술을 마신 게 틀림없다. 소눈깔 같은 두 눈을 굴리면서 나를 노려본다. 취기가 올라 기분 상태가 둥둥 뜬 모양이다. 한족인 뚱뚱보 놈은 내게 또 옷을 벗으라고 명령했다. 알몸으로 콘크리트 바닥에 엎드리게 했다. 발가벗은 나는 또 어제처럼 콘크리트 바닥에 엎드렸다. 어제와 같이 나는 또 흠씬 두들겨 맞았다. 그는 징 박은 구둣발로 나의 등허리를 밟고 오른손엔 고무 몽둥이를 쥔 채 내게 다그쳤다.

"왜 거짓말 했어! 이놈아, 네 행처를 솔직히 말 못 할 테냐!"

그러더니 또 무작정 때리기 시작한다. 나는 아파서 이리저리 뒹굴었다. 련속 가해지는 고무 몽둥이 매질과 이따금 밟아대는 구둣발 타격으로 나는 당장이라도 숨이 넘어갈 것만 같았다. 너무나도 견디기 어려웠다. 땅바닥에 머리를 마구 들이 박았다. 정신 상태가 점점 흐릿해지고 있었다.

이날의 고통이 끝나고, 그다음 날 저녁도 그랬다. 이놈은 역시 어디 가서 술을 맘껏 퍼먹고 와선 혀 꼬부라지는 소리로 말했다. 어서 옷을 벗으라고 말이다. 또 두들겨 맞았다. 참으로 난처한 일이었다. 솔직하게 진술하였음에도 상대방은 내 말을 믿질 않고 진실을 얘기하라고 하니, 이같이 난처한 일이 또 어디 있을까! 이런 일이 몇 차례 반복되었다. 이렇게 계속 당하고만은 있을 수 없었다. 견디기가 너무나도 어려웠다. 나도 한 가지 꾀를 생각해 냈다. 뚱뚱보 녀석이 매질을 시작하려고 허공으로 손을 높이 쳐든 순간 내가 말했다.

"솔직히 말하겠습니다. 때리지 마시오."

놈은 나를 일으켜 세웠다.

"거짓말 했습니다. 제대로 솔직히 말하겠습니다."

나는 그자가 바라는 대로 진술하려고 했다. 계속 고문당하느니 차라리 거짓 진실이라도 꾸며내는 편이 낫다고 판단된 것이다. 진실을 믿지 않으니 거짓을 진실로 믿게 하려 했다. 내가 솔직히 말하겠다고 하니 녀석은 때리려던 자세를 바꾸었다. 행동을 멈추고 인쇄물 종이와 만년필을 쥐고 책상에 앉았다. 나역시 마주 앉았다. 나는 이제부터 완전한 거짓말 진술을 시작했다.

"김원일입니다. 57세입니다. 함경남도 고원군 부래산 시멘트 공장 로동자입니다. 광석 운반공했습니다. 중학교까지 졸업했습니다."

이름과 나이, 직장 직위, 거주지, 학력, 경력 등 모든 것을 다 거짓으로 꾸며댔다. 문건 작성이 끝난 다음, 그는 고무 몽둥이로 때리면서 내게 물었다.

"왜 처음에 거짓말했어?"

"내가 이미 전부터 중국에 와서 살던 사람이고, 또 가족도 다 중국에 살고 있다고 하면 용서하여 가족에게 돌려보내 줄까 해서 거짓말했습니다."

이후에도 뚱뚱보 군관은 같은 질문을 여러 번 했다. 왜 거짓말을 했느냐며 재차 따져 물었다. 그가 내게 물을 때마다 나는 같은 대답을 반복하면서 용서해 달라고 빌었다. 결국 뚱뚱보 군관은 내가 거짓으로 진술한 내용을 정확한 것이라고 믿게 되었다. 그 후로도 나를 수차례 사무실로 불러내어 물었다. 앞서 말한 이름, 나이, 거주지, 학력, 경력, 가족 관계 등 내가 작성한 문건을 보면서 나에게 빠른 속도로 그 내용을 말하게 했다. 그렇게 함으로써 그 진실 여부를 확인하려는 거였다.

나는 그가 요구하는 대로 대답하였다. 한 자도 틀리지 않게 빠른 속도로, 그것도 정확히 말이다. 여러 번이나 똑같이 대답했다. 그러기를 몇 차례, 뚱뚱보 군관은 그제야 나의 대답을 믿는 눈치였다. 의심이 없어지고 내 진술을 옳은 것으로 완전히 믿게 되었다. 그리하여 작성한 문건에 엄지손가락 도장을 찍게 했다.

다음 날, 인쇄용지에 양 손가락 모두 도장을 찍게 하였다. 나중에는 손바닥 도장까지 찍게 해서는 문건을 처리해 보관하는 것이었다. 그날 오후에는 김원일이라고 쓴 나무 패쪽을 안고 정면 사진과 측면 사진도 찍어서 문건과 함께 보관되었다.

그 후 3~4일이 지났다. 저녁 9시쯤 되어 뚱뚱보 군관은 나를 사무실로 불러냈다. 그러더니 또 옷을 홀딱 벗기는 게 아닌가. 콘크리트 바닥에 엎드리게 하고서는 고무 몽둥이를 쥐고 접근하여 때리려 하더니 이내 멈췄다. 줄줄이 피멍이 든 처참한 내 몸뚱아리를 보더니 본인도 몸서리가 났던 것일까. 때리지 않고 구둣발로 등허리를 몇 번 밟아댔다. 목을 한참이나 밟고 있다가 물러서서는 옷을 주워 입으라고 지시했다.

이런 일이 있었던 다음 날 밤, 나를 또 불러내더니 수쇠 잠근 채 나를 난방 배관에 고정시켜 놓았다. 그러더니 12,000볼트의 고압 전기봉 고문기로 몸의 아무 부위나 마구 지져대는 것이다. 전기봉 끝에 시퍼런 불꽃이 튕기면서 뿌직뿌직 괴음을 내면서 몸에 닿을 때마다 나는 엄청난 고통을 느꼈다. 몸의 국부가 전기봉에 감전되어 참기 어려운 고통 속에서 몸부림치는데, 이자는 계속하여 전기봉으로 마구 지져댔다. 사람을 살아 있는 장난감으로 생각하고 전기봉 지져대기 놀음이나 하는 것처럼 이리저리 따라오며 마구 지져대는 것이다. 실로 억울한 장면이다. 그는 내게 이렇게 물었다.

"누가 너를 중국에 맘대로 오라고 했는가? 죽고 싶어 왔나?"

나의 감방호실에는 다른 월경자 두 명이 또 있었다. 이들도 역시 매일과 같이 고무 몽둥이와 전기봉으로 고문당하고 있었다.

어떤 날에는 뚱뚱보 군관이 형사를 데리고 감방 안까지 들어와 우리 세 명의 감방 수인들에게 전기봉으로 마구 지져댔다.

중국 만장변방대에서의 감방 생활은 이처럼 처참했다.

전기봉으로 고통 당하던 때의 어느 하루는 그 키꺽다리 뚱뚱보 군관이 나의 왼쪽 팔을 등 뒤로 비틀어 올리고 오른쪽 팔은 머리 우로 올렸다가 목 아래까지 내려서 두 손목에 수쇠를 잠가 놓고 두 시간이나 세워두는 것이다. 등 뒤와 목 아래에서 두 손목이 수쇠에 잠겨 있으니 그 고통은 또 얼마나 심하였던지 정신을 잃을 정도였다. 등 뒤에 높이 쳐들어 올린 손은 무게에 의해 아래로 자꾸 내려지면서 목 뒤에 놓인 다른 손을 아래로 잡아당기는 것이다. 그러니 손목에 잠금 수쇠에 철 모서리가 닿은 손목 부위가 압박되고 피멍이 지고 손은 피가 통하지 않아 혈액순환에 지장을 받았다.

결국 피부색이 시꺼멓게 죽어갔다. 맞는 것보다 더 어려운 고통이 느껴졌다. 그런 상태에서 또 전기봉으로 지져댔다. 맞아대며, 지져대며, 수쇠에 잠기기를 거듭하면서 만장변방대에서의 고달픈 나날을 보냈다. 물론 이 고통스러운 만장변방대 감방 생활은 나만 당한 것이 아니다. 나와 같은 감방에 함께 있는 다른 두 명의 탈북자도 꼭 같은 고문을 당했다.

내가 만장변방대 감방에 갇혀 있는 기간에 27살 난 조선 처녀를 장백에서 홀려 중국 처녀로 변복시켜 데리고 오다가 만장에서 잡힌 인신매매 업자들도 만날 수 있었다. 그들은 조선 처녀를 데려다 단둥에 가서 팔아넘기려 하였다. 30대 나이의 중국 조선족 청년 1명과 한족 두 명이 사람 장사 하려다가 감방에 잡혀 들어왔던 것이다. 그들은 5일간이나 감방 생활을 하면서 심문 받다가 변방대 지프차에 실려 어디론가 가버렸다.

내가 18일 동안이나 만장변방대에서 생활할 때의 일과를 회고해본다. 아침 6시 기상하고, 저녁 10시에 취침한다. 아침 6시 30분이면 변방대 병사들이 아침 식사를 한다. 그들의 식사가 끝나면 죄수들이 식사하는데 그 시간은 제정된 시간이 없이 무질서하다. 어떤 때는 10시가 돼서 아침 식사를 줄 때도 있다. 식사는 감방 안으로 날라다 준다. 낮 12시에 병사들의 점심 식사가 시작되고 그들의 식사 후 감방객들이 밥을 먹게 되는데, 그 역시 정확한 식사 시간을 보장한다고 말하기가 어렵다. 생각나는 대로 주는 것이 그들의 본색이다.

저녁 6시에 병사들 식사가 진행되고, 그 후에 감방객들의 차례가 온다. 제정된 시간이 없이 식사 날라주는 병사의 생각 나름대로 수행된다. 밤 10시에 직일병사가 감방 수인들에게 이불과 요 베개를 내준다. 그런데 그 10시라는 것이 명색뿐이지, 자정이 넘어서야 취침 조건이 보장되는 때가 다반사다. 그들은 감방에 감시 카메라를 설치하고 옆방에서 텔레비죤 화면으로 죄수들을 감시한다.

하루 식사는 두 끼만 보장한다. 저녁은 매일 보장하고 아침과 점심은 하루씩 엇바꾸어 보장한다. 적은 량의 식사마저 하루 두 끼만 공급하기 때문에 배고픔을 참기 매우 어렵다. 어느 날은 작게 만든 밀가루 빵 두 개 또는 세 개를 준다. 국도 없이 접시에 적은 량의 소채 반찬만 주는 경우도 있다. 이것으로 다음 끼니까지 참기가 매우 어려운 사정이다. 감방 한구석에는 바케

쓰(양동이)를 놓아 대소변 받게 하며 3~4일에 한 번씩 변소에 가져다 버리게 한다.

중국 만장변방대에서의 18일간은 괴로움과 고통의 나날이었다. 민족적 멸시와 원한을 가슴에 품고 지낸 비분의 18일이었다. 나는 중국 만장변방대의 비인간적 처사에 대하여 반인권, 반인륜 책동을 전 세계 앞에 단죄한다.

9월 29일, 아침 6시다. 키꺽다리 뚱뚱보 군관이 호출한다. 감방 안의 탈북자가 모두 호출되었다. 장백현으로 호송되어 조선으로 넘길 모양이다. 한 감방에 함께 있던 우리 세 명과 다른 감방에 있던 네 명, 합계 일곱 명의 조선 사람이 두 대의 만장변방대 지프차에 나누어 탔다. 나와 함께 있던 세 명이 한 차에 앉고 다른 감방에 있던 네 명이 다른 한 차에 올랐다.

뚱뚱보 군관은 지프차 뒷좌석에 우리 세 명을 앉혔다. 한 손엔 수쇠의 한 끝을 채우고 수쇠의 다른 쪽 끝은 차의 천장 밑으로 설치된 가스도관 우로 넘겨서 다른 한 손을 채워 놓았다. 그리하여 우리의 두 손은 차 안의 천장 우 가스 배관에 높이 쳐들려 수쇠에 매달린 상태에서 만장에서 국경 변방대로 후송되었다.

차 지붕에 매달린 손목은 차가 진동할 때마다 충격으로 쇠고리가 조여지면서 팔목 살을 에워 들어갔다. 장백까지 가니 손목의 살이 찢기고 피가 줄줄 흐른다. 만장변방대에서 장백에로 호송하기 위해 감방에서 나왔을 때 나는 뚱뚱보 군관에게 나의 바지와 상의 그리고 신발과 양말을 돌려달라고 청하였다. 뚱뚱보는 시간이 없다면서 나를 마구 밀어 차에 구겨 넣었다. 그리하여 맨발에 바지도 입지 못하고 아래 우 속옷 바람으로 장백까지 호송되었다.

29일 오전 10시경 일곱 명의 탈북자들은 중국 장백현 변방대에 도착하여 감방 4호실에 갇혔다. 장백현 변방대 감옥 모든 감방엔 조선인 탈북자들이 감금돼 있었다. 변방대 마당에 도착하니 탈북자들이 감방 살창 사이로 우리를 내다보고 있었다.

낮 12시가 되니 점심 식사를 들여보냈다. 강냉이 빵 1개에다 양배추국 한 사발씩 나누어 주었다. 오후에 장백현 변방대는 개인에 대한 개별 문건을 작성했고, 오늘 중으로 조선에 넘겨보내겠다고 했다. 나는 맨발에 신도 안 신고 속옷만 입고 있었다. 그런 나의 행색을 그들은 딱하게 여긴 모양이다. 꿰진 신발 하나를 가져오더니 신으라고 했다.

오후 3시 30분, 장백현 변방대는 우리 일곱 명의 탈북자에게 수쇠를 채웠다. 그런 다음 탈북자들을 버스에 실은 후 압록강 넘어 조선 량강도 혜산시 교두를 통해 국경 경비대에 넘겨주었다.

인정 깊은 파출소 소장

내가 만장변방대에 감금된 지 일주일 정도 지난 날이었다. 어느 저녁, 감방 문이 열리더니 한 남성이 들어왔다. 40대 정도 되어 보이는 호리호리한 사복 차림이었다. 뚱뚱보 키꺽다리 군관과 함께 감방 안에 들어왔다. 그 뒤를 따라 또 한 사람이 들어왔다. 30대로 보이는 청년이었다. 감방 안에는 나와 다른 두 명의 탈북자가 있었다. 뚱뚱보 군관은 함께 들어온 손님들에게 중국말로 뭐라고 하더니 감방에서 나가버렸다.

잠시 후 두 줄 배기 병사복을 입은 변방대 병사가 들어왔다. 그는 조선족 병사였다. 통역으로 들어온 것이다. 그 병사는 중국말로 감방에 찾아온 두 손님과 몇 마디 이야기했다. 손님 중에 나이 많은 분이 만장파출소 소장이고, 젊은 사람은 만장파출소 공안원이라고 했다. 파출소 소장은 통역의 소개를 받자 우리 세 감방객과 악수를 청했다. 그러더니 호주머니에서 담배를 꺼내 우리들에게 한 대씩 나눠주고 라이터로 불까지 붙여주

172

었다. 우리는 그로부터 따뜻한 온기를 느꼈다. 오랜만에 담배 대접도 받게 되어 매우 감사했다.

두 손님은 통역하는 병사에게 중국말로 비교적 긴 말을 했다. 병사는 우리에게 통역해 준다. 그의 통역에 의하면 두 손님이 전하고자 하는 말은 이렇다. 만장파출소 소장은 조선 민족 출신이라는 것이다. 그는 조선 민족이지만 부모 세대부터 한족 마을에서 살았고, 그 자신이 한족 학교에 다녔으며 부모도 중국말만 하였기 때문에 조선말을 모른다고 했다. 그러나 그는 항상 조선 민족이라는 민족적 긍지는 잊지 않고 있고, 민족심을 깊이 간직하고 있다고 한다.

그는 변방대 친구로부터 감방에 조선 사람들이 붙잡혀 들어왔다는 소식을 들었고, 동족에 대한 의무감이 들고 불쌍한 조선 사람들에 대한 동정심이 나서 무엇이든지 도와주고 싶은 생각이 충동한다고 말했다. 그리하여 감금된 조선 동포를 만나보고 싶고 이야기도 해보고 싶어 이렇게 찾아왔다고 했다. 병사의 통역을 들은 우리 셋은 매우 감사했다. 그에게 련방 고마움을 표시하였다.

나는 파출소 소장의 민족적 동정심이 고마웠다. 소장에게 전했다. 우리를 마음속으로 걱정하여 주어서 감사하다고 말이다. 이국 땅 중국에 와서 사는 조선 민족은 다 같이 친형제, 친혈육 같이 생각된다면서 오늘 저녁 이렇게 우리를 찾아주니 무어라 감사드리면 좋을지 모르겠다고 말하였다. 통역 병사가 나의 말을 파출소 소장에게 전하였다. 옆에 있던 다른 두 탈북자도 소장의 덕행을 통해 느낀 여러 가지 소감을 통역을 통하여 이야기하였다. 파출소 소장은 주변에서 보고 들은 여러 가지 고마운 소감들을 우리에게 이야기했다. 통역원을 가운데 놓고 우리와 파출소 소장은 이처럼 화기 넘치는 가운데 서로의 마음을 교환하였다.

  파출소 소장은 우리에게 감방 생활에서 어려운 것이 무엇인지 물었다. 더불어 생활상 요구되는 것이 있으면 말하라고 하였다. 나는 그에게 감방에서 있은 폭행에 대하여 단죄하였다. 그리고 변방대는 우리에게 하루 두 끼 식사만 보장하며 그것조차 량적으로 적게 주기 때문에 배고픈 생활은 매우 참기 어렵다는 이야기를 하였다.

  이 말을 들은 파출소 소장은 자기의 안쪽 호주머니에서 중국 인민폐 200원을 꺼내 함께 온 젊은 공안원에게 주면서 뭐라고 말을 했다. 그러더니 그를 식품 상점에 심부름 보내는 것이다. 젊은 공안원은 빠른 걸음으로 마을 상점으로 갔다. 한참 후에 젊은이는 상점에서 여러 가지 구미 도는 식료품을 200원어치 사 가지고 감방에 들어왔다. 시원한 과실들과 사탕, 과자와 빵과 떡, 청량음료들이 들어 있었다.

  우리 세 명은 파출소 소장의 덕행에 감동되어 몇 번이나 인사를 드렸다. 소장은 우리가 불쌍하다면서 가져온 식품들을 우리에게 내밀었다. 우리 보고 어서 먹으라고 권했다. 우리는 송구스러워서 먹을 수가 없었다. 나는 그에게 함께 먹자고 권하였으나 그는 방금 저녁 식사를 마치고 왔다며 사양했다. 나는 그

식료품을 주머니 채로 구석 쪽에 돌려 밀어놓고 그들이 간 다음에 먹으려고 했다. 그리고 계속하여 파출소 소장의 이야기를 통역원을 통하여 듣고 있었다.

일정한 시간이 지나자 소장이 떠날 채비를 했다. 이제는 가겠다고 하면서 몸조심하라고 인사말을 건넸다. 소장은 우리 세 탈북자들과 악수를 나누고 통역하는 병사에게도 인사하고 감방을 떠났다.

파출소 소장이 함께 온 청년과 같이 떠나간 후 감방 안의 우리 셋은 식품 주머니를 열려고 했다. 바로 그 순간, 키꺽다리 뚱뚱보 군관이 한 전사를 우리 감방에 보내 식품을 몽땅 회수하여 주머니 채로 들고 나갔다. 이리하여 우리는 닭 쫓던 개 신세가 되어 식품을 들고 나가는 병사의 뒷모습만 멍하니 쳐다보았다. 감방의 옆방에서 텔레비죤 감시기를 통하여 우리를 지켜보던 뚱뚱보는 파출소 소장이 나가자마자 식품 주머니를 빼앗아 내갔던 것이다. 이리하여 사지에서 만난 동포의 사랑이 듬뿍 담긴 식품 주머니는 우리의 손을 떠나 키꺽다리 뚱뚱보 군관과 우리 감방을 감시하던 병사들의 간식으로 소모되었다.

비록 감방 안에서 조선 민족 파출소 소장과 보냈던 시간은 짧았지만 소장의 인간애를 읽을 수 있는 시간이었다. 인정 깊은 고귀한 인간애에서 그의 참다운 덕행과 우리 민족의 아름다운 온기를 감수할 수 있었다. 소장의 고마운 미덕은 나의 머릿속에 영원히 기록될 것이다.

오랜 세월 중화 공민의 생활을 통하여 언어도, 풍습도 중화되었건만 고귀한 조선 민족의 얼은 언제나 변하지 않았다. 동포를 껴안아주고 고마운 마음을 주는 파출소 소장의 미덕에 숭엄하게 머리 숙여진다. 동포애적이며 민족적인 만장파출소 소장의 사랑 넘친 식품 이야기는 내 영원히 잊지 않고 전할 것이다. 조선 민족의 량심을 깊이 간직하고 있는 그의 애족 애민하는 마음을 내 참답게 따라 배우리라! 잊지 못할 만장파출소 소장이여, 부디 몸 건강히 행복과 기쁨만이 있을 것을 축원하는 이글 임자의 따뜻한 인사를 받아달라!

감방에서 사귄 친구

만장변방대 감방에 갇힌 다음 날 아침이다. 조용하던 감방 복도에서 갑자기 요란한 소리가 들려온다. 와당탕퉁탕하는 소리와 함께 사람 때리는 소리, 아기 울음소리가 난다. 전사들이 무질서하게 떠드는 소리도 련방 들려온다. 이게 무슨 일인가 싶었다. 문에 귀를 대고 밖에서 나는 소리를 귀담아 들어보았다. 훌쩍거리며 울음 짓는 녀인의 목소리가 들린다. 또 다른 한 무리의 조선 탈북자들을 데려오는구나 하는 생각이 든다. 복도 쪽에서 누군가가 매 맞는 소리도 들려왔다.

한참이나 계속되다가 조용해지더니 이내 감방 문 열리는 소리가 들린다. 한 남성이 들어온다. 곤색 양복에 새 구두를 신은 신사복 차림이다. 바지춤을 두 손으로 움켜쥔 채 감방 안으로 엎어지며 들어온다. 기가 꺾인 인상이다. 죄수는 몇 번이나 한숨을 쉬며 울분을 삭이지 못한다. 구슬픈 얼굴, 두 눈에선 눈물이 떨어진다. 차츰 소리 내어 엉엉 울기까지 한다. 기막힌 사연이 있는 모양이다. 너무나 상심해 하는 그의 모습에서 내 마음도 함께 동화된다. 한동안 함께 슬픔 속에 잠겨 있다. 한숨만 짓고 있는 그에게 뭐라고 위로할 수 없었다. 그저 침묵할 뿐이다.

그렇게 반 시간 정도 지났을까. 그가 내게 말을 건넨다.

"형님은 언제 들어왔습니까?"

나는 어제 아침에 잡혀 들어왔다고 대답했다. 그다음 손님은 무엇 때문에 잡혀 들어왔으며 어디에서 살며 나이는 어떻게 되며 가정 형편이 어떤가에 대하여 물어보았다.

나는 탈북자이기 때문에 잡혔다고 하면서 그가 알고 싶어 하는 내용을 대충 말했다. 나 역시 그에게 이것저것 물어보았다. 방금 전까지만 해도 수심에 잠겨 눈물지으며 통탄하던 그가 점차 마음을 진정하면서 나와 함께 한담하기 시작하였다. 이 시각부터 나는 새로 입소하는 죄수와 서로 마음을 나누게 되고 감방 안의 친구가 된 셈이다.

새로 들어온 감방 친구는 성씨가 허 가라고 했다. 량강도 혜산시에서 살다가 가족을 데리고 탈북해서 중국 흑룡강성으로 가다가 여기 만장에서 온 가족이 함께 잡혔다는 것이다. 45살 난 허 씨는 흑룡강성에 사는 68세 되는 어머니를 찾아 가족 모두를 데리고 떠났다고 한다. 허 씨의 부모는 흑룡강성에서 살다가 허 씨가 10살 나던 해에 아버지는 조선에 나가서 살자 하고 어머니는 그냥 중국에서 살자고 하면서 의견 상의가 제기되었다고 한다.

부모 사이의 의견 합의가 이루어지지 않아서 아버지는 허 씨를 데리고 조선의 혜산시에 나가서 후처를 얻어 살면서 아들 셋을 보았다고 한다. 어머니는 또 어머니대로 흑룡강성에서 다른 남편을 구해서 지금까지 산다는 것이다. 지금 흑룡강성에는 이모 둘과 외삼촌이 하나 있으며 고모 한 분과 이모 4촌, 고모 4촌, 외사촌 형제들이 모두 30여 명이나 된다고 하면서 며칠 전에 이모 4촌 동생이 어머니의 부탁을 받고 장백현에 나왔다는 것. 장백현에 사는 친척이 혜산에 건너와 련락을 취하여 허 씨는 안해와 열세 살 난 맏딸, 열 살 난 둘째 딸, 일곱 살 난 막내아들을 데리고 흑룡강성 어머니를 찾아가 살자고 한 것이 이렇게 감방 신세가 됐다고 한다. 지금 입고 있는 새 양복과 신발 모두 어머니가 자기를 데리러 온 4촌 동생편에 사서 보낸 것이라고 한다.

그의 아버지는 오래전 사망했고 10살 때 조선에 건너온 허 씨는 15살 때와 18살 때 각각 친척과 함께 도강하여 흑룡강성에 가서 어머니를 만난 일이 있으며 어머니가 여러 번 조선에 물건을 보내주어서 생활 보탬을 하였다고 한다. 변방대 감방에 잡혀 들어온 후 허 씨도 거의 매일이다시피 뚱뚱보 군관에게 심문 받고 매질과 전기 고문을 당했다.

그의 세 아이를 데리고 옆 감방에 들어있는 허 씨의 안해도 자주 심문 받았고 매도 맞았으며 그들 부부가 호상 진술 내용이 어긋날 때에는 더욱 큰 고통을 받아야 했다. 허 씨는 자주 울었다. 자신의 지나온 비참한 가정생활 형편, 애쓰며 살아온 이야기를 들려준다. 감정이 풍부한 그는 쓰라린 고통의 생활을 이어온 로정을 이야기할 때마다 훌쩍거리며 눈물 흘렸다. 그가 얘기한 로정은 다음과 같다.

19살 때 인민군대에 입대했으며 28살에 제대하여 자동차 운전수 직업을 하였다. 운전수 일은 처음에는 괜찮았다. 그러나 1990년대에 들어서면서부터 국가 휘발유 사정이 긴장하여 자동차 운행용 휘발유를 전혀 공급 못 받았다고 했다. 그래도 기업소는 필요할 때마다 자동차를 움직여야 하기 때문에 허 씨는 개별적으로 휘발유를 사들여 차를 움직였다. 그래도 차가 뛰기만 하면 뛰는 만큼 리윤도 생겼다는 것이다. 장거리 운행 한 번씩 뛸 때면 남의 짐을 실어다 주거나 행인들을 적재함 우에 태워주고는 운임을 받았고, 그것으로 휘발유도 구입하고 가정 생활도 유지하였다는 것이다.

그러나 그것도 오래 유지할 수 없었다. 차 부속품이 파손되거나 타이어를 못쓰게 되면 막대한 돈을 들여 부속품과 타이어를 구입해야 했다. 따라서 오랜 기간 차를 수리할 때면 가정생활을 유지하기가 어려웠다. 기업소에서는 식량과 월급을 주지 않으니 도저히 살아갈 수 없었다. 오직 차를 움직여야만 거기서 얻는 얼마간의 돈으로 가정을 살릴 수 있는데 자체로 휘발유와 차 부속을 사서 움직이자니 가족을 먹여 살릴 수 없었다. 그러므로 점차적으로 가장집물들을 하나둘 팔기 시작했다. 팔아서 번 돈으로 가족을 먹여 살리는 수밖에 없었다.

텔레비죤과 옷장, 이불장을 팔았으며 옷과 그릇, 이불과 가마솥을 팔아 연명했다. 시일이 지나자 집안에 있는 온갖 것을 다

팔면서 세 아이와 안해를 먹여 살렸다. 친척들과 이복동생들에게 구걸도 해 왔으나 그것도 한두 번이지 계속 구걸하니 혈육 간에 틈이 생기고 나중에는 버림받기까지 했다. 허 씨가 한창 번성하여 풍창 댈 때, 형이요 아우요 하면서 허 씨의 도움을 받으며 지내던 친구들조차도 지금은 언제 봤던가 하는 식으로 외면한다.

가정에는 텅 빈 집뿐이다. 가구 하나 없고 그릇도 가마솥도 다 팔아먹고 없다. 어린 세 자식은 굶기를 밥 먹듯 했다. 창문 유리까지 뜯어내 팔았으며 멀리 운흥군에 있는 처갓집 마을 산에 올라가 소토지 감자 농사도 했으나 그것도 빚더미로 총화했다. 봄이면 감자씨 한눈에 50전씩 주고 사서 심었으나 가을에 감자 수확으로 빚을 물어주니 집에서 먹을 감자는 얼마 안 되는 것이었다.

또 저 멀리 농촌의 들에 나가 감자 이삭을 주워 끼니를 때웠으며 안해와 함께 보따리 장사도 했으나 밑천이 없는 허 씨로서는 조금도 헤어 나올 수 없었다. 여기저기 먹을 것을 찾아 헤매다보니 직장에 무단결석하게 되었고, 조직 생활에 참가하지 않은 죄로 사회안전부 감방 생활을 몇 달씩 했다. 강제 로동시키는 '꼬바크'에도 여러 번이나 들어가서 매번 석 달 이상 또는 여섯 달씩이나 마소처럼 무보수 노예 로동을 강요당하곤 하였다.

꼬바크란 10호 교양소라고 불리는 강제로동교양소다. '노동을 통해 사람의 정신을 교화한다'는 취지로 만들어진 구금 시설이다. 처음에 누가 이름 지어 불렀는지 모르지만 강제로동교양소가 맨 처음 나왔을 때 거기 갇힌 사람들을 '꼬바크 부대'라고 별명지어 부르던 것이 지금은 그저 꼬바크라고 하면 온 나라 어디에서나 통하는 용어로 되었다.

강제로동교양소 생활을 마치고 집에 돌아온 허 씨는 안해와 세 아이의 참상을 차마 눈뜨고 볼 수가 없었다. 아이들은 굶어서 학교에 못 나간 상태였다. 식구들은 날마다 시내 골목골목을 다니며 빌어먹고 있었다. 아이들은 유랑 걸식하여 얼굴이 퉁퉁 부어올랐으며 몸에는 살붙이라곤 거의 없었다. 뼈만 아롱아롱할 뿐이었다. 꼬바크에서 나온 날 집마저 팔아버렸고, 4,000원 받았다고 했다. 집 없는 그는 안해와 아이 셋을 데리고 위연역 대기실로 자리를 옮겼다.

위연역 대기실 안의 구석 자리에 가족을 모아 놓고 그곳을 거점으로 살림살이가 시작됐다. 아이들은 여전히 학교에도 못 갔다. 집 판 돈 4,000원으로 음식을 사 먹으면서 1년 내내 역전 대기실을 가정집으로 살았다. 여름이나 겨울이나 역전 대기실이 집이다. 얼마간 살다보니 집 판 돈도 모두 거덜 났다. 그는 자그마한 손수레 하나를 세냈다. 위연역에 내리는 사람들의 손짐을 운반하는 일을 밤낮으로 하면서 거기서 버는 돈으로 아이들을 먹여 살렸다. 손짐 나르는 일도 매일 차례지는 것이 아니다. 손짐이 없는 날에는 굶어야 하는 신세다.

위연역에 도착하는 려객렬차 시간이 되면 어린 세 아이들은 역 구내로 나간다. 어른들은 증명서와 기차표가 없으므로 구내로 나가지 못한다. 그러나 아이들은 다른 사람들이 역 구내로 나갈 때 그들의 어린애인 것처럼 가장해서 철도 구내 려객 홈까지 나간다. 어린 세 형제는 밤이나 낮이나 단 한 번도 빠지지 않고 려객렬차 마중을 나간다. 그리고는 평양-혜산 렬차에 오른다. 렬차에 올라 려객들이 먹다 남긴 밥이나 음식 찌꺼기들을 거둬들인다. 때로는 고마운 려객들이 아이들이 불쌍하다며 곽밥(도시락)이나 빵 과일 같은 것을 주는 때도 있다.

세 아이는 서로 차량을 분담해서 음식 거둬들이는 작업을 하며 반쯤 먹다 남은 과일이라도 죄다 주워 들인다. 어떤 날에는 힘겨운 려행을 며칠씩이나 했는지 음식물에서 쉰내가 푹푹 나는 것도 있다. 그것을 버리기가 아까워서 허 씨가 먼저 먹어본 다음 한두 시간 내에 별다른 이상이 없으면 가족에게 먹인다. 허 씨네의 생명은 려객렬차 손님들이 먹다 남은 음식에 의하여 담보된다.

세 어린 것들은 음식뿐 아니라 려객들이 버리고 내린 빈 술병이나 사이다병, 맥주병을 빠짐없이 주워 들인다. 그것들을 장마당에 가져가면 술장사, 맥주 장사, 단물 장사꾼들이 빈 병 1개에 2원씩 주고 사들인다. 세 어린 생명은 객차가 올 때면 밤에 자다가도 역구내에 뛰어나가며 더운 날, 추운 날 가리지 않고 평양-혜산행 렬차 영접을 나간다.

렬차 영접에서 밥이나 여러 가지 음식 또는 빈 병들이 차례지면 다행이고 아무것도 얻지 못할 때도 한두 번이 아니다. 이럴 때면 마음속 허전함은 금할 데 없고 생기 잃은 세 어린 것들은 얼굴에 빛을 잃고 어깨가 축 처져서 들어온다. 허 씨와 안해는 아이들이 불쌍해서 소리 없이 한숨지으며 눈물을 흘렸다. 눈물 흘리는 부모의 일그러진 얼굴을 본 일곱 살짜리 막내아들이 말했다.

"아버지, 어머니 우지 마. 다음 번 들어오는 차에서 꼭 주워올래."

그렇게 말하며 부모를 달랠 때는 온 가족이 한데 엉켜 눈물을 흘렸다. 허 씨는 이 장면을 이야기하면서 실제로 아이들처럼 울었다. 허 씨는 한참 정색하더니 눈물을 닦으면서 계속 이야기했다.

"나는 처음부터 나쁜 사람이 된 것이 아니었소. 사람이 살다 보니 정녕 할 수 없으니까 자연히 본의 아니게 나쁜 사람이 돼갑디다. 나쁜 짓을 하면서도 나는 그것이 나쁜 짓이라는 가책이 없었으며 오히려 안해와 아이들에게 로획물을 자랑하며 살아왔소."

그렇게 말하며 그 나쁜 짓하던 이야기를 또 계속했다. 어떤 때에는 깊은 밤에 배낭 짐을 옆에 놓고 잠자는 려객들의 짐이나 가방, 마대 등을 가만히 훔쳐서 살아갔다. 그것이 점차 습성화 되어 이제는 역전에서 전문적으로 려객들의 손짐을 훔쳐내는 강도가 되었다는 것이다. 역 기다림 칸이 복잡한 틈을 리용하여 려객들의 배낭 짐을 전문적으로 훔쳐서는 장마당이나 개인 집들에 가져가 량식과 바꾸어 먹었다는 것이다.

다섯 식구의 귀중한 목숨을 살려내기 위해 차츰 활동 구역을 넓히면서 남들이 다 자는 깊은 밤중에 전지불을 켜 들고 개인 살림집에 들어가 쌀이나 옷을 훔쳐냈으며 창고 안 김칫독이나 장독, 바케쓰와 그릇 등 닥치는 대로 도적질을 하였다고 고백했다. 심지어 살림집 부엌에 가만히 들어가서는 가마솥을 빼들고 나와 팔아먹는 일까지 서슴없이 감행했다고 하면서 지난 눈물겨운 살림살이 이야기를 오래도록 들려주는 것이다. 허 씨는 몇 년 동안이나 위연역 기다림 칸에서 '가족 꽃제비'로 생활하던 피눈물 나는 생활의 진상을 나에게 모두 하소연했다.

"지금 이렇게 붙들렸으니 이제 조선에 돌아가면 나와 안해는 역적으로 몰아 죽여 버리겠으니 저 어린 것들이 불쌍해서 눈물만 앞서오. 저것들이 자랄 때 배불리 먹여주고 좋은 옷을 입혀주었더라면 이다지도 가슴 쓰리지 않을 터인데…."

감정이 많은 허 씨는 남자답지 않게 눈물을 억수로 흘렸다. 양복 깃을 올려 콧물 눈물을 닦았다. 그의 모습을 바라보며 말 없이 듣고 있는 나의 눈가에도 이슬이 맺혔다. 허 씨는 감방에 나와 함께 있는 기간 내내 자기의 지나온 가슴 치는 쓰라린 생활 모습을 이야기하며 슬픈 눈물을 흘렸다.

위연역 대기실의 가족 꽃제비는 허 씨네 하나만이 아니라 수십 가족이나 된다고도 했다. 그러므로 평양—혜산 렬차가 도착하면 가족 꽃제비네 아이들 모두가 다 저마다 렬차 영접 나가기 때문에 내버린 음식이나 공병들도 먼저 선손을 쓰지 못하면 차례지지 않는다고 불평했다. 또 어떤 때에는 생존 경쟁을 위해 힘세고 날랜 남자들이 몇이서 결탁해 려객들의 손짐이나 화물 짐들을 해치운다는 것이다.

허 씨는 먹고 살기 위하여 안 해본 일이 없다고 했다. 직장에 다니는 일부터 시작하여 장사, 농사일, 삯일, 밀수, 도적 등 그 무엇이나 다해 보았지만 가정을 일떠세우지 못했다. 난민 처지에서 벗어나지 못한 그는 결국 중국 흑룡강성에 계시는 늙은 어머니 곁으로 새로운 삶을 찾아가는 도중 운명의 종착점에 닿게 된 것이라고 비운에 찬 인생 이야기를 털어놓았다.

부모도 자식도 다 같이 꽃제비가 된 오늘의 조선에는 허 씨보다 더 비참한 꽃제비들이 무수히 많다. 나는 감방에서 날마다 허 씨네의 기막힌 사연을 들으면서 허 씨네 가족 꽃제비는 그래도 괜찮은 행복한 꽃제비라고 말했다. 역 대기실이라는 고정된 위치에서 온 가족이 함께 지냈으니 얼마나 행복한가…. 온 나라 방방곡곡에 집도 없이 부모와 자식, 형제와 혈육을 잃고 혼자 떠돌이 하며 하루살이 모습으로 살아가는 꽃제비들이 얼마나 많은가 하고….

그 누가 맨 처음 신선한 꽃과 제비의 이름을 따내 '꽃제비'라는 이름을 붙였을까. 아마 처음에는 불쌍한 어린이를 동정해서 꽃 같은 제비로 칭했으리라. 옛날에는 말조차 없었던 꽃제비라는 단어가 생겨나고 그 이름의 주인공들이 최근 몇 년 사이에 전국 도처에 나다니고 있다. 러시아 말로 코체비예(유랑·유목)', '코체브니크(유목자·방랑자)'로 사전에서만 찾아볼 수 있었던 이 말이 오늘은 온 나라 거지들의 대명사가 되었다.

이제 갓 말을 배우는 젖먹이 어린애들도 꽃제비의 참뜻을 알고 있으니 이 얼마나 큰 민족의 수치인가! 허 씨의 눈물겨운 인생학 강의를 들으며 지금은 비록 목숨 붙어 살아가고 있으나 얼마 있지 않으면 또 새로운 꽃제비로 태어날 수많은 조선의 꽃제비 세상을 그려 보면서 또 하루 감방 속에서의 밤을 지새웠다.

허 씨는 감방 안에서 진실한 사람이 되어갔다. 지난날 도적질 등 못된 짓을 하며 살아가던 죄를 진심으로 뉘우친다. 그는 자신의 죄에 대하여 첫째로는 자기 자신의 결함으로 결론짓는다. 다음으로는 자신과 가족을 구렁텅이로 몰아넣은 이 나라 정치와 사회 경제제도의 모순과 련결시켜 사회와 권력자들을 단죄한다.

감방에서 허 씨는 내가 모르는 많은 것을 나에게 배워 주었다. 그의 체험담은 나로 하여금 후일에 탈출할 수 있게 하는 방법론과 수법을 가르쳐 주었다. 방랑 생활 경험이 풍부하고 집결소와 강제로동교양소를 여러 차례 경험한 허 씨는 나에게 탈출 묘안을 설명해 주었다.

허 씨는 이제 조선에 인계되면 도강한 죄로 죽어 버릴 것이라고 말했다. 모두 붙들린 가족을 서로 갈라놓고 예심하기 때문에 가족 호상 간의 말이 서로 어긋나게 되면 안 되므로 모든 것을 솔직하게 진술해야 하며 그로 인하여 죽는 길 밖에는 다른 출로가 없다고 한탄했다.

그러면서 그는 나더러 어떻게 하든 죄과를 줄이는 방향으로 거짓 진술을 하면 살아날 수도 있을 거라고 했다. 특히 조선의 보위기관에 가서는 절대로 이름과 거주지, 직장 직위 등을 솔직히 대지 말고 함경도나 평안도, 황해도 지방에서 산다고 진술하라는 것이다. 그렇게 되면 통신망이 마비된 오늘의 조선 현실에서 신원 확인을 빠른 시일 내에 할 수 없다고 하면서 그러면 어느 기회에 탈출할 수 있는 시간적 여유가 생길 수 있다고 차근히 말해 주었다.

나는 허 씨의 말에 일리가 있다고 생각했다. 그러므로 나는 감방에서 일러주던 그의 '시간을 얻어 탈출한다'는 뚜렷한 목표 밑에 신념을 좁혀 가고 있었다. 나는 허 씨와 한 감방 안에서 함께 있다가 같은 차에 실려 혜산시 교두를 통하여 조선에 나오게 되었다. 지금도 허 씨가 눈물 흘리며 들려주던 감방 속에서의 인생길 이야기를 생각하면 가슴 쓰림을 금할 수 없다.

집결소의 하루하루는 강제 로동으로 시작되며 심문과 고문, 노예적 굴욕과 인권 유린, 인권 침해, 강제 로동으로 끝난다. 이른 아침부터 정복 입은 승인된 도적놈들의 채찍 밑에 들볶이며 일터로 떠나는 죄수들의 몰골은 참으로 측은해 보인다. 살 빠진 어깨 우에 푹 움츠러든 가느다란 목을 이리저리 돌리며 안전원 선생님들의 눈치를 힐끔힐끔 살피는 그들은 모두가 생기 잃은 얼굴로 삶을 귀찮아한다. 죽으라면 죽고 살라면 사는 비참한 노예의 운명을 지닌 인간들의 집단이다.

4장

량강도

정치보위부 재수감

내가 량강도 정치보위부에 호송된 것은 9월 29일 오후였다. 중국 장백현 국경경비대는 29일 7명의 탈북자를 혜산시 국경 경비대에 넘겨주었다. 국경경비대는 우리 7명을 등록하고 즉시 량강도 정치보위부에 이관하였다. 나는 수쇠 찬 몸으로 보위부 감방에 들어갔다. 10월 1일 오전까지 거기에 감금되어 있었다. 옹근 이틀 동안 있었는데 길지 않은 그동안의 참혹한 일 때문에 기억에서 잊히지 않는다. 량강도 정치보위부에 도착하자 감방 직일병은 복도에 나를 세워 놓고 뺨을 후려쳤다.

"야, 너도 중국 귀신이냐! 중국에서 뭘 가지고 왔어?"

갖고 온 것이 아무것도 없다고 대답했다.

"혁띠 있냐?"

나는 춘추 내의 아랫단을 들어 보이면서 혁띠가 없다고 했다. 그랬더니 감방 맨 끝에 달린 자그마한 창고로 데려간다. 창고에 들어서자 한 쪽 벽면 전체가 널판자로 만든 신발장이다. 신발장 우에는 크고 작은 신발들이 빼곡히 들어찼다. 신발을 벗어 신발장 우에 얹었다. 안전원 옷을 입은 감방 직일병은 자기 허리에서 혁띠를 빼더니 허리 접어 쥐고 나의 머리, 허리, 다리 순서로 한참이나 마구 들이쳤다.

"너 같은 놈은 좀 혼나 봐야 제정신이 든다."

가는 곳마다 매로 대접받다 보니 이젠 이 정도쯤의 매도 그러려니 하게 된다. 매 맞는 인사가 끝나자 그가 내게 감방 앞으로 걸어가라고 명령한다. 느릿느릿 2호 감방 앞으로 가는데 뒤에서 또 발길질이다.

"이 개새끼야, 빨리 걸어라."

2호 감방 출입문 열쇠를 벗기고 문을 열어주어 감방 안으로 기어 들어갔다. 2호 감방에는 수인들이 나까지 포함하여 모두 9명이었다. 머리 숙인 채 세 줄로 조용히 앉아 있다. 모두 다 월경자들이었다.

감방 구조를 보니 회령시 안전부 감방과 비슷한데 크기가 약간 다를 뿐이다. 남향으로 앉은 정치보위부 단층 감방 건물은 1호 감방부터 5호 감방까지다. 감방마다 3×3m 크기에 바닥에는 널판자를 깔았고, 남쪽 복도 방향으로 굵기가 2cm인 철근으로 10cm 간격으로 쇠살창을 둘렀다. 북쪽 복도 쪽에 0.4×0.6m 규격의 작은 철판 출입문이 달렸고, 출입문 중심 꼭대기에 자그마한 시창구가 있다. 출입문 달린 쪽 구석에 변기가 설치되고 변기 안에는 세척수가 흐른다. 출입문은 밖에서 빗장을 걸고 자물쇠를 잠근다. 감방 주위로는 빙 둘러가면서 복도로 되어 있다. 쇠살창이 설치된 남쪽 복도는 1.5m 너비이고, 출입문 달린 북쪽 복도는 2m 너비로 되었다.

죄수들은 쇠살창을 등지고 출입문 방향으로 앉았다. 1, 2호 감방은 남자들이고 3~5호 감방에는 녀자들이 있었다. 그들은 모두 햇빛을 보지 못해 얼굴색이 새하얗고 영양실조에 걸려있다. 온몸의 살이 빠지고 뼈 우에 가죽만 씌운 상이다. 감방 규율은 엄격하다. 말하거나 담배 피우거나 움직였을 때는 강한 처벌이 차례진다. 어느 한 사람이 감방 규율을 위반해도 그 감방 안의 수인 전체가 처벌받는다. 때문에 집단 처벌이 두려워서 죄수 호상 간 단속이 매우 강하다. 호상 간 단속이란 위반한 자를 매로 다스리는 것이다. 죄수 호상 간에 매질하는 모습은 실로 보기가 구차하다. 감방 안에서 입년한이 길고 주먹이 드센 자가 죄수반장이 된다. 죄수반장 역시 죄수들을 짐승 다루듯 하며 또 그 자신도 짐승 대접받는다.

오전에 한 차례, 오후에 한 차례씩 15분 동안 운동 시간이 차례진다. 감방 안에서 가볍게 움직이면서 육체적 강직을 해소한다. 이때 호상 간 입속말로 이야기도 한다. 죄수들의 행동과 발언과 감방을 감독하는 보위원 선생님과의 상호 응답은 모두 회령시 안전부 감방과 꼭 같다. 아마도 조선의 모든 죄수들을 다루는 감방의 규격화된 공통적인 통제 방법인 것 같다.

허리에 권총 찬 보위원 선생님들이 위세를 뽐내면서 감방 주위를 돌아치면서 수인들에게 생트집을 걸어서는 때리며 차며 굴리며 고통 주는 것이 하루에도 수십 차씩 진행된다. 올방자 틀고 앉아 두 주먹은 무릎 우에 얹고 허리를 앞으로 구부린 상태에서 머리까지 수그리고 하루 종일 움직이지 못하니 그 고통이야말로 말하기 어려울 정도다. 약간만 움직여도 때린다. 이따금씩 선생님들이 보이지 않는 틈을 타서 허리를 펴고 머리를 약간 들기도 하며 두 다리 위치를 바꾸기도 한다. 그러다가도 고양이처럼 살금살금 소리 죽여 가며 접근한 감독 선생님한테 들키면 무서운 매질과 집단 처벌을 받는다.

저녁 7시가 되니 식사 시간이다. 통강냉이를 삶아서 알루미늄 접시에 담아준다. 매 감방에 9개의 삶은 통강냉이를 담은 접시를 층층이 쌓은 상태로 단번에 들여보낸다. 감방 죄수반장은 층층이 쌓은 접시를 받아 하나씩 나눠준다. 두 줄로 횡대 지어 앉은 죄수들은 접시를 자기 앞에 놓고 다음 차례로 들어오는 알루미늄 식기에 담은 미역국 그릇을 받는다. 말이 미역국이지 맹물에 부스러진 두세 개의 미역 잎이 둥둥 떠 있을 뿐이다. 소금을 전혀 넣지 않아 맹물이나 다름없다.

어떤 죄수는 자기 호주머니에서 슬그머니 비닐 쪼박(조각)에 싼 소금을 꺼내어 식기 국물 안에 얼마간 떨구어 넣는다. 옆에 앉은 사람이 소금을 조금 빈다. 소금 임자는 눈을 흘기며 봉지를 도로 주머니에 넣는다. 인심이란 존재가 통하지 않는다. 자루를 잘라 버린 숟가락으로 삶은 통강냉이를 입안에 떠 넣고 미역국을 마신다. 순식간에 식사는 끝난다. 먹은 둥 만 둥 하다. 식사를 마친 죄수들은 변기 안으로 흐르는 세척수를 식기로 조심스럽게 받아 입가심한다. 식사라고는 하였지만 배 속에서 꼬르륵 소리는 멈추지 않는다.

식사 후 또 밤 10시까지 부동자세로 앉아 있다가 취침한다. 죄수들에게 여기저기 꿰진 헌 모포가 한 개씩 차례진다. 나는 차가운 마룻바닥에 낡은 모포를 덮고 잠을 청한다. 조금 있으니 온몸이 근질근질해 잠을 잘 수가 없다. 벼룩이 떼가 사정없이 달려들어 물어뜯는 것이다. 나는 어려서부터 개벼룩을 많이 보아 왔다. 때로는 물리기도 하였다. 그러나 오늘 이 량강도 정치보위부 감방처럼 벼룩이 떼가 욱실거리는 곳은 난생 처음 본다. 온몸에 벼룩이가 마구 달라붙는다.

죄수들은 벼룩 때문에 잠들지 못하고 몸부림친다. 입을 벌리고 자면 입안에도 뛰어든다. 나도 벼룩과 싸우느라 밤새껏 잠을 이루지 못하고 온몸을 비틀어대며 마구 긁어댔다. 벼룩이가 얼마나 많은지 가려운 부위에 손만 닿으면 단꺼번에 몇 마리씩 잡아 쥐게 된다. 참말로 끔찍한 장면이다. 대낮에 한 죄수가 얼굴과 목 부위를 마구 문지르다가 팔다리와 윗옷을 걷어 올리더니 온몸을 미친 듯이 긁어댄다. 나는 그가 옴에 걸린 피부병 환자인 줄 알았다. 온몸에 울퉁불퉁 시뻘건 두드러기가 나고 보기가 흉했다. 벼룩한테 물린 자리였다.

감방객들은 발에 신은 양말 목 속에 바짓가랑이를 집어넣고 두 손과 얼굴, 목 부위를 모포로 한데 감싸 벼룩이 몸에 들어오지 못하게 방어한 상태로 잠을 잔다. 벼룩 방어대책을 잘한 죄수들한테 밀려난 벼룩들은 모두 나한테로 공격을 들이대는 모양이다. 온밤 벼룩과의 혈투 때문에 단 한잠도 자지 못했다. 다른 죄수들도 벼룩의 성화 때문에 밤잠을 설친다. 아침 식사 때 보니 렴치 없는 벼룩이가 뚝뚝 뛰어다니다가 접시에 담은 강냉이 음식 그릇 안에 마구 뛰어들어 숨는가 하면 미역국 식기에도 뛰어들어 헤엄친다. 메스꺼워 올각거릴 지경이다.

밝은 낮에도 쉼 없이 날뛰는 벼룩 때문에 앉아 있기도 바쁘다. 머리를 숙인 채 앉아서 마루 바닥을 찬찬히 눈 여겨보니 널마루 짬새(틈새)로 수많은 벼룩 떼가 득실거린다. 나는 세상살이하면서 이렇게 벼룩이 많은 것은 처음 본다. 일종의 벼룩이 고문이라 할까! 벼룩과 이가 한데 섞여 물어대는 감방 안의 생활은 참말로 괴롭고 고통스러운 지옥이다.

아침 9시가 되자 감독 선생님이 나를 호출한다. 좁은 출입문으로 기어나가는데, 선생님은 나의 옆구리를 발로 차며 빨리 나오라고 재촉한다. 나는 사무실로 갔다. 사복 입은 두 보위부 지도원이 심문한다. 중국 만장의 감방 속에서 허 씨가 하던 말이 생각난다. 나는 심문에서 이름, 나이, 거주지, 직장 직위, 학력, 경력, 가족 및 친척 관계를 모두 거짓으로 진술하였다.

이름 김원일, 성별 남자, 생년월일 1941년 1월 19일생, 당별 없음, 지식 정도 중졸, 거주지 함경남도 고원군 부래산구 15반, 직장 직위 1995년까지 고원군 부래산 시멘트공장 로동자, 1996년부터 무직, 안해는 사망하고 자식도 친척도 없으며 오랜 방랑 생활로 살았으며 직장도 자주 여기저기로 옮긴 것으로 말하고 인민반 거주지도 자주 옮긴 것으로 했다. 거주지를 불투명하게 함으로써 신원 확인을 혼돈케 하려 하였다.

다음은 중국에는 언제 어디로 건너갔고 어디 가서 무슨 일을 했으며 어떤 사람과 만났는가를 묻는다. 또 교회에 찾아간 일이 있는가, 교회에서 어떤 방조와 지원을 받았는가 등 여러 가지를 묻는다. 나는 보위지도원이 묻는 말에 모두 거짓으로 대답했고, 만약의 경우를 대비해서 거짓 진술 내용을 똑똑히 기억하고 있었다.

"…나는 1999년 9월 11일 새벽에 혜산시 위연동에서부터 압록강 상류를 따라 보천 방향으로 10리가량 올라가서 압록강을 건너갔으며, 날이 밝자 시내 도로를 따라 들어갔습니다. 장백현 20도구로 걸어가기 시작했습니다. 20도구 마을에서 며칠간 촌민들의 가을걷이나 도와주고 중국 돈 좀 벌어가지고 나오리라 마음먹고 들어갔습니다. 20도구 마을에 도착한 나는 마을 어구(어귀)에서 서성거리다가 중국 만장변방대 순찰원들에게 단속되었습니다."

나는 이렇게 나의 월경 경위를 최대로 함축해서 거짓 진술하였다. 그다음부터는 만장변방대 구류장에 갇혀 있었다고 말했다. 심문하는 보위지도원은 중국에 가서 무엇을 보았으며 느낀 바를 이야기하라고 말했다. 나는 월경해서 새날이 밝자마자 2시간 만에 붙잡혔으므로 본 것도 느낀 것도 없다고 하면서 일부러 떠뜸(더듬)거리며 무식한 거지 방랑자로 보이기 위해 꽃제비 연기를 했다.

한 시간 정도 이것저것 따져 물으며 료해하여 문건을 작성한 보위지도원은 "거짓말이면 없어!" 하면서 위협했다. 나는 모든 것은 솔직하게 말했다고 당당히 대답했다. 그는 다시 한 번 위협했다.

"여기 전화가 빛섬유(광섬유) 전화이기 때문에 한 통이면 너의 거주지 분주소와 직장에 다 확인할 수 있으니 거짓말일 때에는 용서 없다."

나는 또 한 번 정확하다고 대답함으로써 그에게 확신을 주었다. 실제로 이들이 함경남도 고원군 부래산 시멘트공장이나 혹은 부래산구 분주소에 전화를 걸어 나의 정체를 확인하는 경우에는 빠져나갈 길이 없다. 정체가 밝혀지는 날에는 모든 것이 끝장이다. 그때는 참기 어려운 고문과 폭행을 당해야 한다. 그렇다고 나의 거주지와 직장 직위, 이름을 정확히 자백할 수도 없는 사정이다.

혜산에서 길주까지는 비교적 전화 통화가 잘 되는 편이다. 그러므로 이들이 즉시 나의 거주지에 전화하게 되면 길주 안전부나 련합기업소는 온 가족이 행방불명된 나에 대한 통보와 함께 모든 것이 탄로 나게 된다. 이미 한 차례 탈주한 것으로 죄가 더 커질 것이며, 죽음의 함정에 더 깊이 빠지게 될 것이다.

마비된 조선 통신망의 결함을 잘 알고 있는 나는 함경남도 고원군 부래산 시멘트공장 로동자로 변신하면 전화 통화로 신분을 확인하기 어려울 것으로 타산했던 것이다. 더구나 부래산 시멘트공장은 인민무력부 산하 기업소이므로 일반 사회기관에서는 군대 산하 기관에 전화가 잘 걸려지지 않는다는 조건을 미리 고려했다. 사회기관 호상 간 전화 통화는 쉬워도 사회기관이 군대기관에 통화하려고 하거나 반대로 군대기관이 사회기관에 전화하려면 복잡한 통화 경로를 거쳐야 함으로 시끄러워서 통화를 포기하는 경우가 많다.

나의 신분을 전화상으로 확인하지 못 하는 경우에는 사람이 직접 현지를 다녀오거나 개인자료 문건을 우편통신을 통하여 확인해야 한다. 그렇게 되면 완전히 확인될 때까지 일정한 기일이 걸릴 것이며 그로부터 탈출할 수 있는 시간적 기회와 계기가 마련될 수 있다는 전망을 예견하였던 것이다. 또 내가 량강도 사람이 아니고 타도 타지방 사람이기 때문에 량강도에서 마음대로 처리 처형하지 못할 것이며, 해당 도에까지 후송할 것이다. 그런 기회에 탈출할 수 있는 조건도 생각하고 있었다.

운명의 요행수를 바라며, 심문하는 정치 보위지도원에게 가장 낮은 죄가(죗값)로 평가될 수 있도록 진술을 함축했다. 심문이 끝나고 감방을 지키는 보위원 특사의 안내를 받으며 다시 2호 감방으로 갔다. 사무실에서 나와 감방으로 가는 도중에도 보위원은 수쇠를 두 손에 잠갔으며 발로 차며 주먹으로 머리를 때리는 동작을 여러 번이나 반복했다.

감방 속에 들어와 앉은 나는 취침 시간까지 무겁고 복잡한 생각으로 모대기(몸서리)를 쳤다. 밤 10시 취침 시간이 되자 모두 자리에 누웠다. 어느새 벼룩들이 또 날뛰기 시작한다. 여기저기서 죄수들이 피부를 긁어대는 써럭써럭 소리가 들린다. 나도 벼룩한테 물린 자리와 손톱 박아 긁어낸 부위에서 피가 나고 두드러기가 솟아났다. 또 밤새껏 벼룩과 싸워야 한다.

200

취침 규율 때문에 마음대로 일어날 수도 없다. 볼때기에 올라탄 여러 마리 벼룩이가 동시에 기다가 뚝뚝 떨어지는 느낌이 전해온다. 저절로 내 볼때기를 힘껏 때려 비벼댔다. 손바닥과 볼때기 사이에서 벼룩의 피가 터져 붉은색 핏물이 밴다.

성가신 벼룩 때문에 잠 못 이루는데 3호 감방에서 한 녀인의 신음이 밤새 그칠 줄 모른다. 어젯밤에도 들리던 녀인의 자지러지는 신음은 오늘 낮에 이어 밤에도 끊임없이 울린다. 벌써 엿새째 들볶아대는 녀인의 비명 소리에 다섯 개 감방의 죄수들은 신물이 날 지경이라고 한다.

젊은 녀인은 1주일째 먹지도 못하고 고열로 신음한다고 한다. 이따금 배가 아프다고 고함을 지르며 나뒹구는 데도 감시원 선생님은 대책을 안 세운다. 죽어도 무관계하다는 표정이다. 깊은 밤중에 3호 감방 녀인은 고열로 인하여 헛소리도 친다. 어떤 때에는 의사 좀 불러 달라며 온 감방이 쩌렁쩌렁 울리게 고함치며 구원을 청한다. 무슨 병이 들었는지 심한 동통 때문에 참기 바쁜 모양이다. 이따금 짜증 내는 감독 선생님의 소리도 들린다.

"듣기 싫다, 이 간나야. 정 아프면 왜 낮에 간부들이 있을 때 제기 못했어!"

감독 선생님은 감방 환자에 대한 책임을 환자에게 떠넘긴다. 배가 아파서 온밤 고함을 지르며 녀인은 호소한다.

"선생님, 나 좀 살려주시오."

녀인의 애타는 호소는 날이 밝을 때까지 계속된다. 이렇게 한 녀인이 고통으로 모대기며 살려 달라고, 의사를 좀 불러 달라고 호소하며 앓는 소리가 오늘까지 일곱 번째 밤이 되었다 한다. 하나의 복도로 이어진 5개의 감방 매 호실 살창 사이로 3호 감방 녀자 고열 환자의 동통으로 외쳐대는 울부짖는 소리와 소리 없이 물어뜯는 벼룩의 공격으로 죄수들은 온밤을 한잠 못 자고 지새운다. 새날이 되면 죄수들은 올방자 틀고 앉는 부동 자세로 밤새껏 빼앗긴 잠의 일부를 깜박깜박 토끼잠으로 보충한다. 졸다가 감독한테 들키면 또 매를 맞아 대는 것이 이 감방의 매 일과이다.

10월 1일 오전 10시경 사복 차림의 량강도 정치 보위지도원이 나를 끌어내 두 손목에 수쇠를 채운다. 다른 호실에서도 두 명의 죄수가 나온다. 우리 세 죄수는 수갑 찬 상태로 하나의 밧줄에 련결되었다. 두 명의 권총 찬 보위원에게 호송되어 혜산시 안전부 마당으로 갔다. 호송되는 동안 나는 내 의도대로 돼 가는 양 싶어서 기뻤다.

이곳 감방의 죄수들은 모두 중국 국경 월경자들이다. 그들은 감방에 들어온 지 대부분 한 달부터 넉 달까지 되었다. 그들은 그 기간동안 꼬박 감방 안에 갇혀 있었는데, 나는 이제 겨우 입소 이틀 만에 호송되는 것이다. 내가 죄과를 줄이기 위해 꾸며낸 거짓 진술이 량강도 보위 일꾼들의 정신력을 마비시킨 모양이다. 혜산시 안전부에 도착한 것은 오전 11시였다.

안전부 집결소의 하루

　량강도 정치보위부 호송원에게 끌려 혜산시 안전부로 간 나는 이미 대기하고 있는 량강도 안전부 집결소 소장에게 인계되었다. 작은 키에 시커먼 찰거머리 같은 눈썹 아래 큰 눈알을 가진 안전원 상위복 차림의 소장이 문건을 인계받았다. 그는 자기 가방에서 철쇄를 꺼내 보위부 철쇄와 바꾸어 채운 후 방금 같이 온 세 명의 탈북자들을 한 줄로 련결하였다. 수쇄 찬 우리 셋은 그가 이끄는 대로 집결소로 걸어갔다.

　량강도 혜산시에는 량강도 안전부 집결소와 혜산시 안전부 집결소가 있다. 나는 여기 도안전부 집결소에서 '집결소의 하루'를 스물여섯 번이나 맞이하였다. '집결소의 스물여섯 날'이었다. 도집결소에서의 하루하루는 나의 인생에서 가장 어렵고 힘든 나날이었다. 현대판 노예와 노예주의 일단을 보여주는 비인권 전시관이었다. 혜산시 안전부에서부터 사십 분 정도 호송되어 도안전부 집결소에 도착하였다.

도집결소는 죄수들에게 오랫동안 고통을 주면서 다스리다가 그들을 료해하여 가장 경하다고 인정되는 죄수들은 꼬바크에 보내고, 죄수들의 범죄 형태와 죄과에 따라 함경남도 영광군에 있는 55호 강제로동교양소에 보낸다. 또 전국의 각 도에 홍보하여 해당 도안전부에서 자기 도의 범죄자들을 찾아가게 하거나 범죄자들을 해당 도안전부나 해당 시·군 안전부에 데려가기도 하는 기능을 수행했다.

소장은 집결소에 도착하자 수쇠를 풀고 나를 당일 직일관에게 보냈다. 직일관에게 접근한 나는 그의 옆에 다가가 섰다. 직일관은 아니꼬운 눈길로 나를 쳐다보면서 "이건 어디서 온 촌뜨기 놈이냐. 선생님께 인사할 줄도 모르냐. 어디서 교양 잘 받지 못한 놈이 들어왔구나" 하며 건방지게 놀았다. 나는 기가 꺾여 젊은 그놈에게 머리 숙여 인사하였다.

"임마, 인사하는 본때가 왜 그래. 허리 굽혀 인사하란 말이야. 다시 한 번 해 봐."

입소한 첫날부터 단단히 큰 압력을 주려는 심산이다. 나는 90도로 허리 굽혀 다시 인사하였다. 그런 다음 직일관실의 입소대장에 오늘 날짜와 이름, 성별, 생년월일, 거주지를 기록하였다. 기록을 끝낸 직일관은 집결소 마당에서 강제 로동하는 죄수들을 감시하는 안전원 특사를 가리키며 말했다.

"저 선생님한테로 가라. 거기 가서 인사를 바로 해라."

나는 집결소 마당 안쪽으로 들어가서 특사에게 허리 굽혀 인사했다. 특사는 내게 물었다.

"집이 어디냐?"

"함경남도 고원군입니다."

공손히 대답하는 나를 보더니 내게 말한다.

"너 그게 무슨 꼴이냐. 아래 우에 속옷만 입고 나타났어."

나는 중국 만장변방대에서 바지와 상의를 빼앗긴 이야기를 했다. 그는 나더러 별꼴 다 보겠다며 일을 시켰다. 집결소 마당에서는 30여 명의 죄수들이 도끼와 톱을 쥐고 강제 로동을 하고 있다. 여러 명씩 조를 나누어 쌍톱으로 아름드리 이깔나무(잎갈나무)를 절단했다. 길이가 30㎝ 정도 되게 절단하면 도끼를 쥔 패들은 그것을 잘게 쪼갰다. 여기 집결소 안전원들의 겨울나기용 화목을 준비하는 것이다.

나는 톱질하는 조에 속했다. 세 명씩 한 조가 되었다. 잘 먹지 않는 쌍톱으로 절단하자니 매우 힘들었다. 한 명이 통나무를 타고 앉아 붙들고 두 명이 톱질하는데 뒤에서는 안전원 특사와 집결소 죄수반장이 고래고래 소리를 지르면서 이마에 땀이 나오지 않았거나 걸썽걸썽 일하는 기미가 보이면 여지없이 때리며 발길로 차 댔다.

죄수들은 곁눈질도 못하고 힘겨운 로동을 해야 했다. 통나무 한 토막을 채 절단하기 전에 벌써 이마에는 땀방울이 맺혔다. 쌍톱을 당기는 두 팔은 맥없이 후들거렸다. 통나무 몇 토막을 절단하니 12시가 되었다. 점심시간이었다. "점심 식사 모엿!" 하니 죄수들이 순식간에 한자리에 모였다. 나도 대렬 속에 들어섰다. 집결소 마당 한가운데 밥식기와 국사발이 렬을 지어 놓이고 마당 한가운데서 선생님의 구령에 따라 식사가 진행된다. 그런데 식사 구령을 내리던 선생님은 나를 가리키며 말했다.

"오늘 들어온 이 새끼는 밥 먹이지 말아라."

그 말을 들은 식모 녀성이 내 앞에 놓인 밥그릇을 가져갔다. 나는 허전한 마음으로 밥 먹는 사람들을 보고 있다. 언제나 새로 들어온 신자에게는 첫 끼에 밥을 먹이지 않고 굶기는 것이다.

나는 집결소 주위를 살펴보았다. 집결소 건물은 북향으로 앉은 단층집인데 동서로 길게 놓이고 건물의 약 100m 앞에 조·중 국경 압록강이 흘렀다. 집결소 감방과 관리소 안전원들의 사무실은 하나의 건물로 이어졌다. 건물 주변은 넓은 면적으로 널판자 울타리를 치고 그 안에 남새 부업 텃밭을 꾸렸다. 마당 한 부분에는 직일관실에 이어 공구 창고, 식량 창고, 석탄 창고가 있다. 석탄 창고 앞에는 폐차가 다 된 승리호 자동차 한 대가 서 있다.

죄수들은 식사가 끝나자마자 또 강제 로동을 시작했다. 통나무 절단과 나무 패는 작업이 계속되는 가운데 안전원 특사 선생님의 호령 소리와 함께 채찍질, 죄수반장의 쌍스러운 욕지거리가 끓어 번졌다. 저녁 6시 식사 시간이 되어 마당에서 통나무 패던 사람들 외에 시내로 일하러 나갔던 사람들이 모두 들어왔다. 70여 명의 죄수들이 모여들었다. 아직도 10여 명은 검산리 부업밭에 며칠째 이동작업 나갔다가 들어오지 않았다고 했다. 이들은 모두가 실패한 탈북자들이다. 중국 국경을 넘은 죄로 여기 집결소에서 강제 로동을 당하고 있다.

마당 한가운데서 죄수들이 넉 줄로 횡대지어 질서 있게 발바닥만 땅에 붙이고 엉덩이를 쳐든 상태로 어정쩡하게 앉아 저녁 식사를 한다. 녀자 죄수도 20여 명이나 된다. 나는 이날 처음으로 도안전부 집결소에 들어왔다. 때문에 집결소 생활과 규율에 대하여 전혀 모르고 있었고, 그저 남들이 하는 대로 따라 할 뿐이었다.

저녁이 되어 모두 각자의 감방으로 들어갔다. 나는 3호 감방에 배속되었다. 도안전부 집결소는 1호 감방부터 6호 감방까지 있다. 매개 감방 규격은 너비 4m, 길이 6m의 온돌방이다. 온돌 면은 순수 콘크리트 바닥에 깔개도 없다. 감방 안의 남쪽 방향 벽체 우에 0.3×0.8m의 개구에 쇠살창을 댄 환기구가 있고, 동쪽 벽 중심에 0.5×1.5m의 철판으로 만든 출입문이 달려 있다. 출입문 밖에는 1m 너비의 긴 복도가 1호 감방부터 6호 감방까지 련결되어 있다. 복도 끝에는 세면장과 변소가 달려 있다.

감방 출입문은 복도에서 빗장을 걸고 자물쇠로 잠근다. 복도에는 또 감방 온돌에 불을 땔 수 있는 부엌 비트(비밀 아지트)가 널판자로 덮여있다. 복도 중앙에는 마당으로 나가는 0.8×2m 크기의 철판 출입문이 있고 밖에서 빗장을 걸게 돼 있다. 복도의 모든 창문과 환기구는 12㎜ 철근으로 철망을 만들어 달았다. 변기 구멍도 철망으로 봉쇄됐다. 여섯 개 감방 중 현재는 세 개에만 죄수들이 들어 있다. 2호 감방에는 녀자 죄수 20여 명이 있고, 3호 감방과 5호 감방에 60여 명의 남자 죄수가 빼곡히 들어있다. 불도 때지 않은 깔개 없는 콘크리트 방바닥은 눅눅히 습기가 차 있다. 울퉁불퉁한 콘크리트 바닥은 언제 준공했는지 여기저기 실금이 나 있다. 부엌에 불을 때면 방 안은 온통 연기로 꽉 차서 숨 쉬기조차 힘들다.

집결소 생활의 밤 취침 장면부터 들여다보자. 저녁 식사가 끝난 후 죄수들은 각자에게 해당한 감방에 들어갔다. 나는 3호 감방에 들어갔다. 감방 안에서 넉 줄로 렬을 맞추어 앉았다. 앉는 자세는 회령시 안전부 감방에서와 같다. 올방자 틀고 앉아 허리를 굽힌 상태에서 머리는 수그리고 두 손은 무릎 우에 올려놓고 움직여도 말을 해서도 안 되었다. 일단 감방 안에 들어가기만 하면 항상 이 자세로 있어야 했다.

감방 안에서는 죄수반장이 안전원 특사 감독 선생님처럼 무제한의 권한으로 수인들을 통제했다. 감방 규율을 조금이라도 위반하면 강한 처벌과 형벌이 차례졌다. 개별적 처벌과 함께 집단 형벌 때문에 신경병 걸릴 지경이었다. 안전원 특사는 죄수반장부터 엄하게 다루었다. 안전원 특사는 자기 마음에 조금만 거슬려도 죄수반장을 호되게 때리며 발길질과 몽둥이 치기로 피곤하게 놀았다. 그러면 죄수반장은 그 보복을 죄수들에게 한다. 안전원 특사가 하는 그대로 죄수들에게 고통을 주었다. 죄수들은 안전원을 "선생님"이라고 불러야 하며 선생님들은 죄수들을 "이 새끼", "개새끼", "이 간나", "야, 자" 하면서 짐승 취급하듯 했다.

취침 시간이 되면 선생님이 감방에 와서 "잠자라!" 하고 지시한다. 감방 문을 복도에서 잠그고 마당에 나가서 복도 출입문도 잠근다. 감방 한구석에는 오줌똥 받아내는 직경 50㎝, 높이 60㎝의 철판으로 만든 용변기가 놓여 있다. 죄수반장은 잠자기 전에 감방 경비 조직을 한다. 감방 경비원의 임무는 죄수들의 탈출 기도, 자살 기도를 미리 막는 데 있다고 사전에 경고한다.

감방 안에 있는 인원을 꼭 같이 나누어 근무한다. 밤 10시부터 시작하여 아침 6시까지 경비를 서는데 매개 경비조는 1시간씩 근무한다. 경비 성원 중 조장이 감방 안 출입문 옆에 서고 기타 성원은 방 안의 네 구석에 반드시 곧게 서서 잠자는 죄수들을 잘 살피고 있어야 한다. 밤에도 감방 중심에 설치된 조명등은 끄지 않는다.

현재 수용하는 세 개의 감방 중 3호실에만 전자 벽시계 한 개가 있고, 다른 두 개의 감방 안에는 시계가 없다. 그러므로 3호 감방 경비원은 매 시간마다 2호 감방과 5호 감방에 시간을 알려 주어야 한다. 매개 경비조는 1시간씩 경비를 서고는 다음 조 성원들을 깨워서 교대한다. 경비 조장은 매 시간마다 출입문 구멍에 입을 가까이 대고 복도가 찌렁찌렁하게 소리친다.

"2호 감방!"

"5호 감방!"

이때 곧 2호와 5호 감방에서 "예!" 하는 대답 소리가 요란히 울린다. 그러면 3호 감방에서 현재 시간을 다른 두 개의 감방 호실에 알려준다.

또 깊은 밤중에 한두 차례씩 임의의 시간에 안전원 선생님이 감방 복도에 들어와 매개 감방을 순찰한다. 이때 매 감방의 경비조장이 먼저 보고한다. "선생님, 3호 감방 이상 없습니다. 근무조장 박철남!" 하고 군대식으로 씩씩하게 보고한다. 이어 함께 경비 근무하던 다른 성원들이 차례로 보고한다. "근무성원 최성국!", "경비성원 리학범!" 등등.

이런 식으로 경비 서는 모든 성원이 근무 중 보고를 한다. 2호와 5호 감방에서도 이 같은 경비 보고가 진행된다. 보고 받고 이상이 없음을 확인한 안전원 선생님은 다시 나가면서 복도 출입문 빗장을 채워놓는다. 순찰하던 특사 선생님의 기분 상태에 따라 때때로 밤중에 처벌이 벌어진다. 전체 죄수들을 기상시키고 생트집 걸어서 들볶아댄다.

이와 같이 복잡한 상황에 밤 취침을 해나가는 감방 안의 죄수들은 괴롭고 고통스럽기만 하고 밤잠을 제대로 잘 수가 없다. 30여 명이 한 방에서 자다 보니 잠자리가 비좁아서 돌아누울 수조차 없다. 온밤 그칠 새 없이 엇바꿔 일어나 용변기에 오줌똥 쏘는 소리와 시간마다 들리는 경비 근무 교대 소리, 경비 보고하는 소리, 피곤에 취한 죄수의 코 고는 소리와 이빨 가는 소리, 밖에서 울리는 자동차·뜨락또르 엔진 소리까지 합치니 어느 하룻밤도 편안히 잠자는 때라곤 없다.

또 한밤중에 여러 명이 잠자리에서 일어나 이 잡이를 한다. 감방 안의 그 어느 누구라 할 것 없이 이가 수두룩하다. 이는 사람들의 몸 안에서만 움직이는 것이 아니라 옷 밖에서도 수없이 기어 다닌다. 눈만 뜨고 보면 머리와 얼굴, 손과 발, 옷에 수많은 이가 기어 다니는 것이 보인다. 사람들은 이의 성화 때문에 또 밤잠을 자지 못한다. 이를 한 마리씩 잡아 없애기엔 너무 아름차다. 출입문 곁에 가서 이를 마구 털어버린다. 땅바닥에 떨어진 이들은 다시 기어오른다. 잠에서 깨어나 보면 내 몸에는 물론 옆 사람의 온몸 부위와 방바닥에도 무수히 많은 이들이 무질서하게 기어 다닌다. 하나의 '이 생육장'인지 싶다.

실로 이가 이렇게 많은 장소는 난생 처음 체험한다. 이 잡이는 밤에도 낮에도 끊임없이 진행되나 위생 사업이 없는 감방의 생육 조건에서 이는 나날이 증식만 한다. 어떤 죄수는 머리에 이의 알인 서캐가 너무 많이 껴서 머리 자체가 검은색이 아니라 흰색을 띠고 있다.

혜산시는 해발 고도가 높은 지대여서 초가을부터 추운 편이다. 아궁이에 불을 안 땐 10월의 감방 콘크리트 바닥은 또 얼마나 차가운지 모른다. 그 차가운 콘크리트 바닥 우에 누워 있자니 온몸과 내장은 랭기로 참기 어렵다.

감방 안에는 이불도, 베개도, 모포도, 아무것도 없다. 옷 입은 상태로 차디찬 콘크리트 바닥 우에 머리 놓고 잠을 청하는 죄수들의 고통스러운 모습은 눈 뜨고 보기에도 서글픈 광경이다. 깨지고 습기 차고 랭한 짐승굴 같은 감방 안에서 죄수들은 나날이 폐인이 돼 간다. 아침 기상 시간이 6시라지만 안전원 특사 선생님들은 4시에도 깨우고 5시에도 깨운다. 늘 "기상!" 하는 선생님의 구령과 함께 재빨리 기상하고 아침 청소 작업을 시작한다.

죄수반장의 기동성 있는 작업 조직에 따라 방 안의 용변기를 변소에 가져다 버리며 실내의 울퉁불퉁한 콘크리트 바닥을 쓸어내고 물걸레로 말끔히 닦아야 한다. 복도를 물걸레질 해야 하며 변소 바닥도 물걸레로 닦아야 한다. 청소용 도구도 변변한 것이 없다. 헌 마대짝 꿰진 걸레로 모든 일을 깨끗이 수행해야 한다. 일단 청소한 다음에는 특사 선생님이 돌면서 검열하는데 십중팔구는 불합격이라면서 다시 청소시키는 것이 상례다. 죄수들은 넓은 집결소 마당을 쓸고 안전원들의 사무실 앞뒤까지 모두 청소해야 한다.

모든 사람이 다 일하게 만든다. 하지 않아도 될 일을 만들어서 시킴으로써 죄수들을 고의적으로 고통받게 한다. 세면장에는 15㎥의 큰 사각형 철탱크(탱크)가 있다. 거기에는 물이 하나 가득 차 있다. 죄수들은 그 물탱크에서 직접 청소걸레를 씻는다. 작은 물그릇이 없기 때문에 탱크 안에 직접 들이대고 청소걸레를 씻는다. 매일 같이 탱크 안에 대고 걸레를 씻어대니 탱크 안의 물은 먹물같이 새까맣게 어지러워졌다. 실내 바닥, 복도 바닥, 변소 바닥을 닦은 더러운 걸레를 그 큰 탱크 안에 대고 직접 빨아대니 오물이 들어찬 탱크 안의 물은 썩어서 악취를 풍긴다. 죄수들은 그 썩은 내 나는 시커먼 물에 세수하며 손발을 씻어야 한다. 더구나 며칠 정전되어 수돗물이 나오지 않을 때에는 그 물로 죄수들의 밥을 짓고 국을 끓인다. 짐승 사료를 끓이는 것과 꼭 같은 현상이다.

기상 후 첫 시작은 이렇게 수인들 전체가 들볶아진다. 이후에 각자 자기 호실에 들어가 7시 30분까지 부동자세로 앉아 있어야 한다. 줄지어 앉아서 앞에 앉은 죄수를 보면 머리와 목을 비롯해서 등, 허리 등 온갖 곳에 새하얀 이들이 마구 돌아다닌다. 죄수들은 이가 너무 많기 때문에 그런 현상을 보고서도 응당한 일로 생각하면서 별로 주의를 돌리지 않는다.

7시 30분이 되면 집결소 마당에서 선생님의 "모엿!" 구령이 내린다. 재빠른 동작으로 마당에 나가 렬을 지어 선다. 늦게 나가면 선생님의 엄한 형벌이 가해지기 때문에 저마다 먼저 나가려고 헤덤빈다. 출입문 옆에 놓인 신발장 주변에는 순식간에 죄수들로 둘러싸여 저마다 자기 신발을 찾느라고 허우적댄다. 좁은 신발장 주변에 단꺼번에 30여 명의 죄수들이 들이닥쳐 서로 밀며 밀리며 신발 찾기 전쟁이 벌어진다.

어두컴컴한 방에서 한두 사람이 자기 신발을 바로 찾지 못하여 남의 신발을 먼저 신고 나간다. 그러면 그다음부터는 더욱 수라장이며 난장판이다. 발에 맞지도 않는 남의 신발을 꺾어 신고 마당으로 뛰어나간다. 감방 출입문 주변에도 죄수들이 여러 겹 둘러싸여 서로 먼저 나가겠다고 아우성이다. 비좁은 문으로 여러 명이 한꺼번에 빠져나가자니 주먹이 드센 놈은 약한 자를 밀어젖히고 자기부터 몸빼기 한다. 감방 출입문 먼저 빠져나가기 위한 경쟁은 하루에도 몇 차례씩이나 진행된다. 마당 앞까지 늦게 나간 죄수는 선생님의 형벌 대상이 되기 때문에 "모엿!" 하는 구령과 함께 이어지는 신발 찾아 신고 출입문 나가는 단순하면서도 복잡한 동작은 순식간에 죄수들의 움직임을 아수라장으로 만든다.

감방 출입문을 거쳐 복도에 나간 다음 다시 복도 출입문을 빠져 마당으로 나가야 한다. 1m 남짓한 좁은 구조로 된 복도 역시 죄인들이 헤덤비며 붐비는 꼴이 이만저만이 아니다. 여러 개 감방의 수인들이 동시에 좁은 복도로 쏟아져 나온다. 복도에서도 먼저 자리를 차지하기 위한 경쟁이 벌어진다. 감방 안에서 복도로 나온 죄수들은 복도 출입을 통하여 마당으로 뛰어나가면서 높은 소리로 순서번호를 부른다.

"하나, 둘, 셋, 넷…."

앞 사람이 뛰어 나가면서 부르는 순서번호에 이어 그 다음 련속 번호를 부르면서 마당으로 나온다. 마당에 나간 죄수들은 4렬로 줄지어 서면서 서로 바뀐 신발 때문에 신경질 내면서 복잡하게 논다. 마당에 나선 안전원 특사 선생님은 또 생트집을 걸어온다.

"모이는 동작이 이렇게 늦어서야 무슨 일 하겠나. 모두 호실에 들어갔다가 다시 나오라!"

죄수들은 모두 흩어진다. 순서번호를 부르면서 호실에 다시 뛰어 들어간다. 마당에서 복도 출입문을 통과하여 들어갈 때에도 반드시 첫 사람부터 들어가는 순서번호를 소리 높이 외쳐대야 한다. 순서번호 부르는 소리가 약하거나 들어가는 동작이 느리면 또다시 계속하여 반복 동작시킨다. 감방 안에 모두 들어간 후 선생님의 "모엿!" 구령과 또다시 함께 모이는 단순하고 복잡한 동작이 수없이 반복된다. 잘 먹지 못하고 잘 잠자지 못하여 연약한 체질에 고통이 이만저만이 아니다. 이와 같은 복잡한 동작으로부터 사람들은 끊임없이 허약해진다. 아침에도 점심에도 저녁에도 예고 없이 "모엿, 헤쳤!" 하는 동작이 하루에도 수십 수백 번 반복된다.

다음은 집결소의 아침 식사 장면을 투영해 보자. 마당에 넉 줄로 횡대 지은 죄수들 앞에서 선생님은 구령한다.

"앞줄부터 번호 붙이며 앉았!"

그러면 맨 앞줄의 첫 사람부터 순서번호를 소리 높여 외치면서 제자리에 앉는다. 식사 인원을 확인하기 위해서다. 집결소 인원은 매일 30명부터 80명 또는 그 이상으로 오르내린다. 외부에 작업 나갔다가 현지에서 류숙하는 인원들, 며칠씩 고정동원 나가서 일하는 인원들, 매일 출감하고 입소하는 인원들로 하여 급식 숫자가 부단히 변한다. 순서번호 부르며 앉는 동작은 여러 번씩 반복한다. 소리가 작다느니, 앉는 동작이 느리다느니, 대렬의 종렬 횡대가 맞지 않는다느니 하는 생트집을 잡는다. 반복 동작에 진저리가 날 지경이다. 허약한 죄수들한테 앉고 서는 동작을 수십 번씩 시킨다. 현장에서 쓰러지는 죄수들의 수가 매일 늘어난다. 죄수들의 순서번호 마지막 숫자를 기억한 선생님은 식당 식모에게 소리친다.

"식모 간나야, 아침밥 80개 가져오너라!"

식당 일을 전문직으로 맡아보는 녀자 죄수 두 명과 화부 한 명이 나와서 집결소 마당 한가운데에 밥그릇과 국그릇을 쌍 지어 넉 줄로 맞추어 놓는다. 밥식기 우에는 역시 자루를 절단한 숟가락을 놓는다. 밥은 통강냉이에 절인 무를 잘게 썰어서 한데 삶은 것이다. 국은 양배추를 수확해 내고 나머지 밑뿌리와 거기에 붙은 덧잎을 모아서 끓인 것이다. 소금도 넣지 않고 끓여서 싱겁고 쓴맛으로 하여 집결소 죄수들 외는 그 누구도 먹을 수 없는 국이다. 절인 무를 섞어 삶은 것이어서 씁쓸한 맛으로 먹는데 그 량이 또한 너무 적어 죄수들의 배를 채울 수 없다. 그러므로 죄수들은 그 쓰거운 양배추 덧잎국이라도 좀 더 먹었으면 하는 인상이다.

또 어떤 때에는 통감자를 삶아서 준다. 집결소 부업지에서 수인들이 봄여름 내내 가꾼 감자다. 죄수들의 고된 강제 로동으로 심고, 김 매고, 수확하여 들인 것이다. 그런데도 크고 깨끗한 감자는 따로 골라서 집결소 안전원들의 집집에 나눠가고, 고르고 남은 찌끄러기 감자와 썩은 감자를 죄수들이 먹는다. 죄수들이 먹는 감자는 껍질을 벗기지 않은 상태로 삶는다. 제일 큰 감자가 달걀만하다. 그런 감자 네 알씩 알루미늄 식기에 담아준다. 메추리 알만한 크기의 감자는 10알~15알 정도씩 준다.

식당 근무원들이 식사 분배를 끝내고 선생님께 보고하면 선생님은 죄수들에게 자기 밥그릇 앞에 자리를 찾아 서게 한다. 이때에도 동작이 느리거나 눈에 거슬리게 되면 수차 반복 동작을 시킨다. 죄수들은 밥그릇에 맞추어 두 줄씩 횡대지어 마주 선다. 앉으라는 특사의 구령에 따라 전체는 "선생님 식사합시다!"라고 례의를 합창하면서 발바닥을 땅에 붙이고 앉는다. 그

다음 특사의 먹으라는 구령에 따라 먹는 동작이 진행된다. 선생님의 "먹어라!" 구령이 있기 전에 조금이라도 먹었다가는 또 형벌이 가해진다.

배고픈 죄수들은 쓰거운 감자를 껍질 채 먹는다. 일부는 껍질을 벗겨 따로 놓는다. 그러면 그 옆에 앉은 배고픈 죄수가 그 껍질을 얼른 주워 먹는다. 삶은 통강냉이나 감자나 그 어느 것을 먹어도 량이 너무 적어서 배부른 적이 없고 언제나 배고픈 감을 참기 어렵다. 항상 배고픈 슬픈 마음이 떠나지 않는다. 그러므로 집결소 죄수들은 길을 가다가도 한 알의 강냉이나 먹다 버린 과일이나 무 꼬리, 배춧잎 같은 것이 보이면 재빨리 쥐어서는 감독 몰래 먹어 버린다. 먹기 위해서는 체면을 가리지 않는다. 살기 위해서 무엇이나 먹을 수 있는 것이라면 쓰다 달다 없이 다 먹는 것이 집결소 죄수들이다.

10월의 혜산시 아침 날씨는 몹시도 차다. 그런데 여기 죄수들은 7~8월 여름에 잡혀 온 사람들이다. 따라서 모두 여름옷 차림이다. 영하에 가까운 날씨에도 아침 식사를 밖에서 하니 추워서 견딜 수가 없다. 게다가 음식도 점차 차갑게 식어가고 있다. 간신히 식사를 끝낸 죄수들은 추위에 오돌오돌 떨면서 마당 한가운데 렬 지어 앉는다. 도망병이 나타날까 봐 순서 번호를 부르며 앉거나 서기를 자주 한다. 아마 한 시간 사이에도 몇 번씩이나 한다. 아침 8시가 넘으면 새로 교대 나온 선생님들이 죄수들을 인계받아 관리한다.

죄수들에게 맡길 일감이 많은 모양이다. 10명씩 또는 15명이나 20명 정도씩 조를 묶어 외지로 이동 작업을 떠나간다. 자동차 타고 멀리 갈 때도 있고 걸어서 시내 가까이로 갈 때도 있다. 일하러 갈 때에는 반드시 선생님들의 인솔 하에 가며 선생님들은 권총을 장탄하여 휴대한다. 선생님들은 죄수들이 도망치는 것을 제일 무서워한다. 그래서 순서번호 부르는 놀음을 쉴 새 없이 한다. 죄수 한 명이라도 도망쳐 놓치게 되면 그를 담당 감독한 선생님은 안전부 정복을 벗어야 한다. 안전원 직책에서 해임되어 제대하는 것이다. 그러므로 안전원 감독들은 죄수들의 인원 점검에 무척 신경을 쓴다.

죄수들은 감방 복도 출입문을 나들거나 집결소 정문을 드나들 때에도 반드시 순서번호를 소리 높여 불러야 한다. 한 명이나 또는 두 명이 움직여도 순서번호를 붙인다. 내가 도안전부 집결소에 입소한 지 이틀째 되는 날이다. 외부 이동 작업에 몇 개의 조가 조직되어 나가고 나머지 인원은 집결소 마당 안에서 통나무 절단과 쪼개는 작업을 했다. 9시쯤 되어 안전원 상위가 나를 데리고 사무실로 간다. 나에 대한 량강도 안전부 집결소 취조가 시작됐다. 나의 두 손목에 철쇄를 잠근다. 이후에 횡포가 진행되었다.

"야, 이 새끼야! 중국에 왜 갔어?"

나는 대답이 없었다. 그러자 상대방이 다시 묻는다.

"왜 중국에 갔는가 말이다."

나는 여전히 창밖을 내다보면서 대답하지 않았다. 세 번째 다시 물어서야 나는 입을 열었다.

"너무나도 살기가 구차하여 중국 돈이나 좀 벌어 올까 하여 넘어 갔습니다."

"이놈의 새끼, 네가 어떻게 중국 돈을 번단 말이냐. 젊은 놈이라면 몰라도 다 늙은 놈이 어떻게 돈을 벌어. 누가 너한테 일 시키겠대?"

안전원 상위는 기세를 올리며 련방 묻는다.

"솔직히 말해라. 중국에 가서 나쁜 짓 한 것 말이야."

나는 중국 장백현에 갔다가 날이 밝은 다음 도로에 나서서 걷기 시작하여 20도구에까지 갔으며 불과 두 시간 내에 만장변방대 순찰대한테 붙잡혔다며 중국 땅을 밟아 두 시간 동안에 돈을 벌 수도, 나쁜 짓을 할 수도 없었다고 말했다.

"네가 두 시간 내에 잡혔는지, 20도구에서 잡혔는지 누가 알아. 거짓말 말고 진상을 똑똑히 밝히라."

나는 이자가 둘러대는 꼴이 가소로웠고 묻는 말이 어처구니 없었다.

"야, 이 새끼야! 중국에 우리 사람들이 얼마나 많은 줄 알아. 우리 공작원들 말이다. 그들은 너 같은 자들의 움직임을 일일이 장악해서 비밀 통로로 넘겨 보낸단 말이야. 너도 그들의 감시망에 걸렸댔어. 도보위부에서 보내온 자료만 해도 몇 장이나 돼. 내가 말해 주기 전에 네 입으로 말하는 것이 좋아."

위협으로 말하는 그의 의도가 빤히 들여다보인다. 나에게서 그 어떤 첩보 활동 같은 것이라도 찾아내 자기들의 직무상 공로를 세워보려는 야망을 드러낸다. 그는 내가 잡혀온 간단한 경위를 전혀 믿으려 하지 않는다.

"중국 변방대가 너한테서 어떤 비밀을 빼냈으며, 또 어떤 과업을 주었으며, 특히 중국에서 남조선 안기부 사람들과 거래한 내용을 솔직히 다 말해라."

이자는 점점 더 엉뚱한 물음을 중얼댄다.

"선생님, 솔직히 나는 한 일이 아무것도 없습니다. 가자마자 잡혀서 감옥 밥만 먹다 온 내가 무슨 일을 할 수 있었겠습니까."

이자는 무슨 생각을 했는지 갑자기 일어나 밖으로 나간다. 그러더니 나무를 패는 죄수들이 일하는 작업장에 가서 적당한 장작개비 하나를 쥐고 들어와 때리기 시작한다. 먼저 머리를 힘껏 친다. 첫 매에 두개골 피부가 째지고 피가 흐른다. 다음은 다리와 배, 허리를 마구 때린다. 이깔나무 장작 몽둥이가 몸에 타격을 줄 때마다 아픔과 고통 때문에 큰 신음과 함께 몸을 움츠렸다.

"이 새끼, 엄살 부리는 꼴 좀 봐라."

장작개비로 팔다리와 엉덩이, 어깨와 배 허리 등 아무데나 닥치는 대로 한참 두들겨 팬다. 주먹 쥔 손으로 얼굴과 뺨도 때린다. 순간에 나의 코에서는 선지피가 흐른다. 그러자 이자는 행패를 중지하고 휴지 몇 장을 내 옆에 뿌려준다. 나는 휴지로 얼굴과 머리 우의 피를 닦고 두 콧구멍에 휴지 쪼박을 압착해서 틀어막고 입으로 숨을 쉬었다. 악마 같은 이 소굴에서 종국에는 맞아 죽거나 아니면 영양실조로 말라 죽겠구나 하는 생각이 앞서면서 하루빨리 여기를 탈출하여 보복해야겠다는 증오의 반발심으로 불탔다. 놈이 다시 명령한다.

"방바닥을 닦아라."

그 소리에 휴지로 방바닥에 흘린 핏자국을 수쇠 찬 두 손으로 닦아버렸다. 한참이나 위협과 매질로 들볶아대던 상위 놈은 책상 앞에 의자를 당기면서 앉더니 규격 인쇄지를 꺼내 양식란에 나의 리력을 기록한다. 이름과 성별, 생년월일, 당별, 지식 정도, 출생지, 거주지 등을 기록한 다음 표창 관계, 책벌 관계, 군사 복무 년한 등을 물어본다. 그리고 규격지 뒷면에 학력과 경력을 빠짐없이 대라고 하고는 내가 말하는 그대로 기록한다.

나는 그가 묻는 물음에 모든 것을 거짓으로 대답했다. 리력서 기록을 끝낸 그는 다른 규격지 한 장을 꺼내더니 중국에는 언제 어디로 건너갔으며 중국에 갔다가 나올 때까지의 경위에 대하여 다시 말하라고 하였다. 나는 또다시 방금 매 맞기 전에 한 말을 되풀이하였다. 량강도 보위부에서 진술한 내용과 꼭 같이 대답했다. 상위는 나를 흘겨보면서 말한다.

"너 이놈, 안 되겠다. 아직도 거짓말 하려 드는구나."

그러더니 그는 심문과 기록을 그만두고 그때까지 이미 작성한 문건을 책상 서랍 안에 넣는다.

"너 이제부터 나가서 자기반성을 똑똑히 해라. 그리고 오후에 다시 보자. 오후에도 솔직히 나오지 않으면 없애 치우겠다. 지금부터 오후까지 시간을 준다."

그는 일어서더니 나의 손목에서 수쇠를 벗기고 앞마당으로 데리고 가서 통나무 절단 작업장에 인계한다. 나는 통나무 절단 작업을 하면서 오후에 또 취급당할 일을 곰곰이 생각해 보았다.

잠시 후 상위는 또 다른 죄수를 불러들인다. 그 죄수도 매를 맞으며 살을 찢기며 터지며 신음과 고통으로 괴로운 심문을 당하고 나왔다. 여기 집결소 안전원 군관들의 사무실에서는 매일같이 이런 비분에 찬 탈북자들에 대한 심문과 고문이 그칠 새 없이 진행된다.

예고대로 오후에 또 나에 대한 심문이 계속되었다. 상위는 책상 우에 새 규격지 한 장을 꺼내 놓더니 내게 물었다.

"김원일, 잘 생각해 보았는가? 제대로 옳게 말해 보자구."

나는 아무 대답 없이 그의 언행을 지켜보았다. 그가 말했다.

"중국에 건너간 순간부터 다시 나올 때까지 있었던 일을 하나도 빼지 말고 모두 이야기해라."

나는 전부터 준비하고 진술했던 대로 고집스레 대답했다. 중국에서 들은 것도, 본 것도, 만난 것도, 과업 받은 것도 없다고 강경히 우겨댔다. 나는 안전원 상위의 얕은 술수를 환히 들여다보고 있었다. 조선의 모든 정치보위부나 안전부의 심문 방법이 꼭 같이 중국에서 남조선 안기부와의 관계가 있었는가를 중시하며 간첩 활동이 없었는가를 꾀한다는 것이 너무나도 잘 표현되고 있었다. 다음으로 중국의 어떤 기관으로부터 정보활동 과업을 받고 다니지나 않는가 하는 기미를 밝혀내자는 잔꾀를 부리는 것을 백 번 리해할 수 있었다.

나는 월경 후 경위를 최대로 축소하였으며 도보위부에서 처음 진술한 내용대로 끝까지 고집하였다. 안전원 상위는 지고 말았다. 더 따지기를 포기한 것이다. 내가 진술한 그대로 최종 기록을 끝냈다. 취조를 마친 나는 다시 나와서 통나무 절단 작업을 계속했다. 내 뒤에 또 여러 명의 탈북 죄수들이 안전원 상위의 사무실에 들어가 취조당했다.

죄수들은 모두 하루 작업을 총화하고 감방 안에 들어갔다. 밤 잠을 이룰 수 없다. 낮에 당한 고문으로 온몸이 쑤시고 아파났다. 콩나물시루같이 빽빽이 드러누운 잠자리에서 편안한 자세로 돌아누울 수조차 없고, 무섭게 달려드는 이 때문에 견딜 수 없다. 밤새껏 분주랑 피우는 감방 안 경비조들의 교대하는 소리와 옆방에 시간 알려주는 고함 소리, 거기에 배고픈 고통까지 겹치는 감방의 밤은 한없이 저주로운 지옥의 시간이다.

집결소에 다음 날 아침이 돌아왔다. 8시가 되자 작업 분담이 이루어지고 여러 명의 선생님이 각기 자기 조 성원들을 데리고 작업장을 찾아 떠나갔다. 집결소 정문을 빠져나가는 죄수들의 하나, 둘, 셋 하며 순서번호를 외쳐대는 소리가 여러 번 들렸다. 집결소 마당에는 오늘도 역시 30여 명의 탈북자 죄수들이 통나무 자르는 작업을 한다.

아침 식전 작업으로 집결소 건물 뒤에 놓았던 10여㎥의 통이 깔나무가 작업장에 옮겨져 왔다. 이것을 오늘 중으로 다 절단하고 쪼개야 한다. 작업조가 구성된다. 절단 조와 쪼개는 조로 나눠진다. 나는 절단 조에서 쌍톱으로 통나무를 절단한다. 한 조에 세 명이 망라되어 한 명이 붙잡고 두 명이 톱질하여 끊는다. 한 토막씩 끊고서는 붙들던 사람과 교대하면서 부단히 일 손을 다그친다. 톱질하고 도끼질하는 사람들은 고문과 굶주림 과 신체 허약으로 힘이 나지 않는다. 힘겹게 왕복운동하는 쌍 톱의 속도는 점점 느려지고 톱밥이 떨어지지 않는다.

안전원 특사와 죄수반장은 작업장을 돌아치면서 톱질 속도가 늦다느니 힘쓰지 않는다느니 꾀를 부린다느니, 절단 길이가 크 다느니 작다느니 트집 걸어서는 작업 현지에서 때리고 쌍욕설 질을 해댄다. 도끼질하는 죄수들은 무거운 도끼를 허약한 힘으 로 겨우 들었다 놓는다. 한두 시간도 아니고 식전 작업부터 시 작하여 순간의 휴식도 없이 하루 종일 톱질과 도끼질을 한다. 그것조차도 매 맞으면서 굶주린 몸으로 한다는 것은 실로 최악 의 고통스러운 일이다.

힘에 겨운 강제 로동으로 인체 내 수분이 모두 땀으로 빠졌 다. 인제는 땀도 안 나온다. 힘없는 팔다리는 후들거리기만 한 다. 뒤에서는 선생님의 나무 몽둥이가 사정없이 내려치고 있 다. 맥 빠진 죄수는 죽일 테면 죽이라고 억지 들이대고 맞아대 는 끈질긴 질군(질꾼)들도 있다. 노예주가 노예를 붙잡아다 일 을 시키는, 책에서만 들은 이야기 장면이 여기 혜산시 량강도 집결소 마당에서 출현된다.

수분이 빠지고 맥이 다한 죄수는 선생님께 갈린 목을 좀 적 시자고 물 한 모금 애원하며 청하다가 현장에서 몽둥이 대접만 받고 울분을 터트리며 돌아선다. 무서운 매질 때문에 아무런 제기도 할 수 없다. 말 한마디 값으로 몽둥이와 구둣발 차이기 대접만 받는 참말로 눈뜨고 볼 수 없는 어지러운 강제 로동판이다.

단 한 순간의 휴식도 없으며 대소변도 자유로이 볼 수 없다. 참기 어려운 대소변도 여러 차례 제기해서야 겨우 매를 맞으며 승인받고 변소 칸에 앉아 맥 빠진 몸을 짧은 시간이나마 숨을 돌려 본다. 강제 로동은 노예 로동이다. 너무나도 힘들고 고통스럽기에 땅바닥에 쓰러진 죄수를 죄수반장은 목덜미를 잡아 일으켜 세우고 귀뺨 때리며 정신 차려 일하라고 쥐고 흔들어댄다.

맥 빠진 나는 땅바닥에 풀썩 주저앉아 쌍톱을 잡아당긴다. 고양이 같은 눈으로 흘겨보던 선생님은 어느새 달려와 발길로 등허리를 들이찬다. 할 수 없이 휘청거리며 일어나 허리 굽혀 또 톱질한다. 맥없이 허덕이는 탈북자 죄수들의 힘겨운 톱 써는 소리, 나무 찍는 도끼 소리는 안전원 특사 선생님들의 호통 소리에 짓눌린다.

힘에 겨워 견디지 못해 스스로 자기 손가락을 자르는 죄수도 있었다. 탈북 월경죄로 잡혀온 33살 난 박환도라는 젊은 사내는 이전에 평안북도에서 살았다고 한다. 며칠째 강요당한 도끼질 강제 로동에 더는 견딜 수 없었던 그는 일부러 도끼로 왼손 두 번째 손가락 첫 마디를 뭉청 잘라 버렸다. 피 튀는 손가락을 싸쥐고 동통으로 울부짖는 박환도의 "아이쿠!" 하는 처량한 울부짖음은 죄수들의 시선을 모은다. 박환도는 제 손가락을 잘라 얼마간의 휴식이라도 보장받길 꾀했다.

불의에 공상 사고를 통보받은 안전원 직일관은 박환도에게 쌍욕을 퍼부으면서 진료소에 데리고 가 구급처치를 받게 하였다. 박환도는 목적을 달성했다. 그의 손에서 도끼자루가 내려지고 구급처치를 받는 시간 동안 힘겨운 도끼질에서 해방된 것이다. 그날 저녁부터 그의 잘린 손가락 부위와 손등은 무섭게 부어올랐다.

그 후 한 번도 제대로 치료받지 못한 잘린 손가락 부위의 살이 썩기 시작했다. 박환도는 손가락 통증이 참기 어려웠지만 얼마간 나무패기 등 강제 로동을 당하지 않은 것을 다행으로 생각했다. 손가락과 강제 로동을 바꾼 것이다. 그 대신 의도적으로 제 손가락을 자른 죄로 선생님들의 몽둥이 대접은 더욱더 도수를 높였다. 그 후 10월 중순경에 박환도는 평북도 집결소로 호송돼 갔다.

강제 로동이 얼마나 힘들고 고통스러웠으면 자기 손가락을 스스로 도끼로 자르고 조금이나마 휴식을 얻어내는 참상까지 빚어졌겠는가를 상상해 보라. 이렇게 힘든 통나무 절단과 패기 작업은 5일간이나 계속됐다. 자기 힘에 맞게 절단하고 쪼개고 하면 그다지 어려운 일이 아니다. 그러나 감독들은 순간이라도 편하게 일하거나 속도를 늦추면 무자비하게 때리며 고통을 준다. 때문에 죄수들은 있는 힘을 다 내서 최대의 마력으로 일해야 한다. 바로 여기에 강제 로동의 악랄한 본질이 숨어 있는 것이다.

정교하게 쪼갠 이깔나무 장작들은 모두 집결소 정복 입은 안전원들의 아늑한 가정집으로 실려 갔다. 죄수들의 눈물, 피 어린 통나무 장작이 차고 습기 찬 콘크리트로 만들어진 감방에 단 하루라도 온기를 더하여 주었더라면 이다지도 가슴 쓰리지 않을 것이다. 하루 일을 끝마친 죄수 아닌 죄수들은 저녁 식사 후 남녀 할 것 없이 3호 감방에 빽빽이 들어가 앉았다. 24㎡의 감방 안에 80여 명의 죄수들이 들어앉았다. 사상투쟁 회의를 한다는 것이다.

앞뒤와 좌우에서 죄수들이 몸 밖으로 나와 기어 다니는 이를 잡아 죽이는 소리가 소름 끼치는 가운데 출입문 빗장 여는 소리가 들려온다. 안전원 특사 선생님이 30대 중반쯤 된 혈기 왕성한 녀인 하나를 끌고 감방 안에 들어와 엉덩이를 구두 신은 발로 힘껏 들이찼다. 발길에 채인 녀인은 맨 앞줄에 앉은 죄수의 머리 우에 쓰러졌다가 황급히 일어나 앞 구석 자리에 선다. 안전원 특사는 의자 하나를 가져와 앞에 앉았고, 그 뒤에 또 다른 한 명의 특사가 들어왔다.

안전원 특사는 오늘 밤 사상투쟁 할 대상을 소개한다. 방금 끌고 들어온 녀인은 3일 전까지만 해도 여기 집결소 식모로 일하였다. 월경했다가 넘어올 때 국경경비대에 붙들려 들어온 녀인이다. 그녀의 집은 혜산 시내에 있으며 집에는 12살 난 녀자 애와 10살 난 남자 애가 있고 남편은 사망했다. 가정생활 형편이 어려워 중국 장백현에 살고 있는 친척집에 살림살이를 좀 보탬받기 위해 월경했다가 이틀 만에 다시 압록강을 넘어오다 경비대에 붙잡혀 가져오던 돈과 물건은 모두 회수당했다고 한다.

녀인은 집결소에 입소한 다음 날부터 집결소 식당 식모로 일

했다. 식당 식모는 비교적 자유롭다. 선생님들의 감시도 덜하며 자의대로 집결소 구내를 다닐 수 있다. 정전되어 수돗물이 안 나올 때에는 집결소 밖으로 물을 길러 가며 부엌일과 관련되는 일로 정문 밖으로도 자주 드나들 수 있었다. 이런 유리한 조건을 리용하여 녀인은 집결소 식당에서 탈출해 버렸던 것이다.

그녀는 탈출하여 자기 집에 가지 않고 혜산 시내에 있는 친척집에 갔다. 그녀를 놓친 담당 특사는 그녀의 집에 붙잡으러 갔으나 목적을 이루지 못했다. 착잡한 생각으로 마음 무겁게 지나던 특사는 그녀가 도망친 지 이틀 만에 우연히 혜산 시내 골목길에서 그녀를 만나 즉시 체포하여 집결소로 다시 끌어왔다. 그러므로 이 녀인에 대한 사상투쟁 회의를 진행하겠다고 선언했다. 안전원 특사는 의자에서 일어서더니 모든 탈북자 죄수들이 보는 앞에서 녀인을 구둣발로 차 댄다.

"이 간나야, 너 왜 도망쳤니. 너는 도망쳐 살고, 나는 신세를 망쳐보려고 그랬나? 이 개간나야, 너 오늘 밤 죽어봐라."

녀인의 온몸과 머리를 주먹질 발길질하다가 머리카락을 움켜쥐고 감방 벽에 머리를 마구 짓찧어 대는 것이다.

"이 간나야, 너 때문에 내가 정복 벗을 뻔했다."

특사는 또 귀뺨과 얼굴에 권투 주먹을 해댔다. 한참이나 차고 때리고 하던 특사는 녀인에게 자기비판하라고 호령한다.

"잘못했습니다. 잘못했습니다. 다시는 도망치지 않겠습니다. 제발 한 번만 용서해 주십시오."

겁에 질린 녀인은 울음 섞인 목소리로 이 말만 계속 반복했다. 그녀는 혜산에서 사범대학 어문학부를 졸업한 학력이라고 한다. 특사는 또 일어서서 녀인의 머리카락을 움켜쥐고 감방 벽에다 짓찧으면서 말한다.

"대학 어문학부 졸업생이 그렇게밖에 말 못해!"

녀인은 연신 잘못했다면서 용서를 빈다.

"내가 이 간나 때문에 세상 속을 다 태웠다. 이런 간나들이 몇 개만 더 있으면 나 같은 것 죽이고 말겠다. 이 고약한 간나 때문에 요즘 밤잠 자지 못하고 돌아쳤다. 이 간나 붙들자고 안 가본 데 없다. 이 간나 때문에 내가 정복 벗을 뻔한 걸 생각하면 분해 못 견디겠다."

놈은 말이 끝날 때마다 녀인을 여지없이 때린다. 감방 안에 앉은 80여 명의 탈북자 죄수들은 숨소리 죽이고 특사의 거동만 살핀다.

"이제부터 너희들끼리 호상 투쟁해라. 한마디도 호상 투쟁하지 않는 자는 이년과 꼭 같은 자로 처벌하겠다."

특사의 말이 떨어지자마자 죄수반장이 일어서서 녀인에게 주먹 강타를 먹인다. 녀인은 비명을 지르며 얼굴을 싸쥔다. 코에서 붉은 피가 흐른다. 쟈케트(재킷) 입은 녀인의 옷에도, 앞에 선 죄수반장의 옷에도 녀인의 코피가 튕겼다. 녀인과 함께 식당 식모하던 처녀애가 나와 자기 호주머니에서 손수건과 휴지를 꺼내 피 터진 코를 씻어주고 콧구멍을 휴지로 막아 지혈시킨다.

"야, 이 간나 새끼들아. 너희들 사상투쟁 안 하갔어!"

수인들을 향해 소리치는 특사의 노기어린 상통이다. 그러자 남자 수감자들이 련방 일어서서 투쟁을 벌인다.

"너 간나 때문에 우리 모두가 오늘 저녁 집단 처벌당하는데 저런 간나를 죽여 버려라."

"이 간나야 남들은 밖에 나가서 어려운 일을 힘들게 하는데 너 간나는 식당 일 하면서 너무 편안해서 도망쳤느냐?"

"저 간나를 닷새 동안 먹을 것 주지 말고 굶기자. 저 피둥피둥한 살점이 다 내릴 때까지 굶기자."

별의별 악담들이 다 터져 나온다. 군중의 악이 찬 비판을 한참 듣고 있던 특사는 말한다.

"야, 이 개새끼들아, 비판하지 않는 새끼들은 어떤 개새끼들이야."

그는 멍청하게 앉아 있는 한 중년 죄수를 손가락으로 가리키며 엄포 놓는다.

"너 새끼 일어나라. 너 새끼도 도망치자는 생각이야? 왜 가만히 앉아만 있어. 너도 같이 처벌받아 보겠어?"

급해 맞은 중년 남자는 말한다.

"투쟁하겠습니다."

남자는 빼곡히 붙어 앉은 사람들 사이를 짚고 나와 녀인의 아랫다리를 마구 들이차며 머리를 주먹질해댄다. 녀인은 꼬꾸라지고 소리 내며 운다. 다음 또 몇 명의 청년 수감자들이 하나씩 나와서는 악담을 퍼부으며 녀인을 한참씩 때려주고 들어간다. 매 맞은 그녀는 신음만 내며 끊임없이 눈물 흘린다. 머리가 다

헝클어지고 쟈케트 안에 입은 옷도 앞섶이 다 헤쳐져 금세 벗겨지기 직전이다. 특사는 한쪽 켠에 모여 앉은 녀죄수들을 향해 말한다.

"이 간나들아, 너희들은 뭐 잘났다고 투쟁 안 해. 방망이로 얻어맞아 봐야 알겠냐? 녀자들 모두 일어섯! 너희 간나들도 꼭 같은 년들이기 때문에 일쿼 세워놓고 투쟁하겠다."

특사의 화풀이는 녀자들한테 넘어갔다. 제자리에서 일어선 녀죄수들이 앞을 다투어 나와 앞에 선 녀인의 머리채를 휘어잡은 채 때리며 머리를 벽에 짓찧는다.

"너 이 간나, 녀자들 망신 다 시켰다. 매 맞아 죽어도 싸다."

"우리가 힘들게 로동할 때 너 간나는 식당 안에서 기껏 실컷 처먹고 살이 쪄서 힘이 생겨 도망쳤나?"

"너 간나 때문에 우리 녀자들이 한 몽둥이로 맞아댄다."

모든 녀자 수인들이 저마다 악에 받친 말 한마디씩 하고는 녀인을 때려준다. 감방 안의 죄수들은 서로가 같은 처지의 동료지만 일단 사상투쟁을 벌이거나 비판할 때 다른 죄수에 대해 막강하게 대하지 않거나 선하게 대하는 일이 있으면 특사들로부터 몇 곱절 더 악독한 처벌과 형벌을 받는다. 그러므로 렴치불문하고 때려 주고 악담 주며 못되게 군다. 호상 투쟁의 강도가 약해 보일 때 당하는 감방수들의 집단 형벌은 아주 무서운 것이며 그칠 새 없이 계속된다.

특사는 죄수반장에게 지시한다.

"반장 이 새끼야, 이제부터 밤 12시까지 투쟁해라. 투쟁이 잘

안 될 때에는 너 새끼부터 족칠 테다."

"저 간나에게 뽐뿌 천 번 시켜라."

툭 쏘아 말하고는 감방에서 나가버린다. 지금부터는 죄수반장의 권한으로 투쟁이 진행된다. 이때까지 진행한 투쟁은 그날 밤 사상투쟁의 서막이었다. 이제부터 포악하게 생긴 죄수반장의 만행은 하나의 살인장을 방불케 한다. 한 녀인을 앞에 세우고 실로 눈 뜨고 보기 끔찍한 인간 만행이 벌어진다.

죄수반장은 녀인에게 뽐뿌를 명령한다. 앞에 나선 녀인의 형체가 말이 아니다. 헝클어진 머리에 온 얼굴에는 구정물 같은 땀이 번지르르 하고 웃옷은 반쯤 벗겨지고 찢어져 있다. 녀인은 두 손을 목 뒤에 가져다 손가락을 깍지 쥔다. 다음 앉았다가 일어서는 동작 천 번을 시작한다. 피투성이가 된 얼굴에 매를 맞아 시퍼렇게 부은 눈언저리, 한 시간가량의 투쟁으로 이미 온몸이 보풀어졌다. 녀인은 투쟁 앞에 자기 몸을 내맡긴 듯싶다. 운명을 내던진 것이다. 죄수반장은 뽐뿌 하는 녀인의 동작을 소리 내어 센다.

"… 백 스물, 백 스물 하나, 백 스물 둘….."

그녀는 200개도 채 못하고 그 자리에 쾅 하고 쓰러져 "잘못했습니다. 다시는 안 그러겠습니다. 용서 하십시오" 하며 엉엉 소리 내어 운다.

"이 간나야 안 돼. 뽐뿌 천 개 해야 돼."

죄수반장은 쓰러진 녀인의 머리채를 움켜쥐고 통째로 들어 일으켜 세운다. 녀인은 서너 번 뽐뿌 하다가 또 쓰러진다. 죄수반장은 서 있는 녀자 죄수들 중에서 몸집이 둔한 세 명을 불러 내 그들에게 녀인의 뽐뿌를 도와주라고 명령한다.

한 녀성은 그녀의 머리카락을 두 손으로 움켜잡고 다른 두 녀 인은 좌우켠에 각각 서서 한 손으로는 그녀의 웃옷 목덜미를 잡고 다른 한 손으로는 아래옷 깃을 잡아 쥐고는 구령을 치면 서 녀인을 무릎 앉혔다가 올려 쳐들었다 하면서 뽐뿌 동작을 진행한다. 그녀는 완전히 맥을 버리고 옆에 선 방조자의 힘에 끌려 무릎 앉았다가 곧게 서고, 곧게 섰다가는 또 무릎 앉는다. 녀인은 소리 내어 울면서 몸을 완전히 타인에게 내맡겼다. 녀 인을 잡아끄는 세 방조자도 함께 비지땀을 흘린다.

뽐뿌를 도와주는 세 녀성 방조자의 무자비한 잡아끌기 동작에 의하여 그녀가 상체에 입은 옷들은 다 벗어지기 직전이다. 허리 와 배가 로출되고 옆에서 내리누르는 힘에 의해 아랫도리도 넓 적다리 아래로 흘러내렸다. 그녀의 뽐뿌를 돕고 있는 세 방조자 녀인의 잔인한 행동도 나를 격분케 한다. 실로 눈을 뜨고 볼 수 없는 참상이 혜산시 량강도 안전부 집결소의 감방 안에서 사상 투쟁이란 이름으로 벌어진다. 짐승도 낯을 붉힐 몸서리나는 사 상투쟁 현장을 생각하면 지금도 분노를 삭이지 못한다.

투쟁 받는 그녀가 완전히 맥을 버리고 축 쓰러지자 방조자 녀 인들도 다시는 그녀를 일떠세우지 못한다. 악이 오른 세 방조 자는 쓰러진 그녀를 마구 짓밟아 놓는다. 잔인한 놀음의 희생물 로 된 그녀는 의식을 잃고 군중 앞에 널브러졌다. 뽐뿌를 집행 하던 세 녀인도 제자리에 들어갔다. 이제 집결소를 도망치다가 붙들리면 저보다 더 심한 형벌이 뒤따를 것을 생각하니 몸서리가 쳐진다.

밤 12시를 얼마 앞두고 안전원 특사 선생님이 감방에 다시 들어왔다.

"사상투쟁 맛이 어때?"

선생님이 녀인과 함께 식당에서 근무하던 젊은 처녀애를 군중 앞에 불러내 세운다.

"너 왜 이년과 같이 식당 일 하면서 도망치는 것도 모르고 있었어. 너도 같은 년이야" 하더니 처녀의 귀싸대기를 후려갈긴다. 처녀는 휘청거리며 무서워 벌벌 떤다. 그런 다음 녀자 죄수들을 향하여 외친다.

"너희 간나들 속에서 도주병이 났기 때문에 녀자들 전체가 집단 처벌이다. 뽐뿌 200번 시작!"

여자 죄수들은 두 손을 목 뒤에 깍지 끼고 뽐뿌 200번을 겨우 해냈다. 이들은 뽐뿌 쉰 개를 넘어서더니 숨소리가 커지고 이마엔 비지땀이 서렸다. 온몸에서 김이 나고 옷이 젖었다. 힘겨운 강제 로동에 이어 도주병을 막기 위한 사상투쟁으로 자정이 훨씬 지났다.

한 사람의 도주자 때문에 감방 전체 수인들이 형벌을 공동으로 받게 된다. 그러므로 죄수 호상 간에도 도주자를 방지하기 위한 경각성이 매우 높다. 때문에 도주, 탈출하려는 시도는 죄수들 호상 간에도 절대로 비밀리에 거행되는 것이다.

한 놈의 특사 선생님의 눈을 피하기보다 같은 감방에 함께하는 동료의 감시를 피하는 것이 몇 갑절 어렵기 때문에 탈출 시도가 힘겨운 것이다.

자정이 넘어 사상투쟁은 끝났다. 쓰러진 그녀는 녀자 죄수들에게 들려 2호 감방으로 옮겨졌다. 감방 속의 취침이 시작됐다. 취침의 이 밤은 공포의 밤, 분노의 밤이었다.

몸서리치는 집결소의 새 하루가 또 시작된다. 나는 열다섯 명의 이동 작업조에 배속되었다. 안전원 특사 하나가 허리에 권총을 차고 작업조를 인솔한다. 8시가 되자 안전부 번호를 단 소련제 자동차가 집결소 정문 앞에 와 멎었다. 작업조는 순서 번호를 소리 높이 외치면서 정문을 통과해서 자동차에 올라탔다. 맨 나중에 특사가 오른다. 특사는 죄수들에게 적재함 뒤를 향해 돌아앉게 하고는 머리를 두 무릎 사이에 수그리게 한다. 차 적재함 밖을 내다보지 말라고 한다. 자동차는 집결소를 떠나 혜산 시내를 통과하더니 갑산으로 가는 콘크리트 포장도로를 따라 40분가량 달리다가 한 농촌마을의 깊은 산골짜기 부업지 밭에 가 닿았다.

량강도 안전부 한 부서의 부업지 콩 농사 수확을 간 것이다. 콩 부업지 현장에 도착하자 곧 작업이 진행되었다. 매개 수인들이 콩밭 한 고랑씩 타고 베기 시작하였다.

여느 때와 같이 뒤에서 안전원 특사가 감시하고 죄수반장이 채찍질한다. 사래 긴 콩밭에서 낫으로 콩대를 몇 줄씩 베여 놓았을 때 갑자기 특사는 낫을 모두 모으라고 한다. 이제부터는 낫으로 콩대를 베지 말고 맨손으로 꺾으라는 것이다. 바싹 마른 콩대는 맨손으로도 어느 정도 꺾어진다. 그러나 낫으로 베는 것보다 빠르지 못할 뿐더러 손바닥이 아프기 때문에 그냥 낫으로 베는 것이 좋다고 말했다. 그랬더니 특사는 말한다.

"이놈들아, 너희들은 손바닥이 아파 봐야 되는 놈들이기 때문에 낫을 못 쓰게 하는 거야. 잔말 말고 빨리 손으로 꺾엇!"

수인들은 맨손으로 콩대를 꺾어나간다. 뒤에서는 특사와 죄수반장이 빨리 전진하라고 련방 나무 몽둥이를 휘둘러댄다. 맨 앞장에서 나가는 사람을 기준으로 뒤떨어진 사람들을 계속 들볶아 댄다. 열네 명의 수인들이 콩대를 꺾으며 나가는데 중간 위치보다 조금 뒤떨어지는 사람에게는 나무 몽둥이로 마구 때리면서 구둣발로 세차게 차대기도 한다. 몽둥이로 머리건 다리건 등허리건 관계없이 때려댄다. 마치 주인이 소를 부리는 것과 같은 현상이다.

오늘 콩밭에 수확 나간 사람들은 대체로 20세부터 40세까지의 청장년 죄수들이고 55세 이상은 나와 갑산군에서 상업관리소 소장을 하던 62살 난 령감뿐이다. 콩대 꺾기 작업에서 맨 뒤에 떨어진 것이 나와 갑산 령감이었다. 나이가 원수라고 나와 갑산 령감은 아무리 힘을 내여 빨리 일하느라 하여도 젊은 사람들보다 자꾸 뒤떨어진다. 한참 일하는데 뒤에서 특사의 말소리가 들린다.

"투레기들 여기 오라!"

집결소에서는 나이 많은 사람을 '투레기'라고 불렀다. 이때까지 나도 갑산 령감도 투레기라는 말이 무슨 뜻인지 모르고 지내왔다. 그런데 갑자기 투레기들 오라고 하니 나도 갑산 령감도 그 말이 관심 밖에 있었다. 그런데 또 뒤에서 투레기들 여기오라는 소리가 들린다. 우리는 그때에도 아무런 반응 없이 맨뒤에서 앞 사람들을 따라 잡으려고 여념 없이 콩대를 꺾어나갔다. 그런데 또 갑자기 "이 개새끼들아!"라는 특사 선생님의 악에 받친 소리와 동시에 주먹만 한 흙덩어리가 날아와 나와 갑산 령감의 머리를 명중하는 것이다. 놀라 일어난 우리 두 사람이 뒤를 돌아보니 특사가 삿대질하면서 오라는 것이다. 나는 갑산 령감과 함께 특사 앞에 가 섰다.

"오라는데 왜 안 와, 너 지금도 상업관리소 소장인 줄 아나?"

갑산 령감과 나를 몽둥이로 후려친다. 우리들은 선생님께서 우리를 오라는 것을 몰랐다고 했더니 선생님이 말한다.

"이 투레기들 봐라. 코앞에다 놓고 소리 질렀는데 못 들었다는 게 뭐야."

그렇게 말하며 또 나무 몽둥이로 아랫도리를 때렸다. 그제야 우리는 나이 많은 사람, 로인을 투레기라고 부르는구나 하는 것을 느끼게 되었다. 특사는 우리 두 늙은이에게 다그쳤다.

"다 같이 꼭 같은 밥 먹으면서 너희들은 왜 자꾸 떨어져, 빨리 다그쳐 일해라. 오전 중으로 이 포전을 끝내야 하겠어. 알았는가?"

그렇게 말하며 그는 몽둥이를 흔들어 보인다.

나와 갑산 령감은 안전원 특사 선생님께 잘못했다며 빨리 하겠노라고 대답한 다음 그에게 허리 굽혀 인사하고 또 일에 달라붙었다. 앞서 나간 사람들을 따라 잡으려고 온갖 힘을 다 내서 일손을 다그쳤는데도 도저히 젊은 사람들을 따라 잡을 수 없었다. 특사와 죄수반장은 뒤에 바싹 달라붙어서는 말한다.

"이 투레기들아, 빨리 나가라. 왜 꾸물거려."

그들은 몽둥이 채질을 계속한다. 앞서 나가는 사람들에게 돌멩이를 냅다 던지며 말한다.

"이 개새끼들아, 무슨 생각하느라 빨리 전진하지 못해⋯."

이렇게 몇 시간 일하니 맥은 다 빠지고 허리가 아프다. 손바닥은 마른 콩가지와 콩꼬투리에 찔려 피가 난다. 손바닥과 손가락이 퉁퉁 붓기까지 했다. 빨리 꺾으며 전진하는데도 늦다며 우리를 재촉한다. 자꾸 더 빨리 나가라고 하며 몽둥이로 때리고 발길로 찬다. 흙덩이와 돌멩이를 사람한테 뿌리니 이젠 힘이 아니라 악으로 일해 나간다.

죄수들은 억울해도 너무나도 억울하다. 있는 힘을 다 내어 미친 듯이 최대로 빨리 일해 나가는데도 더 빨리 나가라며 마구 때리니 이 얼마나 억울한 일인가! 그래도 말 한마디 반항하지 못하는 비분에 찬 이 원통을 어디에 하소연한단 말인가! 허리엔 권총을 차고 손에는 몽둥이 들고 마소처럼 사람을 조져대는 야만인 같은 안전원 특사를 수인들은 끝없이 저주한다.

특사 선생님은 맨 앞에서 콩가지를 꺾으며 수확해 나가는 죄수에게도 말한다.

"이 개새끼야, 네가 늦게 나가기 때문에 뒤에 따라 나가는 개새끼들이 다 빨리 안 나간다."

그에게도 생트집 잡아 몽둥이를 휘두른다. 특사는 뒤에서 빈둥거리며 흥얼거리다가 어느 누구라도 콩가지 한 대라도 흘리고 그냥 남겨둔 채 지나간 것을 보기만 하면 한참씩이나 몽둥이로 때려주고서는 놓친 것을 다시 꺾게 한다.

시간이 갈수록 피 나는 손바닥은 더욱더 아파 나며 콩대를 쥘 때마다 살이 찢어지는 것 같다. 작업을 시작하고부터 한순간의 휴식도 없다. 오직 빨리 다그쳐 일해 나가라는 독촉과 함께 몽둥이로 마구 때리는 것뿐이다. 죄수들은 육탄이 되어 일한다. 나와 갑산 령감은 맨 뒤에서 겨우 따라 가다 몽둥이와 돌멩이 대접을 제일 많이 받았다.

죄수들은 피 터지는 손끝으로 두 정보나 되는 넓은 면적의 콩대를 낮 12시까지 모두 꺾어 놓았다. 선생님들은 또 호령한다. 지금부터 이 밭의 콩대를 모두 밭 중간 한 위치에 모아놓으라는 것이다. 자동차가 와서 한곳에서 싣기 위해서란다. 어느 한 죄수가 콩 무지를 밭의 여러 곳에 만들자고 제기했다가 매만 맞아댔다. 우리는 꺾어놓은 콩대를 밭 한가운데로 모으기 시작했다. 안전원 특사는 또 호통질이다.

"이 개새끼들아, 너희들한테 누가 걸어 다니라고 했어. 뛰어다녀라."

수인들은 콩대 한아름씩 안고 모으는 장소까지 뛰어다녀야 한다. 콩대를 가지러 갈 때에도, 가지고 올 때에도 뛰어다녀야 한다. 조금이라도 걸어 다니거나 꾸물꾸물하는 기미가 보이면 또 몽둥이로 때린다. 맥이 다 빠진 나와 갑산 령감은 다른 젊은

이들처럼 빨리 뛰어다니지 못했다.

"이 놈의 투레기 새끼들은 왜 꾸물거려, 빨리 뛰라."

소리치며 뿌리는 돌멩이에 수십 번이나 맞았다. 선생님의 곁을 가까이 스쳐 지날 때마다 개나 마소처럼 몽둥이 매질을 당하면서 콩밭을 뛰어다닌다.

오후 1시가 지날 때까지 밭 한가운데에 커다란 콩 무지를 만들었다. 다음은 점심 식사가 진행된다. 아침에 집결소에서 떠날 때 가지고 온 통강냉이에 절인 무를 잘게 썰어서 섞어 삶은 것이다. 맛도 씁쓸하고 국도 반찬도 없다. 몇 분 사이에 점심 식사가 끝나고 휴식도 없이 오후 작업이 또 계속된다. 오전에 끝낸 것 만한 콩밭이 또 하나 차례진다. 이번은 협동농장 콩밭이다. 여기 부업지에 콩 농사 지은 도안전부 정복 입은 도적놈들은 집결소 죄수들을 시켜 협동농장 콩 수확을 해 주고는 농장의 콩 탈곡기를 빌려 쓰기로 한 것이다.

우리는 오전보다 더 힘들게 협동농장 밭 콩을 맨손으로 꺾었다. 마른 콩가지와 콩꼬투리에 찔린 손바닥과 손가락은 온통 피투성이가 되었다. 통통 부어오른 손가락으로 한 포기 한 포기 꺾을 때마다 온몸의 신경을 찌르고 있었다.

안전원 특사는 언덕 우 아늑한 곳에 올라앉아 일하는 우리를 감시하고, 죄수반장은 미친 듯이 날치면서 개새끼니 소새끼니 하는 쌍욕과 몽둥이를 휘둘러댄다. 우리는 저녁 해 질 녘까지 노예 로동을 강요당하면서 그 넓은 콩밭을 모두 수확하였다.

해는 이미 서산 너머로 떨어졌으나 이제부터 오전에 모아놓은 콩 무지를 마을의 농장 탈곡장까지 운반하라는 것이다. 여기 콩밭에서 농장 탈곡장까지는 약 5리 되는 거리다. 우리는 어두운 밤 그 많은 콩 무지를 자동차에 실어 탈곡장까지 모두 운반하였다. 그다음에는 탈곡기에 넣어 먼지를 뒤집어쓰면서 탈곡 작업까지 하게 되었다.

콩밭에서 하루 종일 몽둥이로 맞아대며 쫓기며 달리면서 일한 피곤은 몸조차 지탱하기 어려웠으나 악으로 힘을 모아 밤을 지새어 탈곡 작업을 진행하였다. 탈곡기 앞으로 뽀얗게 뿜어져 나오는 먼지를 온몸으로 막으며 배고파 허기 차고 맥 빠진 손발을 움직여가며 밤 새워 탈곡했다. 콩알 정선 작업까지 말끔히 끝내 저울에 근을 달아 마대에 넣고 자동차 우에 상차한 것은 새벽 3시가 넘었을 때였다.

자동차 적재함 우에 올라 앉아 탈곡장을 떠나 고산지대 10월의 밤 찬바람 맞으며 혜산 시내에 도착하여 도안전부 도적놈들의 집집에 다니면서 콩 마대를 부려주고 집결소 감방에 들어왔을 때는 새벽 4시가 넘어섰다. 순간의 쉼도 없이 연달은 강제로농으로 보낸 지옥 같은 집결소의 하루가 또 지나갔다.

뽐뿌와 직승기 처벌

새로운 집결소의 하루가 또 시작된다. 펑펑 얼어드는 혜산 기후의 새벽바람을 맞아 오돌오돌 떨면서 집결소 마당 한가운데에 앉아 닭 사료 같은 아침밥을 먹는다. 해진 신발을 발끝에 걸고 진때 묻어 반들거리는 짧은 팔 여름옷 차림대로 손발과 얼굴에 새까만 구정물 때 따닥따닥 달라붙은대로 날마다 강제 로동에 시달린 우리들의 눈가는 팍 패여 들어가고 살이 없고 가죽만 뒤집어쓴 상이다. 공민권도 인권도 다 가지고 있는 나라의 떳떳한 공민이건만 재판 받고 공민권 박탈당한 교화소 징역살이꾼들보다도 더 혹심한 인권 탄압과 죄인 취급당하는 집결소의 죄수들은 사회와 제도를 끝없이 저주하며 괴로운 고통의 나날을 보내고 있다.

모든 것이 결박당하고 진정한 자유가 하나도 없는 지옥 같은 집결소의 노예 생활을 반년 가까이 경험한 사람들은 타락하여 살기를 포기하고 자결의 길로 나아간다. 일곱 살 난 어린애도 있고 환갑이 지난 로인들도 여기 량강도 사회안전부 집결소에서 신음한다. 이들은 먹을 것, 입을 것이 없어 방랑하다가 강 건너 중국에 사는 부모와 형제, 3촌과 4촌을 찾아가 생활 보탬을 해 오다가 붙들려 비법 월경죄로 나라 배반한 역적의 죄를 뒤집어 써야하는 불쌍한 사람들이다.

나는 오늘 10명 작업조에 배속되었다. 어제 당한 중로동으로 새날 아침인데도 막 쓰러질 지경이다. 10명 작업조 사람들은 순서번호를 외치면서 집결소 정문을 뛰어나간다. 아침부터 뛰어다녀야 한다. 걸어 다니는 것이 허용되지 않는다. 무조건 뛰어다녀야 한다. 걷기만 하면 몽둥이 매질과 형벌이 뒤따른다. 특사 선생님의 감시를 받으며 덜커덩거리는 승리차 적재함 우에 올라앉아 시내 아파트 구역 쓰레기장으로 갔다.

오늘은 시내 쓰레기장 오물을 실어 나르는 작업이다. 각종 오물로 다져진 쓰레기를 삽으로 퍼서 자동차 적재함 우에 싣는다. 쓰레기 상차 작업은 처음부터 간고한 싸움터다. 안전원 특사는 상차하는 속도가 느리다고 옆에 서서 무자비하게 몽둥이와 주먹을 휘두른다. 이 많은 쓰레기 무더기를 오늘 중으로 다 실어 버려야 한다. 몇 차를 싣고 부리니 허기증에다 진땀과 열기로 균형을 잃고 만다. 맥이 빠지고 빈혈이 와서 눈앞이 새까맣고 세상이 빙빙 도는 것 같고 보이지 않는다. 있는 힘을 다 내서 일을 하는데도 더 빨리하지 않는다고 독촉이다. 안전원 특사는 끊임없이 몽둥이질과 발길질과 주먹질이다. 억울하기 그지없다.

"개새끼들아, 꽝꽝 퍼서 빨리 실어라."

수만 가지의 크고 작은 오물로 다져진 쓰레기 무지에는 삽이 잘 들어가지 않는다. 그 더러운 오물 쓰레기를 손으로, 손가락으로 파헤친다. 나는 힘으로가 아니라 악으로 일한다. 힘이 나올 원천이 없다. 먹지 못하고 잠자지 못하고 휴식과 자유가 없는 속에서 빈 삽 하나도 쳐들기 힘들다. 그런데다가 매질과 욕설은 떠날 줄 모른다. 오물 속에 파묻힌 헌 마대천을 잡아당기다가 구더기 우글거리는 오물장 쓰레기 속에 맥없이 쓰러졌다. 특사 선생님은 구둣발로 온몸을 짓밟아대며 쌍욕을 퍼붓는다. 겨우 일어섰으나 맥이 없어 삽질할 엄두가 나지 않는다. 온몸과 얼굴에는 진득진득한 오물이 한껏 묻었다. 털어버릴 힘도 나지 않는다. 잠깐 동안 서 있는 나를 본 특사는 말한다.

"이 투레기야, 움직이지 않고 왜 서 있는 거야."

몽둥이로 배와 허리를 들이친다. 멀쩡한 정신 속에서 빈혈이 끊임없이 계속된다. 나는 죽일 테면 죽여라 하고 버티어 섰다.

오전 작업이 끝나고 점심 시간이 되었다. 여느 때와 같이 집결소 마당에 순서번호를 부르며 앉고 일어서기를 몇 번씩이나 반복했다. 식당 근무 아주머니가 마당 중심에 밥그릇과 죽 그릇을 렬 맞추어 펼쳐 놓았다. 닭들은 어느새 바깥에 둔 통강냉이 밥그릇에 달려들어 사람보다 먼저 점심 식사를 하는 판이다. 닭들이 달려들어 밥도 먹고 국물도 마신다. 맨 끝에 앉았던 나이 어린 죄수 하나가 달려 나가 밥 먹는 닭들을 쫓아버리자 선생님의 심술궂은 소리가 들려온다.

"야, 개새끼야, 닭새끼를 쫓지 말아라. 너희 새끼들이 그 닭 새끼들보다 나은 줄 알아, 짐승보다 못한 놈들이 닭 쫓는 꼴이 부끄럽지도 않은 게지."

그 꼴을 바라보는 나의 마음은 분노로 끓어 번진다. 잠시 후 "일어섯!" 구령과 함께 죄수들은 차례로 밥그릇 앞에 마주 선다. 모두가 다 어느 밥그릇이 더 큰가를 살핀다. 어떤 때에는 밥그릇 크기를 보고 힘이 세고 주먹이 센 자들이 약한 자를 밀어내고 밥그릇을 바꾸어간다. 닭들이 먹어대던 밥그릇 앞에 죄수들이 앉는다. 닭 모이 같은 밥 아닌 밥을 순식간에 먹어버리고 또 더 먹었으면 하는 인상들이다.

점심 식사가 끝나자 휴식도 없이 또 오물장 쓰레기 상하차 작업을 쉼 없이 계속했다. 선생님의 몽둥이 매질과 구둣발 차기를 온몸으로 맞으며 오물 속에 쓰러졌다가 다시 일어서기를 몇 번씩이나 당하면서 온 하루를 노예 로동의 쓴맛으로 보내게 되었다.

저녁이 되어 여러 패로 강제 로동 나갔던 죄수들이 모두 와서 저녁 식사를 끝내고 각기 자기 감방으로 들어갔다. 내가 있는 3호실은 오늘 밤 또 사상투쟁 회의를 한다. 낮에 집결소 마당에서 작업하던 두 청년 죄수가 닭 모이 그릇 안에 있는 닭 사료를 훔쳐 먹었다는 것이다. 식당 근무 아주머니가 널빤지로 만든 닭모이통 안에 강냉이 가루와 배추를 잘게 썰어 섞어서 닭들에게 주었는데, 두 청년 죄수가 달려들어 그것을 훔쳐 먹었다. 놀란 닭들이 소리치며 헤쳐지는 모습을 마침 마당에 들어오던 특사가 보았다. 이 사건으로 오늘 밤 사상투쟁회의가 벌어진다.

엄숙한 분위기에서 닭 모이 훔쳐 먹은 두 젊은이를 군중 앞에 내세우고 사상투쟁을 벌인다. 안전원 특사가 감방에 들어와서 말한다.

"지금부터 12시까지 사상투쟁이다. 먼저 집단 처벌부터 시작하겠다. 모두 일어섯!"

모두는 두 손 들어 목 뒤에다 깍지 끼고 발바닥을 땅에 붙인 채 앉았다가 일어서는 동작을 시작한다. 죄수반장이 셈을 세고 전체는 셈 세는 구령에 맞추어 움직여야 한다. 한 사람이라도 동작이 느리거나 동작이 동시에 진행되지 않을 때에는 하나부터 다시 시작한다. 500번 다 수행하는 사람이 없다. 200개 정도에서 대부분 쓰러진다. 나는 100개 정도 하고 기권하였다. 기권한 자에 대해서는 몽둥이로 몇 대씩 때려준다. 힘들게 뽐뿌 하기보다 차라리 몇 대 맞는 것이 더 편했다.

사상투쟁은 죄수반장이 두 명의 투쟁 대상을 끌어내 때리는 것으로부터 시작된다. 주먹으로 온몸과 머리를 강타 먹이며 발차기를 하여 죄수를 반죽음 되게 만든 다음 호상 비판하라고 한다. 방 안에 앉았던 한 죄수가 나와서 말한다.

"야, 이 새끼야, 네가 닭 모이 훔쳐 먹었기 때문에 닭 모이 먹지 않은 나까지 고생하게 만들었다"라고 하면서 발로 차고 주먹으로 때리고 머리칼을 잡아 쥐고 벽에 찧어 놓고 제자리로 들어갔다. 다음 차례도 역시 다른 죄수가 나와서 이와 비슷한 방법으로 두 청년에게 행패를 가하고 들어간다. 여러 명의 호상 비판이 끝나고 닭 모이 훔쳐 먹은 두 죄수를 마주 세우고 호상 비판시킨다. 두 죄수는 서로 한 매씩 엇바꾸어 때리는 방법으로 호상 비판이 끝난다.

두 청년을 한참 동안이나 때리고 발로 차며 굴리며 짓찧으며 하다가 오토바이 처벌을 준다. 오토바이 처벌은 방바닥에 두 발을 약간 벌리고 서서 다리를 굽혀 키를 낮추고 몸을 앞으로 수그린 상태에서 두 팔을 수평으로 앞을 향해 쭉 펴서 마치 오토바이 손잡이 잡는 형태를 취하고 머리는 쳐들고 눈은 앞을 곧게 보아야 한다. 이때 발뒤축은 약간 쳐들고 발 앞부분만 땅을 딛고 서야 한다. 오토바이 처벌은 몇 분만 견디자 해도 참아내기 어렵다.

처벌받는 두 죄수의 몰골은 말이 아니다. 매 맞은 후과로 온통 얼굴이 퍼렇게 피멍이 지고 후줄근하여 이리 비틀 저리 비틀 하면서 사상투쟁을 극복해 나간다. 피곤한 가운데서 자정까지 사상투쟁 회의를 끝마치고 취침이 시작되었다. 여느 때처럼 감방 내 경비성원 첫 번째 조 인원들은 서 있고 다른 죄수들은 차디찬 습기 밴 콘크리트 바닥에 드러눕는다. 온밤 시끄럽게 달려드는 이와 빈대의 성화에 또 매 시간마다 경비 교대하는 잠성들. 온밤 잠을 이루지 못하는 속에서 집결소의 하루가 끝나갔다.

집결소의 또 다른 하루를 펼쳐보자. 오늘 아침 나는 20명조의 작업조에 배속되었다. 권총 찬 안전원 특사는 작업조를 승리호 자동차 적재함 우에 앉히고 집결소에서부터 30리 거리 되는 농촌마을로 데리고 나간다. 산골 입구까지 가서 차에서 내린 우리는 구불구불한 달구지 길을 따라 산등성 우에 펼쳐진 강냉이밭으로 올라갔다. 협동농장의 강냉이밭이었다. 10여 정보나 되는 넓은 강냉이밭에는 갓 베여놓은 강냉이대 무더기들이 렬을 지어 있다.

특사는 한 사람당 한 줄씩 맡아서 강냉이 이삭을 따라 두 명이 한 무지씩 모아 놓으면서 빨리 일에 착수하라고 독촉한다. 일에 착수하자 곧 특사와 죄수반장은 고아대기 시작한다. 몽둥이를 휘둘러대면서 빨리 하라고 고래고래 고함지른다. 죄수들은 강냉이 이삭을 뜯으면서 특사와 반장의 눈을 피해가며 생강냉이를 가만가만 까먹는다. 늘 배가 고파 헤매던 죄수들에게 생강냉이를 먹을 수 있는 좋은 기회가 온 것이다.

배고픈 참에 생강냉이 몇 이삭씩 먹으니 허리가 좀 펴지는 감이 든다. 가만히 생강냉이를 먹다가 감독 눈에 들키는 죄수도 있다. 감독에게 들킨 그들은 강냉이밭에서 죽도록 매를 맞고 발길에 채인다. 그래도 또 감독 놈의 눈을 피해 가며 조심스레 생강냉이를 먹는다.

죄수반장도 특사의 눈을 피해가며 또 다른 죄수들의 눈을 피해가며 조심스레 생강냉이를 먹는다. 배고픈 생각은 반장이나 평죄수나 마찬가지다. 작업장을 감시하던 특사는 뒤떨어져 나가는 죄수들을 향해선 늦게 일한다고 때리고 발로 차며 앞서나가는 죄수들은 더 빨리 나가라고 때리며 찬다. 특사 가까이에 있는 죄수에게는 몽둥이와 주먹으로 다스리며 멀리 떨어져 일하는 죄수에게는 돌멩이를 던지며 못 견디게 군다. 억울하게 맞아대며 일하는 죄수들의 강제 로동은 참말로 처참하다.

농장원 주인이 포전을 돌아보다가 고아대는 감독 놈의 광기 어린 동작과 재빠른 손동작과 움직임으로 일하는 사람들을 이상한 눈으로 바라본다. 실로 일하는 노예와 감독하는 노예 주인의 장면이다. 쫓기며 매 맞으며 드넓은 강냉이밭 이삭 따기 오전 작업이 끝났다. 밭머리에 앉아 짐승 사료 같은 집결소의 밥으로 점심을 먹고 휴식도 없이 오후 일을 계속한다. 오후 작업은 밭 가운데 따놓은 강냉이 이삭을 운반하여 밭 한가운데 한 장소에 모았다가 뜨락또르에 실어 운반하는 일이다. 매 사람들은 마대 주머니 하나씩 가지고 그 속에 이삭 강냉이를 넣어서 운반한다.

한 마대에 30kg 정도 된다. 누구나 다 밭에서 뛰어다녀야 한다. 걸어 다니는 것은 절대 허용 안 된다. 걸어 다니는 사람은 매를 맞아야 하며 형벌도 받아야 한다. 무거운 강냉이 마대를 메고서도 밭에서 달려야만 한다. 빈 마대를 가지고 강냉이 담으러 갈 때에는 더 빨리 달려야만 한다. 이 큰 밭에 온통 달리는 사람뿐이다. 나는 마대 주머니에 이삭 강냉이 한가득 넣어 메고 달리다가 그루터기에 걸려 밭고랑에 넘어졌다. 어깨와 머리 우에 마대 주머니가 올려 놓인 채 엎어져서 일어날 수가 없다. 균형 잃은 자세로 허궁 넘어지면서 왼쪽 팔 근육에 강냉이 글거리가 찔리면서 피가 흘러내린다. 넘어진 나를 본 특사가 다가온다. 나는 그가 부축하러 오는 줄 알았다. 그런데 오더니 부축이 아니라 매질을 하는 것이다.

"이 투레기 새끼야, 썩은 밥 먹었느냐. 눈깔을 바로 뜨고 다녀라."

그는 몽둥이로 넘어져 있는 나를 때렸다. 설움과 분노가 한데 엉켜 순식간에 초인간적 힘이 솟는다. 벌떡 일어나서 마대를 메고 달렸다. 죄수들은 뛰어다니며 고역에 시달리니 힘이 진했다. 마대 주머니 안에 강냉이를 주워 넣을 때 조금이나마 힘을 조절한다. 앉아서 천천히 주워 담으며 요령주의를 부린다. 그러면 감독은 또 소리치며 달려든다.

"어느 놈이 땅에 엉치(엉덩이) 붙였어. 엉치 들어라."

죄수들은 강냉이밭에서 비칠거리면서도 부단히 뛰고 또 뛴다. 어느덧 그 넓은 강냉이밭 이삭들이 모두 밭 가운데로 모여졌다. 안전원 특사는 죄수들을 모이게 한다. 죄수들이 두 줄로 모여 섰다.

"개새끼들, 이제부터 처벌 줘야겠다."

그렇게 말하더니 포전으로 오는 오르막 달구지길에 데리고 가서 소리친다.

"급보로 갓!"

우리는 경사도가 30도 이상 되는 오르막 달구지길에서 두 줄 지어 뛰기 시작하였다. 내리 방향으로 뛸 때에는 좀 괜찮은데 오르막 방향으로 뛸 때에는 숨이 막히고 가슴이 막 터질 지경이다. 약 100m 되는 거리를 열 번이나 왕복 달린다. 나와 62

살 난 갑산 령감과 59살 난 검산리 령감 셋은 달리는 죄수들 속에서 10여m나 뒤떨어지게 되었다. 힘들어서 젊은 축들을 따라갈 수 없었다.

"세 투레기들 때문에 뒤로 돌아 다시 달려라."

특사의 호령에 따라 다시 달린다.

첫 번째 달릴 때보다 두 번째 달릴 때에는 더 힘들었고, 세 번째와 네 번째는 또 더 힘들었다. 달리는 횟수가 늘어갈수록 점점 더 힘들었다. 일보다도 몇 곱절 더 힘든 처벌이었다. 죄수들은 나와 갑산 령감과 검산리 령감을 맨 앞자리에 세우고 가장 튼튼한 청년들이 두 명씩 량팔을 자기들의 어깨 우에 메고 달리게 한다. 우리 세 늙은이가 잘 뛰지 못했기 때문에 집단 달리기 처벌을 받게 된 것이다.

열 번째 오르막 방향으로 달릴 때 갑산 령감이 졸도했다. 고혈압 병이 있는 갑산 령감은 정신을 잃고 달구지길 가운데 쓰러졌다. 젊은이들은 령감의 웃옷을 벗기고 인공호흡을 시켰다. 한 시간 정도 지나자 령감은 정신이 회복되었다. 이렇게 되어 달리기 처벌은 끝나고 나와 검산리 령감은 또 개별 처벌을 받았다. 10kg 정도 되는 커다란 막돌을 두 개씩 량 옆구리에 끼고 뽐뿌 100개를 처벌받았다. 힘으로가 아니라 악과 투지로 저항을 극복하였다.

처벌이 끝나자 농장 뜨락또르가 올라왔다. 죄수들은 불이 번쩍 나게 뜨락또르 적재함 우에 강냉이를 상차하였다. 뜨락또르가 련속 올라온다. 어두울 때까지 강냉이 이삭 운반 작업을 모두 끝냈다. 어둠이 깃들자 집결소 승리호 자동차가 강냉이밭에 왔다. 우리는 자동차 적재함에 강냉이 이삭을 수두룩하게 실었다.

이 강냉이는 집결소 안전원들의 몫으로 모두 그들의 집으로 흘러갔다. 죄수들의 공짜 로동력으로 농장의 강냉이 수확을 도와주고, 그 대가로 비법적으로 강냉이를 받아서 집결소 안전원들의 검은 뱃속을 살찌우는 것이다. 감방의 죄수들은 이 같은 비법적인 현상을 보고서도 그 누구에게나, 그 어디에나 신고도 할 수 없는 신세다.

참혹한 하루의 노예 로동을 마치고 집결소 감방에 들어왔을 때는 저녁 9시가 넘어서였다. 집결소 경리지도원이라는 상위 견장을 단 자가 떽떽 고아대며 감방에 들어오더니 오늘 밤에 또 사상투쟁을 벌인다는 것이다. 오늘 낮 1호 감방 안에 영양가루인지 염양가루인지 하는 것을 보관했는데 어느 놈이 자물쇠를 까고 들어가 가루를 도적질해 먹은 사건이 발생했다는 것이다. 범인을 찾을 때까지 사상투쟁 회의를 하겠다고 한다. 강냉이가루와 콩가루를 일정한 비율로 섞은 것에다 당분을 약간 넣은 것인데 사람 먹기가 괜찮은 가루다. 사람들은 이 가루를 영양가루라 한다. 다른 말로는 염소와 양에게 먹이는 사료라고 해 염양가루라고도 한다.

사상투쟁 회의가 시작되자 범인을 인츰(이내) 추적해냈다. 심한 영양실조에 걸려 일을 할 수 없었던 다섯 명의 수인 중 24살 난 김광일이라는 죄수가 배고픔을 참지 못하여 1호 감방 안에 넣어둔 염양가루를 훔쳐내 동료와 함께 나누어 먹은 것이다.

김광일은 죄수들 앞에 나서 드세 찬 매를 맞아 잠간 새에 피투성이로 변했다. 죄수들은 김광일에게 달려들어 직승기(헬리콥터) 처벌을 적용했다. 직승기 처벌은 사람을 엎드린 상태에서 수평으로 들어 사람 키 높이까지 들어 올렸다가 떨구는 처벌이다. 수직으로 올렸다가 떨어뜨린다고 하여 직승기 처벌이다. 이런 처벌로 허공에서 균형 잃은 죄수가 땅에 떨어지면 거의 다 손목이나 팔을 다치거나 머리나 다리도 상한다.

김광일은 직승기를 몇 번 타더니 의식을 잃고 말았다. 경리 지도원인 안전원 상위 놈은 김광일이 엄살을 부리면서 죽은 체한다며 의사 노릇을 좀 한 일이 있는 죄수에게 정신 차리게 하라고 지시한다. 죄수 의사는 김광일의 발바닥에 바늘을 찌른다. 반응이 없다. 의사는 다시 바늘로 코 밑을 찔러 본다. 역시 반응이 없다. 의사가 말한다.

"의식을 잃었습니다."

까무러친 김광일을 옆에 놓은 상태로 사상투쟁 회의는 계속된다. 김광일의 동료에게도 몽둥이 매가 안겨지고 직승기 처벌이 가해진다. 첫 직승기를 탄 김광일이 의식을 잃은 덕분에 다른 죄수들은 직승기를 김광일보다 좀 경하게 타게 되었다. 오늘 밤 사상투쟁 회의는 밤 12시에 막을 내렸다. 김광일은 다음 날 새벽에야 의식을 회복하였다. 이날 사상투쟁 대상들은 5일간 '처벌밥'을 먹이는 것으로 결정되었다. 처벌밥은 정상 때 먹는 밥 량의 절반만을 공급하는 밥이다.

집결소의 하루를 하나 더 살펴보자. 집결소의 하루하루는 강제 로동으로 시작되며 심문과 고문, 노예적 굴욕과 인권 유린, 인권 침해, 강제 로동으로 끝난다. 이른 아침부터 정복 입은 승인된 도적놈들의 채찍 밑에 들볶이며 일터로 떠나는 죄수들의 몰골은 참으로 측은해 보인다. 살 빠진 어깨 우에 푹 움츠러든 가느다란 목을 이리저리 돌리며 안전원 선생님들의 눈치를 힐끔힐끔 살피는 그들은 모두가 생기 잃은 얼굴로 삶을 귀찮아한다. 죽으라면 죽고 살라면 사는 비참한 노예의 운명을 지닌 인간들의 집단이다.

집결소 죄수들은 이른 봄부터 노예적 강제 로동으로 땅을 뚜지고 종자를 파종하고, 여름내 김매고 거름 주며 농사를 지었다. 가을에는 감자 캐기와 운반 작업을 실로 눈뜨고 볼 수 없을 정도로 힘들게 일하며 몽둥이 매질을 받아야 하며 경사진 감자밭을 뛰어다녀야 했다. 힘들게 지은 농산물 수확은 안전원들 집으로 운반하여야 했고, 시내에 돌아다니며 거칠고 어지러운 일은 다 맡아 해야만 했다. 정복 입은 집결소 안전원들의 집수리, 온돌 수리, 땔나무 보장, 울타리 정돈까지 말없이 맡아 해냈다.

10월의 집결소 공기는 매우 차가웠다. 사람들은 모두 동복을 입고 동화를 신었으며 시내와 거리 풍경은 벌써 겨울을 상징하고 있었다. 집결소 죄수들은 홑옷에 양말도 없이 다 꿰진 신발을 신고 오돌오돌 떨면서 지옥 같은 생활을 이어갔다. 오늘은 겨울나기용 무 배추 수확을 떠난다. 경리지도원인 안전원 상위가 소리친다.

"고원 투레기와 갑산 투레기, 둘이서 저기 창고에 들어가 저울을 내다 자동차에 실으라."

나와 갑산 령감은 창고 열쇠를 열고 저울을 가지러 들어갔다. 여러 종류의 식량과 선생님들이 먹는 부식물과 조미료들이 가득히 들어찼다. 문 어구에 저울과 저울추가 놓여 있었다. 나는 얼른 저울 우에 올라 몸무게를 재어 보았다. 겨우 55kg 된다. 두 달 전 중국 연길에 있을 때 몸무게가 75kg였다. 20kg이나 줄었다. 지금 내 자신이 나를 보기가 끔찍하다. 이전의 체형 모습이라곤 전혀 없다. 갈비뼈가 줄줄이 드러나고 살붙이 하나 없는 빈 뼈 우에 얇은 가죽만이 앙상하게 씌어 있다. 혈압이 떨어지고 빈혈로 순간순간 눈앞이 캄캄해지고 휘청거리며 올바른 자세를 유지하기 어렵다. 둘이서 저울을 겨우 들어내 자동차 우에 실었다.

이날 20여 명의 죄수들이 자동차에 앉아 혜산시에서 30리가량 떨어진 검산리 협동농장 마을에 갔다. 오전에는 겨울 김장용 배추 수확이 진행되었다. 여느 때와 같이 안전원 특사와 죄수반장이 몽둥이를 휘둘러대며 들볶아 치는 속에서 배추 뽑기와 운반 작업이 진행되었다. 절반 인원이 배추 밑동을 잘라 던져 놓으면 나머지 인원은 운반하여 저울 주변으로 가져다 놓는다.

모든 움직임은 뛰어다녀야 한다. 걸어 다녀서는 절대 안 된다. 허기진 죄수들은 배추를 캐면서 특사의 눈길을 피해 가며 가만가만 배추 속을 뜯어서 먹어댄다. 배추 운반하는 죄수들도 특사 방향에 등을 돌려대고 배추 속을 뽑아 먹어댄다. 여러 명의 죄수들이 배추를 먹다가 특사한테 들켜 밭 가운데서 매를 맞고 발길에 채여 나뒹군다. 10톤 쯤 되는 배추를 다 캐서 특사가 시키는 대로 저울에 무게를 달아 분배 몫을 만들어 나누어 놓은 다음 자동차에 실어 집결소 안전원들의 집에까지 운반하였다. 속이 좋지 않은 시래기 배추들만 따로 골라 겨우내 죄수들이 먹는 것이라 하며 집결소로 운반하였다.

오후에는 무 캐는 작업이다. 산꼭대기에 있는 넓은 무밭 중심에서 특사가 감시한다. 뽑는 조와 운반 조가 조직되었다. 운반 조는 큰 마대에 무를 넣어 메고 자동차가 서 있는 큰길 아래까지 가져다 쏟고 다시 올라온다. 무 마대를 메고 부단히 뛰어야만 한다. 조금만 걸어 다녀도 죄수반장과 특사의 주먹과 구둣발 차기, 몽둥이 매질이 뒤따른다. 죄수들은 특사의 눈길을 피해가며 몰래 무를 먹어댄다.

저녁 해가 지자 모두가 달라붙어 운반 작업을 한다. 무밭에서부터 먼 거리를 이동하다보니 운반 작업이 뒤떨어진 것이다. 어둡기 때문에 개별적으로 다니지 못하게 한다. 도망병이 나올까 봐 걱정되는 모양이다. 마대에 무를 넣어 메고 전체가 렬을 지어 뛰어간다. 밭에 올라올 때도 역시 줄을 서서 뛴다.

어둠 때문에 죄수들은 모두 순서번호를 가진다. 1번부터 20번까지다. 특사는 어둠을 리용하여 도망병이 날 것이 두려워 련속해서 번호를 순서대로 부르게 한다. 무거운 무 짐을 어깨 우에 메고 번호까지 련속 부르며 달리자니 고통은 점점 심해간다. 죄수들이 피땀 흘려 실어간 무는 크고 깨끗한 것을 선별하여 집결소 안전원들의 집으로 흘러 들어갔고, 찌꺼기 무는 감방 생활하는 죄수들의 몫으로 커다란 강철제 탱크 안에 흙 묻은 채로 절여 넣는다.

집결소의 매 하루하루가 고통의 압력으로 아침을 맞고 저녁을 맞는다. 며칠에 한 번씩 새 죄수가 입소되고 구 죄수가 출감되어 어디론지 실려 나간다. 나는 여러 번 안전원 상위한테 불려가 심문과 구타를 받았다. 변함없는 꼭 같은 진술 때문에 구타당했으며 상위도 더는 심문을 포기하였다. 지금 이 감방에 들어 있는 사람들은 다 월경자들이다. 입소하는 첫 순간에 '집결소 입소자 생활 준칙'을 암송해야 하며 집결소 안의 강도적 규율을 지켜야만 한다.

신자가 입소한 날 안전원 특사는 죄수반장에게 지시한다.

"저 새끼한테 오늘 밤에 버릇 좀 가리켜 주어라."

죄수반장은 신입에게 생트집 걸며 버릇을 가르친다.

"오늘 들어온 새끼 일어나서 내 앞에 나오너라."

겁에 질린 신자는 기가 꺾여 우물쭈물하면서 죄수반장 앞에 나간다.

"야, 이 새끼야. 너 무슨 의견이 있나? 왜 나오라는데 꾸물꾸물 거리는가 말이다."

죄수반장은 느닷없이 소발통 같은 주먹으로 강한 타격을 가하고 발차기로 온몸을 두드려 팬다. 신자는 반 주검이 된다. 코피가 나고 정신을 잃을 정도다. 쓰러지면 머리칼을 감아쥐고 일으켜 세워서는 벽에다 대고 머리를 짓찧어 못 견디게 군다.

이렇게 몇 번 거듭 당한 신자의 정신 상태는 멍청해지고 타락해 떨어진다.

"너 이 새끼, 네가 입은 웃옷을 좀 벗어라."

죄수반장은 신자의 좋은 옷을 빼앗아 자기가 입는다. 그리고 자기가 입던 옷은 벗어서 반장에게 아첨 잘하며 순종하는 다른 죄수에게 주며 그자의 낡은 옷을 신자에게 넘겨준다. 신자가 의견 부리거나 저항하면 죄수반장은 자기의 심복자들을 발동하여 반주검이 되게 만들어 버린다. 감방 내 분위기가 늘 이런 형편을 암시해 주기 때문에 누구든지 저항하지 못한다. 감방 안에서는 약육강식이 지배된다.

언제인가 62살 난 갑산 령감이 입소하던 날 저녁이었다. 30대 나이의 포악스레 생긴 죄수반장이 소리친다.

"갑산 령감탱이 여기 나왔!"

그러더니 귀싸대기 몇 대 쥐어박는다. 늙은이는 휘청거리며 벽에 기댔다가 일어서며 반문한다.

"내가 너한테 무슨 죄가 있다고 이렇게 매질하느냐!"

격노한 늙은이의 목소리가 쩌렁쩌렁하다.

"이놈 두상 봐라. 너 여기서도 상업관리소 소장인 줄 아나?"

"이 집안에서는 높고 낮은 사람, 크고 작은 사람이 없는 줄 모르나?"

늙은이의 온몸을 마구 발로 차서 뒹굴게 하더니 그의 지퍼 달린 잠바 옷을 벗겨 자기의 심복인 35살 된 박춘남이라는 함남도 신흥군 출신 탈북 미수범에게 주는 것이다. 새로운 죄수가 입소하면 신자의 속내의나 신발도 마구 벗겨내 죄수반장의 사리사욕 대상으로 된다. 죄수반장만이 아니라 안전원 특사나 안전원 군관들도 염치없이 빼앗는다.

"야 이 새끼, 너 신발 괜찮은 것 같은데 내가 좀 신어보자."

그러고는 자기가 빼앗아 신고, 다 꿰진 헌 신발은 신자에게 준다. 웃물이 맑아야 아래물이 맑은 법이다. 정복 입은 군관이 죄수들의 개인 용품까지 탐내 빼앗아 사리사욕 하는 형편이니 죄수반장까지도 다 따라 배우기 마련이다.

감방 안에서는 몸이 아파도 약 한 번 주지 않는다. 아무리 목말라 해도 물 한 모금 주지 않는다. 오직 주는 것은 고통과 욕설뿐이다. 죄수들의 대소변 요구도 잘 받아주지 않아 바지에 오줌똥 싸게 만드는 사건이 빈번하다. 터무니없는 생트집을 걸어 식사하는 죄수의 밥 식기를 빼앗아 돼지물 그릇에 처넣기도 한다. 배가 고파 닭 사료 주워먹은 죄수에게 직승기 고문이나 처벌밥 먹게 하며, 길을 가다가 무꼬리 주워먹었다 하여 한 끼 식사 건너뛰게 하는 노예주들이 여기에 있다. 닭 모이보다 못한 밥 아닌 밥을 먹으며 배고파 허덕이는 죄수들이 닭 사료뿐 아니라 돼지물 구시에서 감자 덩어리 찾아내 먹으며, 길가에 떨어진 배춧잎도 과일 껍질도 서슴없이 주워 먹으며 귀중한 생명을 이어간다.

감방 안에는 또 이와 빈대와 벼룩이 성하다. 밤새껏 이 잡이하는 감방 안 사람들, 속옷에서 하룻밤에 300마리 잡았다고 치를 떠는 사람들, 머리카락이 하얀 서캐로 물든 사람들, 몇 달

째 씻지도 못한 채 매일같이 먼지와 오물을 뒤집어쓰고 강제
로동을 해야 하는 사람들, 쓰레기 오물더미에 쓰러져 짓밟히며
살아야 하는 사람들, 실로 오만가지 불행을 다 안은 이 나라 조
선의 불쌍한 탈북자들이 여기 혜산시의 량강도 안전부 집결소
에서 피땀을 빨리며 산다. 인권의 불모지, 현대판 노예 생활의
단면을 량강도 안전부 집결소에서 관광할 수 있다.

　나는 피로 젖은 '집결소의 하루'를 여기 집결소에서 스물여섯
번이나 살았다. 나는 여기에 '집결소의 하루' 몇 개만을 이야기
하고 끝내련다. 수많은 그 이야기를 다 하자면 울분과 분통이
격노하여 혈압이 오르고 중풍이 오는 것 같아 쓰기를 그만두자.

66

"하늘에 계시는 전능하신 아버지 하느님이시여. 이 땅의 교형리들에게 끌려가 죽음의 시각에 박두한 불쌍한 이 자식은 오직 하느님의 신비한 힘의 구원을 받아 살아나기를 바라오며 다시 사랑하는 처자와 만나 귀하신 하느님께 감사드릴 수 있게 하여 주십시오. 아-멘-."

나는 달리는 차의 적재함 감방에 홀로 앉아 하느님께 자꾸자꾸 또 자꾸 빌고 또 빌면서 구원을 청했다. 죽음을 경각에 앞둔 이 순간 나는 그 어디에 하느님이 계시어서 옛 이야기 속에서 죽었다가 다시 살아나는 환상 같은 현실이 나를 구원해 주기만을 바랐다.

99

5장

광명

함경남도 안전부 호송

10월 25일 아침 11명의 호송 대상 명단이 발표되었다. 10명의 탈북자가 함경남도 영광군에 있는 55호 교양소로 호송되고, 1명은 함경남도 안전부로 호송된다. 55호 교양소는 전국 각지에서 호송해 오는 죄수들에게 1년 동안 강제 로동을 시키는 곳이다. 안전 기관의 압박과 학대 속에서 괴로움과 고통으로 신음하며 약육강식의 야만적 생활이 지배하는 이곳에서 사람은 맞아 죽고, 형벌받아 죽고, 힘들어 죽고, 메말라 죽는다. 참으로 수많은 사람이 죽어가는 곳이다.

호송되는 우리 11명의 탈북 죄인들은 사전에 형식적인 신체 검사를 받았다. 혜산시 병원에서 내과와 외과 신체검사를 하였는데 실제로는 단 한 가지도 검진하지 않고, 모든 신체검사 공정을 호송 안전원이 혼자 문건을 쥐고 담당 의사를 찾아다니면서 '신체 합격'으로 기록하게 하였다. 형식적으로라도 합격품으로 만들어서 55호 교양소에 인계하자는 것이다. 55호 교양소는 사체 처리가 시끄러워서 불합격품 죄수들은 받지 않는다 하기에 형식상의 검진 카드를 만들어 내는 것이다. 영양실조 걸린 사람도 합격, 걷지 못하는 사람도 합격, 앓는 사람도 모두 건강한 사람으로 문건상 합격품으로 만들었다.

탈북자 호송 대상자 11명 중에서 나 혼자만 함경남도 안전부로 이관된다. 나의 거주지 확인이 불투명했기 때문이다. 나는 진술할 때 이름과 거주지, 직장 등 모든 것을 거짓으로 기록하였으므로 정확히 확증된 신분 관계가 회보되지 않은 것 같다. 그러므로 량강도에서는 시끄러우니까 일단 나를 함남도 안전부에 넘겨 보내 해당 도에서 처리하게 하려는 것이다.

내가 만약 함남도 안전부에 가게 되면 나의 운명은 끝장이다. 함남도 안전부는 나의 신분에 대하여 고원군 안전부에 알아볼 것이다. 고원군 안전부 주민등록 대장에 김원일이라는 내가 있을 리 만무하다. 고원군은 함흥에서 기차로 2시간이면 갈 수 있는 거리여서 수사 일꾼들이 직접 현지에 찾아가서 확인할 수도 있을 것이다.

나에게 최후의 운명이 도래하는 위험한 호송이다. 시시각각으로 복잡한 생각이 들어 머리가 무거워지고 위기를 극복하기 위한 사색이 깊어진다. 오직 탈출만이 살길이다. 나는 감방 생활의 첫 순간부터 어느 한순간도 탈출 기회를 노리지 않은 때가 없었다. 그러나 그런 순간은 단 한순간도 차례지지 않았다. 권총 찬 특사들이 눈을 박아보며 죄수 호상 간 감시가 예리한 정황에서 모험할 수 없었다.

25일 하루는 '상급학교'에 가는 '학생'들에게 휴식을 준다면서 아침부터 아무 일도 시키지 않는다. 하루 종일 감방 안에 있었다. 남자 8명과 녀자 3명이다. 이날 감방 안에서 온몸에 기어다니는 이 잡이로 시간을 보냈다. 무수히 많은 이를 잡았다.

10월 26일 아침 식사를 마친 후 호송되는 탈북자 죄수들의 두 손목에는 수쇠가 잠겨지고 그 수쇠는 하나의 밧줄로 련결되었다. 자동차 수송으로 함남도에까지 가게 된다. 량강도당에서 마련한 일본제 화물 자동차 이수주(ISUZ) 트럭이다. 도당에서 함흥시 룡성구역 17호 공장에 발파용 화약을 실으러 가는 자동차 편으로 우리 11명의 탈북자 수인들을 호송한다.

자동차 적재함에 50cm 정도 되게 톱밥을 깔고 그 우에 너비 2.2m, 길이 3m, 높이 1.5m 되는 밑면이 개방된 립방체형의 철판으로 만든 '집'을 올려놓았다. 이 집은 화약을 실을 때 쓰는 전문적인 짐함으로 리용되는 것이다. 앞면 중심에 0.4×0.4m 크기의 감시창이 있고 뒷면에는 0.5×1.3m 크기의 출입문이 달려 있다. 철판 집 내부는 얇은 널판자로 안붙임되어 있다.

11명의 죄수들은 화약 적재용 철판창고 안에 들어가 앉았다. 호송 안전원 군관은 철판창고 출입문 밖에서 빗장을 걸고 자물쇠를 잠가 버렸다. 호송은 안전원 특사 1명과 상위 1명이 무기를 휴대하고 함께 떠났다. 안전원 상위는 운전수 칸에 타고 특사는 개털외투를 입고 적재함에 올라 감시창으로 부단히 우리를 감시한다. 아침부터 떠난다고 슬렁거리던 차는 정오가 지나서야 겨우 출발하였다.

우리를 태운 자동차는 혜산시를 떠나 갑산으로 가는 도로를 따라 달렸다. 갑산군 8월광산에 들러 두 시간 정도 정차했다. 오후 늦게 풍산군 어느 산골마을의 큰 발전소 언제 밑에 자리 잡은 안전부 소속의 자그마한 건물에 도착해 그곳에서 밤을 지새웠다. 우리는 가로 세로 길이가 2m씩 되는 좁고 차디찬 콘크리트 바닥에서 두 손목에 수쇠를 찬 채 앉아서 긴긴 밤을 보냈다.

다음 날 아침 8시에 출발한 자동차가 부전군과 신흥군을 거쳐 영광군 55호 교양소에 도착한 때는 저녁 6시였다. 거기서 호송된 죄수들에 대한 인계인수사업이 진행되었다. 10명의 량강도 집결소 학생들은 모두 상급학교에 입학하였다. 55호 교양소에 인계된 탈북 죄수들은 그곳 안전원 특사에게 첫 매를 맞으면서 교양소 감방으로 들어갔다. 함께 달려온 동료들과 작별하니 서운한 감도 없지 않았다.

량강도 안전부 집결소 두 호송 안전원은 나를 함남도 안전부에 넘겨주기 위하여 또 다시 차를 몰아간다. 영광군에서 함흥까지는 1시간 정도 달리면 도착한다. 나의 마음은 고도로 불안하였다. 이제 1시간 후면 내 운명의 종점에 도착할 것이며 거기서 상상하기 어려운 고통 속에 신음하다가 가족도 친척도 모르게 생죽음을 당할 것을 생각하니 소름끼치는 마음을 진정할 길 없다. 함남도 안전부 감방에서 한 죄수가 너무나도 악형이 참기 어려워 철도 기관차 대가리를 통짜로 훔쳐다가 팔아먹었다고 진술했다는 이야기로 이곳 안전부의 악랄성을 말해주는 교형리들 곁으로 호송된다고 생각하니 눈앞이 캄캄할 뿐이다.

나는 달리는 자동차 안에서 죽음을 앞두고 마지막으로 하늘에 대고 비는 수밖에 없었다.

"하늘에 계시는 전능하신 아버지 하느님이시여. 이 땅의 교형리들에게 끌려가 죽음의 시각에 박두한 불쌍한 이 자식은 오직 하느님의 신비한 힘의 구원을 받아 살아나기를 바라오며 다시 사랑하는 처자와 만나 귀하신 하느님께 감사드릴 수 있게 하여 주십시오. 아-멘-."

나는 달리는 차의 적재함 감방에 홀로 앉아 하느님께 자꾸자꾸 또 자꾸 빌고 또 빌면서 구원을 청했다. 죽음을 경각에 둔 이 순간 나는 그 어디에 하느님이 계시어서 옛 이야기 속에서 죽었다가 다시 살아나는 환상 같은 현실이 나를 구원해 주기만을 바랐다.

함남도 안전부에 도착한 것은 저녁 8시였다. 나를 호송하는 안전원 상위는 나에게서 포승을 풀고 함남도 안전부 직일관실로 데려갔다. 직일관실에 들어가니 직일 군관이 나온다.

"량강도 안전부 집결소에서 왔습니다. 함남도 고원군에서 살다가 중국 국경 월경죄로 체포한 죄수 1명 호송해 왔는데 인계받으시오."

호송 안전원은 자기 신분증과 나에 대한 자료 문건을 직일관에게 내보이면서 빨리 인계받아 달라고 재촉한다. 손님과 대면하던 직일 안전원은 직일관실에 들어가 여러 부서에 전화를 걸더니 호송 안전원에게 말한다.

"이거 안 되겠습니다. 해당 부서 일꾼들이 모두 퇴근했습니다. 받아줄 사람이 없습니다."

호송 안전원은 죄수를 제발 좀 받아달라고 사정한다. 그러나 통하지 않는 모양이다.

"미안하지만 할 수 없습니다. 담당 부서가 모두 문을 잠그고 퇴근했습니다. 물건짝 같으면 여기에 하룻밤 받아놓았다가 래일 가져가면 되겠으나 사람인데 그렇게야 할 수 없지 않습니까! 오늘 밤만은 도안전부 집결소 구류장에 림시로 가져다 두시오. 그리고 래일 아침에 데리고 와서 정식으로 해당 부서에 인계하시오."

안전원은 해결 방도와 도안전부 집결소 구류장 위치까지 알려준다. 이리하여 량강도의 두 호송 안전원은 나를 데리고 함경남도 안전부 집결소로 향하였다.

함남도 안전부 집결소는 여기서부터 10리 정도 더 가야 했다. 함흥시 의대병원 부근의 정성동 뒷마을에 자리 잡은 집결소를 찾아 들어간 것은 저녁 9시경이었다. 호송 안전원 상위가 집결소 입구 출입문을 두드리니 감독인 듯한 안전부 옷을 입은 직일병이 정문 안에서 빗장을 벗기고 문을 열며 찾아온 사연을 묻는다. 상위의 대답을 듣고서는 들어오라 하기에 우리 셋은 집결소 정문 안으로 들어갔다. 안내하는 젊은 직일병은 정문 출입문을 닫고 빗장을 건 다음 자기를 따라 오라고 한다. 정문 바로 옆이 직일관실이다.

우리는 안내하는 직일병을 따라 직일관실 부엌 칸에 들어갔다. 직일관실은 부엌 칸에 가마 두 개가 걸려 있다. 그 다음은 정주 칸이고 중간에 미닫이문이 달려 있다. 그 다음은 웃방으로 되어 있다. 두 칸짜리 살림집 형태로 집 구조가 되었다.

지금 웃방에서는 직일 책임군관이 텔레비죤을 보고 있다. 우리를 안내하던 직일병으로부터 사연을 보고받은 직일 책임군관은 손님들을 반갑게 맞으며 멀리서 오느라고 수고했다고 하면서 웃방으로 올라오라고 손짓한다. 부엌 칸에 서 있던 호송 안전원 상위가 부엌 칸에 신발을 벗어 놓고 정주 칸을 거쳐 웃방에 들어가더니 텔레비죤 앞에 마주 앉는다.

책임 직일 안전원은 또 부엌에 서 있는 안전원 특사 보고도 상냥하게 대하면서 멀리서 오느라 피곤할 테니 방 안에 올라와서 텔레비죤이나 같이 보면서 좀 쉬라고 한다. 특사도 주인의 인상 좋은 대접에 위안되어 웃방으로 들어가 텔레비죤 앞에 마주 앉는다. 곧 직일 안전원 군관은 중간 미닫이문을 반쯤 닫아버린다. 내가 따라 들어갈까 봐 닫아버리는 모양이다. 텔레비죤에서 재미나는 장면이 출현되는 모양이다. 두 호송 안전원은 텔레비죤에 정신이 집중됐다.

부엌에는 나와 안내원 직일병만이 서 있다. 곧 안내하던 직일병은 감방 호실 정형을 알아보겠다면서 부엌 출입문을 열고 밖에 나가더니 감방 쪽을 향해 뛰어 내려간다. 2~3초 후 나도 역시 직일병을 따라 나가는 모습으로 부엌 출입문을 열고 천천히 밖으로 나왔다. 방 안에서 텔레비죤을 보는 두 호송 안전원은 직일병이 나를 감방으로 데리고 가는 줄 아는 모양이다. 아무런 반응도 없이 텔레비죤만 본다.

방금 부엌 칸에서 뛰어 나간 직일병은 뒤도 돌아보지 않고 빨리 뛰어 어느새 감방 호동의 복도 출입문을 열고 들어가 감방 실태를 점검한다. 직일관실에서 감방 호동까지의 거리는 대략 30m 이상 되는 듯싶다. 그러나 직일관실에서 집결소 정문까지의 거리는 불과 몇 m 안 된다. 밖은 이미 밤 9시가 지나 캄캄하다.

이 순간 나는 심장이 높이 뛰고 숨소리가 커지는 감을 느낀다. 이 순간이 결정적 탈출 시각이라고 락착지었다. 바로 이 순간이 자비스러운 하느님께서 나에게 응답하여 주신 귀중한 전환의 최후 순간이었던 것이다.

나는 빠른 걸음으로 집결소 정문으로 다가가서 빗장을 밀어 버리고 출입문을 연 다음 캄캄한 마을 속을 향해 달리고 또 달렸다. 단층집 마을의 복잡한 골목길을 요리조리 에돌면서 집결소에서부터 멀리멀리 사라졌다. 집결소 마을을 끝까지 다 지나가고 동쪽에 나타난 낮은 야산 과수원 고개를 하나 넘어 멀리 다른 동네까지 갔다.

자유의 몸이 되었다. 얼마나 기다리고 기다리던 탈출의 순간이었는가! 성공한 탈출의 기쁨으로 하여 눈물이 끊임없이 흘러내려 앞을 볼 수가 없었다. 그 누구도 나를 구원할 수 없는 살벌한 총부리 앞에서 나를 구원한 것은 오직 고마우신 하느님이라고 생각되었다. 이때 나는 반룡산 중턱에 안치된 할아버지 묘지 방향의 높은 하늘을 향해 고마우신 하느님께 세 번 허리 굽혀 인사하였다.

함흥에서 태어났고 함흥에서 대학도 졸업했고 함흥에 친척도 많은 나는 함흥에 출장도 많이 다녔었다. 그러므로 나는 함흥시 지형지물을 비교적 잘 알고 있는 편이다. 여러 달 동안 감방의 철창 속에서 강제 로동의 힘겨운 시련 속에서 지치고 지친 몸을 이끌며 터벅터벅 함흥의 밤길을 혼자 걸었다. 절반 나이 먹은 환한 달이 반갑게 앞길을 비춰준다.

친인척 상봉과 결별

나는 함경남도 안전부 집결소에서 뛰쳐나와 회양–함주행 무궤도전차 도로를 따라 터벅터벅 걸어 금사동까지 왔다. 밤 11시가 되어 함흥 큰어머니 집으로 찾아 들어갔다. 금년에 나이 80을 맞은 큰어머니는 나를 잘 알아보지 못했다. 겉옷도 입지 않고 아랫도리에는 잠옷 바지만 걸쳤고, 윗도리에는 새까맣게 때 묻은 내의 하나만 입었고, 머리는 석 달 이상이나 리발을 하지 않아 텁석부리가 되고 오랜 기간 세수도 하지 않았으니 나의 몰골이 말이 아니었다. 나는 큰어머니 앞에서 내 이름을 대면서 이렇게 꽃제비가 돼 왔다고 하니 큰어머니는 놀랄 수밖에 없는 것이다. 새까만 나의 두 손을 붙잡고 금세 두 눈에서는 구슬 같은 눈물이 쭈르륵 흐른다.

"어떻게 돼서 이런 몰골이냐? 응, 빨리 말 좀 해 봐라."

나는 억이 막혀 무어라고 말할 수 없었다. 무슨 말부터 해야 할지 말 서두가 나가지 않는다.

"큰어머니 랭수 한 사발 주시오."

나는 갈증 때문에 우선 찬물부터 요구하였다. 다음 천천히 입을 열었다.

"큰어머님은 지금까지 우리 집 소식을 듣지 못했습니까?"

큰어머니는 소식이 없으니 모두 잘 있는 줄로만 생각하였다고 말한다.

"큰어머님, 제 어머니가 작년 7월 26일 돌아가셨습니다. 그때 알리지 않은 것은 없는 세월에 큰어머님께 심려를 끼쳐드리는 것이 걱정스러웠기 때문이었습니다. 잘못을 용서해 주십시오."

나는 먼저 어머니가 사망한 소식부터 전해 드리고 함북도 친척들의 1년 전 사연을 아는 대로 말한 다음 내가 가족을 데리고 탈북하여 중국에 들어가게 된 동기와 그 후 있은 일들을 자초지종 이야기하였다. 나의 이야기를 눈물로써 듣고 있던 큰어머니는 치맛자락으로 눈물을 닦으며 말했다.

"내 이 정신 봐라. 네가 배고프겠는데, 뭘 좀 먹어야겠다."

그렇게 말하더니 부엌 칸에 나가 속도전으로 펑펑이 가루 강냉이떡과 물김치 한 사발을 들여와 상 우에 올려놓고 빨리 먹으라고 련속 권한다. 배고픈 김에 펑펑이 가루 강냉이떡 9개와 물김치 한 사발을 순식간에 다 먹어 버렸다.

"에구, 배고파 얼마나 고생했겠니!"

큰어머니는 혀끝을 쯧쯧 한다. 식사를 끝내고 계속해서 중국에서 살던 이야기와 붙들려 고생하던 이야기를 죄다 들려주었다. 나의 이야기를 다 듣고 난 큰어머니는 고달픈 세상살이를 한탄하며 이제 내가 가야할 길을 묻는다. 나는 큰어머니에게 말했다. 다시 중국에 들어가 그리운 처자들과 만나야한다고 말이다. 큰어머니는 나의 확고한 결심을 듣곤 말했다. 여기서 며칠 묵으면서 쇠약해진 몸을 추스르고 약새질(약시시)도 하라고. 나는 그럴 수 없다며 빨리 가야겠다고 했다. 사람들이 다니지 않는 래일 이른 새벽에 누님(큰어머니의 딸)이나 만나보고 가겠다고 말했다.

내가 너무나도 우기는 통에 아침 4시에 큰어머니는 밥을 지어놓고 나를 깨웠다. 나는 날이 밝기 전에 큰어머니 집에서 아침 식사를 하고 누님 집으로 건너갈 참이었다. 떠날 때 큰어머니는 차 칸에서 도중 식사하라며 펑펑이 가루 2㎏과 돈 50원을 주었다. 막내아들이 입던 바지와 웃옷과 솜 동복 상의도 입혀준다. 나는 큰어머니의 고마운 마음을 받아 안고 날이 밝기 전에 누님네 집으로 건너갔다.

누님 집은 큰어머니 집에서 불과 15분이면 가 닿을 수 있었다. 불의에 찾아간 나를 보고 놀란 누님은 어제저녁 큰어머니를 처음 만났을 때나 하나도 다름없는 그 장면 그대로 나를 맞이했다. 나는 누님네 집에서 몇 달 만에 처음으로 세수하고 머리를 감았다. 아침 8시가 되자 누님은 구차한 생활 전선을 찾아 장마당으로 나갔으며 나는 낮 12시까지 오래간만에 잠을 푹 잤다.

오후에 들어온 누님과 저녁까지 세상살이 이야기를 나누었다. 어렵게 살아가는 누님네 생활을 들여다보니 더 머물러 있기가 민망했다. 매 때식을 위해 장마당에 나다니며 하루 벌어 하루 끼니 죽도 연연히 먹지 못하는 형편인데 내가 있으면 그의 생활에 고통을 줄 것이 뻔했다. 나는 갈 길이 바빠 어서 가야겠다고 누님께 생억지를 쓰면서 저녁 6시경에 집을 나섰다. 누님은 떠나는 나에게 한 푼 두 푼 모은 돈 50원과 웃내의와 양말을 신겨주면서 조심하라고 몇 번이나 당부하며 바래다주었다.

누님 집을 나온 나는 중앙동에 사는 5촌 고모를 찾아갔다. 고모네 집 문을 두드리니 낯선 사람이 문을 열고 내다본다. 찾아온 사연을 이야기하니 고모네와 집을 바꾸었다고 한다. 그리하여 그가 알려주는 대로 금사동 아파트 6층을 찾아가니 그 집에서 또 집을 바꾸고 다른 데로 이사했다고 한다. 고모는 금년 7월에 사망하고 막내딸이 자기네와 집을 바꾸어 들었다고 한다. 고모가 사망했다는 말에 서운한 감을 금할 수 없다. 근면하고 마음씨 착하던 고모님이 벌써 사망했다는 것은 천만 뜻밖의 소식이었다.

고모의 막내딸 성희가 산다는 은빛동 주소를 찾아가니 성희 혼자 한 칸짜리 방에서 불도 때지 못한 찬 온돌을 지키며 죽지 못해 살아가고 있다. 저녁밥 지을 쌀도 없어 굶고 자려는 참이다. 나는 큰어머니가 차 칸에서 도중 식사하라고 준 펑펑이 가루를 내놓으면서 어서 빨리 저녁을 만들어 먹으라고 하였다.

이날 저녁 나는 성희네 집에서 밤새껏 이야기를 나누었다. 성희 어머니는 식량 얻을 길이 없어 굶다가 사망했다는 것이다.

성희도 식량이 없어서 본래 살던 집을 웃돈 받고 바꾸었다고 하면서 울상이 되어 말한다. 지금 또 식량이 떨어져 죽지 못해 사는 형편이라면서 래일 통강냉이 3kg 얻어 오게 약속되었다고 말한다. 나는 성희에게 지난 1년간 중국에서 산 이야기를 해주고 다음날 아침 날이 밝기 전에 성희와 헤어져 사포구역의 4촌 동생네 집으로 갔다.

다행히도 이날 4촌 동생은 직장에 출근하지 않고 집에 있었다. 직장에 나가도 할 일이 없다는 것이다. 원료가 없어 공장이 섰다고 한다. 나를 본 4촌 동생은 너무 놀란다. 살붙이 하나 없는 얼굴에 덥수룩한 머리카락, 똘똘한 사람처럼 보이지 않았으며 축 처진 어깨는 보기가 스산했다.

"형님, 이게 어떻게 된 일이요."

4촌 동생은 의문을 감추지 못했다.

"야, 우선 들어가 앉아 천천히 이야기하자."

나는 동생의 부추김을 받으며 방 안으로 들어갔다. 동생은 너무나도 폐인으로 변모된 내 모습을 보고 어떻게 된 일이냐고 다그쳐 묻는다.

"너도 내 소식 듣지 못했느냐?"

나는 도로 반문했다. 동생은 내가 1년 전과 같이 길주에 있는 줄만 생각했다. 나는 천천히 지난해 초기부터 있은 나의 가정 력사를 들려주었다. 제수씨도 눈물 흘리며 나의 말을 끝까지 다 들었다. 나는 이날 낮과 밤을 이어 다음 날 저녁까지 동생과 둘이서 세상살이 이야기를 끝없이 길게 하고 또 하였다.

동생네 집에 들어간 두 번째 날 아침, 백날 만에 처음으로 리발을 하였다. 마침 이동 리발하며 살아가는 젊은 녀인이 동생네 옆집 울타리 밖에서 리발 하기에 순번을 기다렸다가 나도 리발을 시작하였다. 한참이나 내 머리를 깎던 녀인은 말했다.

"아버님은 왜 머리가 이렇게 길어질 때까지 리발을 하지 않았습니까?"

"산골에 부업지 농사하러 갔다가 꼭 넉 달 만에 인간 세상에 나왔소. 그 잘난 농사를 지어놓고 도적맞을까 봐 어디 자리를 뜰 수 있었겠소. 곡식밭 경비도 서고 수확도 해 가지고 나오다 보니 머리 깎을 새가 없었소."

능청하게 구실을 붙여 말했다.

"그래 곡식은 얼마나 거두었습니까?"

"응, 콩은 50㎏ 정도 하고 강냉이는 200㎏ 거두었네."

리발사 녀인은 나의 농사 수확을 매우 부러워했다. 그것이면 자기 혼자 1년은 살겠다며 부러움을 감추지 못했다. 또 한참 머리 깎던 리발사 녀인은 말했다.

"아버님은 여름가을 내내 농사하느라고 얼마나 수고 많았겠습니까. 위생 사업할 새도 없이 머릿니와 서캐가 하얗게 쓸었습니다."

그 얘길 듣고 나는 놀란 사람처럼 흠칫했다. 고통스럽던 회령과 만장, 혜산에서의 감옥 생활이 한꺼번에 떠오르면서 놈들에 대한 보복과 증오심으로 심장이 높뛰며 피가 거꾸로 흐르는 감을 느꼈다. 리발을 끝내고 집에 들어가 동생과 마주 앉아 또 이야기판이다. 동생에게 국제 사회로부터 많은 식량을 지원 받는 데 쌀 배급 제대로 하는가 하고 물었다. 동생은 쌀 배급 타 먹고 사는 것이 아니라 안해가 소금 장사하면서 겨우겨우 살아간다고 말하였다.

나는 동생에게 작년 11월부터 남조선에서 금강산 관광을 시작하였는데 북조선 사람들의 반응이 어떤가 물었더니 그런 일이 진행되고 있는 사실 자체를 전혀 모르고 있다. 또 남조선 농업과학자들이 북조선에 와서 여러 가지 농작물 시험재배 연구 사업하는 사실을 아는가 물었더니 역시 전혀 모른다는 것이다. 또 북조선 잠수함이 남해 바닷가에서 국군에 의하여 침몰된 사실과 동해에서 북조선 간첩 배 두 척이 일본 해역에 들어갔다가 쫓겨 온 사실을 아는가 하고 물었더니 동생은 아무것도 모른다. 금년 봄에 인민군 해군 함선이 서해바다 북방한계선 침범 사건을 아는가 물었더니 인민군대 북조선 해군이 남측 해군 함선들을 수많이 격침시키는 등 대전과를 거두었노라고 신나서 말하는 것이다.

나는 동생과의 대화에서 인민들에게 진실을 알려주지 않고 흑백을 전도하는 조선 통치배들의 기만적 행위를 야속하게 생각하며 조선도 빨리 언론의 자유, 인권의 자유, 삶의 자유, 보도의 자유가 있기를 바랐다. 점심시간이 될 무렵 동생이 장마당 구경을 나가자고 하기에 함께 사포 장마당에 나갔다. 시내 한쪽 끝 성천강변에 자리 잡은 장마당은 사람들로 붐빈다. 온 시내 사람들이 다 여기에 모여온 듯한 감을 준다. 가장 인상 깊게 느껴지는 것이 무리 지어 다니는 꽃제비 떼와 어린이 장사꾼들이다. 보기 스산한 장면이라 머리가 띵하다. 먹지 못해 체력이 연약하고 키가 작은 열한 살 난 어린 남자애가 맥없이 노래 부른다. "내 나무 사주세요" 하며 노래 부르는 장면은 실로 눈물 날 지경이다.

동냥하는 아이 모습도 보인다. 다섯 살 언저리 어린애가 행인들 앞에 서서 노래 부른다. 고사리 같은 두 손바닥을 펼쳐들고 동냥한다. 애의 어머니는 저만큼 가 숨어서 지켜보다가 애가 받은 수확물을 재빨리 보따리에 걷어 들인다. 장마당 한 옆에 맥없이 쓰러져 있는 핏기 없고 허약한 중학교 학생에게 한 행인이 식품을 쥐어준다. 쓰러진 학생은 가느다란 눈을 겨우 뜨고 받아 쥔 식품을 내주며 힘없이 말한다.

"이것은 누나에게 좀…."

주시오라는 말을 채 잇지도 못하고 맥을 놓는 모습도 보인다. 한쪽에서는 또 떡장사의 떡을 훔쳐 쥐고 뛰다가 잡힌 꽃제비 아이가 매를 맞고 땅바닥에 뒹굴면서도 손에 쥔 떡을 그냥 먹어대고 있다. 장마당 다른 한 측면에서는 언제 쓰러져 있었는지 마지막 숨을 몰아쉬는 로인 주위에서 구경꾼들이 측은한 눈길로 바라보는데 그들을 물러가라고 쫓으며 으르렁대는 장마당을 감시하는 뚱뚱보 사복쟁이 안전원도 보인다. 실로 장마당에 펼쳐진 어지러운 생활 전경을 다 말하기에는 작가가 아닌 나로서는 표현하기 어렵다. 동생은 내가 너무나도 감상적 태도로 장마당 현상을 보고 있으니까 나의 팔을 잡아끌고 어딘가로 이끈다.

"형님, 저쪽에 가서 국수나 한 그릇씩 먹읍시다."

돌아서려는데 뒤에서 녀인의 악에 받친 비명소리가 들리며 장사꾼 손에서 뭉치 돈 덮쳐쥐고 달아나는 깡패 무리 청년도 보인다.

"저런 망나니들 때문에 장사꾼 녀인들은 남편이나 주먹 센 아들을 데리고 와서 호위를 세우고 장사를 하오. 그래서 장마당이 더구나 복잡한 거라오."

휴식할 땐 장마당 구경 나오는데 그때마다 별 희귀한 장면을 다 볼 수 있다고 한다. 방금 본 몇 가지 비행들은 아무것도 아니라고 동생은 설명한다.

나는 동생과 15원짜리 농마국수 한 그릇씩 점심으로 사 먹고 빠른 걸음으로 장마당 안을 한 바퀴 돌았다. 장마당 상품은 거의 다 중국제다. 옷이며 신발이며 그릇이며 가지가지 일용품들이 모두 중국산이다. 조선 것이라고는 눈에 차지 않는 초라한 것들뿐이다. 당과류와 심지어 사과와 배, 마늘, 남새까지도 잘 포장된 중국산 제품들로 장마당이 보따리 장사꾼 무리로 설렌다.

장마당을 나와 집으로 돌아와 저녁 해가 질 때까지 오늘 중국 인민들의 향상된 생활 형편과 발전된 모습을 오래도록 동생에게 이야기해 주었다. 중국 사람들이 한국과 일본을 비롯한 외국으로 자유롭게 오가며 생활하는 미담도 재미나게 들려주었다.

다시 중국 연길로

저녁 8시가 되자 나는 중국으로 떠날 채비를 했다. 동생과 제수씨는 며칠 묵어가라고 완강하게 막아 나선다. 그럴 내가 아니다. 며칠 묵는다고 해서 건강이 완전히 회복되는 것도 아니다. 빨리 여기를 떠나야 살 수 있다는 생각만이 지배된다. 나의 왕고집을 막지 못하는 동생은 나에게 아래 속내의를 바꾸어 입히고 새 모자를 씌워주었다. 제수씨는 힘들게 모은 귀중한 돈 100원을 호주머니에 넣어준다.

언제 다시 만날지 기약 없는 무거운 발걸음을 내딛는 나를 따라 동생과 제수씨는 눈물 흘리며 멀리 시내 길까지 따라 나온다. 겨우 등을 밀어서 그들을 세워놓고 함흥역으로 걸음을 옮겼다.

함흥역은 매우 복잡하였다. 며칠씩이나 다니지 않는 기차 때문에 차객들은 언제나 대기실에 차고 넘쳤다. 대기실 밖도 인산인해다. 량강도 혜산과는 달리 여기 함흥은 아직 덜 추운 편이다. 밤 9시가 넘으니 역 기다림 칸 2층에는 수많은 꽃제비와 거지들이 자리 잡아 누웠다. 누울 자리를 얻지 못한 꽃제비들은 기다림 칸 밖에 나가 사람 발길이 덜한 구석 자리를 찾아 취침한다.

열 시간, 스무 시간, 아니 하루 이틀씩 지연되는 려객렬차를 기다리는 사람들로 하여 대합실은 사람들로 꽉 들어차서 움직이기조차 힘들다. 복잡한 틈을 노리는 망나니들은 손짐을 가로채고 짐 잃은 손님들은 저마다 잡성을 내질러 대합실은 사람을 피곤하게 만든다.

매표구 앞에는 차표를 사려는 사람들이 며칠 전부터 줄을 서서 기다린다. 권세 있는 세력가나 당 간부들은 특수공무 매표구에서 차가 도착하기 몇 분 전에 와서 차표를 살 수 있지만, 일반 출장원이나 백성은 매표구 앞에 몇 시간씩이나 며칠씩이라도 지켜 서서 기다려야 차표를 살 수 있다. 차표를 사기 위해 줄 선 사람들은 앞뒤 사람끼리 호상 자리를 지켜주면서 식사하러 가거나 대소변 용무를 엇바꾸어 다닌다.

렬차 관계가 복잡한 틈을 노려 차표 장사하는 사람도 있다. 출표원으로부터 여러 매의 차표를 뒷문치기 안면치기로 사서 10배~20배 비싼 값으로 팔아서 생활하는 패도 있다.

려행증이 없는 장사꾼들은 이 야매차표(암표)를 사 갖고 다닌다. 매표구에서 차표 판매가 시작되면 차표 사는 사람들은 무질서하게 밀고 당기며 란장판이 벌어진다. 완장 낀 안내원들이 요란스레 호각을 불어대며 질서를 잡는다. 안내원들도 차표 사려는 사람들의 파도치는 흐름을 당해 낼 도리가 없다. 여러 차례나 차표 파는 일이 중단되었다가 다시 시작된다. 철도 안내원들은 질서를 유지하기 위해 자기들의 도장이나 필체로 암호 표시한 예비표를 줄 선 사람들에게 나눠준다. 이 예비표에 한해서는 차표를 다 팔아준다는 것이다.

역마다 파는 차표 매수가 제한되어 있다. 제정된 매수만 팔고는 매표구를 닫아버린다. 때문에 차표 사는 것은 려객들의 치열한 전투 과제다. 차표 판매는 해당 렬차가 도착하기 30분 전이나 1시간 전에 시작함으로 이 짧은 시간의 대기실 움직임은 매우 복잡하다. 매표가 끝나면 곧 개찰이 시작된다. 안내원들이 개찰구 앞에 려객들을 정돈시킨다. 역무 안전원이 개찰구 앞에 서서 려객들의 려행증과 차표, 손짐을 검열한다. 개찰을 시작하는 순간부터 려객들은 먼저 나가겠다고 또 밀어내기, 힘내기가 시작되어 삽시간에 정돈된 렬은 수라장이 된다.

이 복잡한 순간에 불량배, 망나니들의 활동이 시작된다. 칼로 려객들의 배낭이나 손짐, 호주머니를 째고 물품을 훔쳐낸다. 생활 전선에 나선 사람들은 모두 큰 배낭 짐을 메고 있다. 국가 공무원이 출장 다닐 때에도 큰 배낭 짐을 메고 다니면서 제 노릇 절반, 국가 일 절반을 하는 형편이다.

개찰구 길 옆 역무 안전원은 큰 배낭 짐 메고 나가는 려객을 단속해서는 짐이 크다느니, 철도 규정이 어떻다느니 생트집 걸어 짐의 일부를 꺼내게 해서는 사취하는 현상이 보통이다.

나에게는 증명서도, 차표도 없다. 함흥에서 청진까지 가야 하며 청진에서 다시 무산까지 들어간 후 두만강 사선을 건너 중국으로 가야 한다. 평양–두만강행 1렬차를 탈 작전이다. 저녁 5시 30분에 도착해야 할 제1급행 렬차가 밤 12시 도착이 예견된다고 한다.

나는 밤 11시가 되자 함흥 렬차 승무대 건물 주위를 돌아 승무대 쇠살창 울타리를 넘어 함흥역 구내로 들어갔다. 벌써 역 구내에는 증명서 차표 없는 수많은 사람이 개구멍으로 빠져 들어와 서성거린다.

자정이 넘어서야 평양–두만강행 급행 렬차가 들어왔다. 급 높은 급행 렬차인데도 '해방된 조선'을 방불케 한다. 렬차 안에는 발 디딜 자리조차 없이 꽉 들어찼다. 복도와 승강대 안에도 움직일 수 없이 꽉 들어찼다. 렬차 지붕 우에도 빈자리 없이 사람들이 드러누웠거나 앉아있다. 나는 손짐 하나 없는 빈 몸이므로 남보다 먼저 차에 오를 수 있었다. 무질서하게 차에 오르는 사람들이 헤덤비는 난통에 차에서 내리려는 손님들이 내리지 못해 아우성친다. 승강대 홀에 오르고 내리는 사람들이 한데 엉키고 커다란 배낭 짐과 마대 짐들이 통로를 막아버려 오르지도 내리지도 못한다.

사람들은 서로 자리를 양보하지 않고 아우성만 친다. 차 안에서 내리는 손님들은 렬차 창문을 들어 올리고 창구로 뛰어 내린다. 밖에서 기회를 엿보던 사람들 역시 창문으로 차 안에 기어오른다. 증명서와 차표가 당당히 있는 사람들이 오히려 차에 오르지 못하는 것이다.

렬차 안의 상황은 더욱 말이 아니다. 복도와 련결부에 커다란 배낭 짐, 마대 짐, 여러 가지 지함들, 빽빽이 들어앉은 사람들 때문에 렬차 안을 통과할 수 없다. 급히 차내를 통과하려면 사람들의 머리 우로 날아 넘어야 하며 그럴 때마다 쌍스러운 입싸움으로 차내 공기를 흐린다. 매개 렬차의 변소 칸에도, 세면장에도 사람들이 꽉 들어찼다.

　　실로 하나의 생존 경쟁하는 조선 사람들의 모습을 이 차 칸에서 낱낱이 볼 수 있다. 차내 질서가 너무너무 복잡하여 차표 검열이나 증명서 검열도 못한다. 기차는 함흥역에서 거의 한 시간 정도 정차했다가 떠났다. 차가 떠났는데도 차 안에서 내리지 못해서 울며불며 야단치는 사람도 있다.

　　나는 위생실 문 옆에 겨우 바닥 자리를 잡아 앉았다. 달리는 북행 렬차의 객석에서는 온밤 자리다툼과 려행에 지친 려객들의 신음이 그칠 새 없다. 사람들은 려객렬차를 한 번씩 타고 나서는 그 참상에 대하여 '렬차 고문당했다'고 표현한다.

　　두만강행 급행 렬차의 일반 칸에 자리 잡은 사람들은 변소 칸에도 려객들이 꽉 들어차 대소변조차 볼 수 없다. 련결부에도 사람들이 꽉 들어차 남자나 녀자나 도덕도 체면도 가릴 새 없이 아무 데서나 뒤를 보는 형편이다. 렬차 련결부 짬에서 오줌 똥 누며 간다. 그러나 그 누구 하나 그걸 허물로 보지 않는다. 렬차 환경이 그것을 허용하고 있는 것이다. 렬차가 역에 와 멎을 때는 창문을 넘어 내려가 차량 밑에서 대소변 보고 다시 창문으로 기어오른다.

달리는 객차 속에서 차객들은 철도를 비방하며 나라를 원망한다. 1990년대 초까지만 하여도 함남–함북의 동해안 철도구간에 평양–두만강, 평양–금골, 평양–혜산, 신의주–청진, 갈마–라진, 신천–라진, 해주–온성, 단천–두만강 렬차들이 다녔다. 그때에도 려객차들이 매우 복잡하였는데 지금은 단 네 개의 렬차 편대만 오가니 사람들의 왕래가 더 심한 오늘날의 교통 실태가 불편하다고만 해서는 잘 리해가 안 갈 지경이다. 그것마저도 기차가 정시 도착이라는 말은 완전히 없어지고 정시 도착했다면 그것이 뭔가 잘못된 게 아니냐 하는 정도가 됐다. 나라의 교통 실정 하나만 갖고도 사람들은 나라와 정부를 원망하며 욕할 수 있는 리유가 충분하다.

렬차는 아침 7시가 좀 지나 길주역에 도착했다. 길주역에 도착한 렬차는 2시간이나 떠나지 않는다. 객차를 끌고 갈 견인기관차가 없다는 이유다. 방금 끌고 온 견인기는 6시간 동안이나 길주역에 도착해 머물러 있는 혜산–평양행 려객렬차를 몰고 나간다는 것이다.

빼곡히 들어앉은 기차 내에서 지루하게 2시간이나 더 기다려서야 기관차대에서 갓 수리한 견인기 한 대가 우리가 탄 객차를 물고 떠난다. 달리던 렬차는 온수평 고갯길에서 멎어서더니 천천히 뒷걸음질한다. 전기철도의 전차선로 전압이 허용 이하로 떨어진 것이다. 견인기가 맥을 추지 못한다. 렬차는 몇 번이나 오르막길을 넘으려고 오르다가는 다시 내려오기를 반복한다.

길주–명천을 지나 룡반역을 떠나자 렬차 내 안전원의 증명서 검열과 려객 전무의 차표 검열이 동시에 진행된다. 수많은 증명서 없는 사람과 무임 승차객이 쫓기여 앞으로 밀려나온다. 나도 앞으로 쫓기여 갔다. 가슴이 두근거린다. 잡히면 벌금 물고, 어느 집결소 처분을 받을 수 있다. 다행히도 렬차는 봉강역을 앞두고 역 아닌 로천에 잠간 멈춰 서는 것이다. 역 구내로 진입하는 장내 신호가 내려지지 않았기 때문이다. 나는 재빨리 차에서 뛰어내려 렬차 중간 부분에 가서 련결부를 잡고 객차 지붕 우로 기어 올라갔다. 객차 지붕 우에도 손님들이 가득 올라탔다.

위기를 무사히 모면한 나는 렬차 지붕을 타고 찬바람 맞으면서 지붕 우 려객들과 이야기하며 간다. 청진역이 가까워지면서 또 근심 걱정이 생긴다. 청진역 구내를 빠져나갈 방도가 없는 것이다. 구내에 욱실거리는 규찰대, 역무 안전원, 역보위대, 역질서 유지대, 철도 검열대, 안내원들의 눈을 피해 빠져나갈 일이 걱정된다. 여기저기서 불어대는 무질서한 호각 소리에 정신을 잃을 지경인 청진역 벗어날 일을 근심하며 가는데 송평역 구내 장내 신호가 내려지지 않아 렬차는 송평역 구내에 들어가기 전에 서서히 정차하는 것이다.

나는 때를 놓치지 않고 객차 지붕 우에서 재빨리 땅으로 내렸다. 다행히도 청진시 송평구역을 벗어난 나는 우선 인근 장마당부터 찾아갔다. 무엇을 좀 먹어야 했기 때문이다. 사람들이 많이 다니는 뒤를 따라 골목길로 들어가니 메뚜기 장마당이 나타났다. 메뚜기 장마당이란 장사꾼들이 메뚜기처럼 잘 뛰어다닌다는 것을 묘사하여 붙인 이름이다. 골목길에다 장마당을 펼쳤는데 멀리서 단속하는 안전원이 나타나기만 하면 어느새 팔던 상품을 잽싸게 걷어안고 메뚜기처럼 뛰어 달아난다. 단속 안전원 때문에 하루에도 몇 번씩 메뚜기 뜀을 해야 한다. 메뚜기 장마당에 들러 점심 밥을 사 먹었다.

이날 나는 청진시 송평구역 로천에 내려 한 시간 정도 걸어서 청진역에 도착하였다. 청진역 가까이에 있는 처언니(처형)집을 찾아갔다. 거기서 나는 또 한 번 커다란 마음 아픈 충격을 받았다. 식량난으로 세상 고생 다하던 처언니가 굶주림 속에서 쇠약해지다 못해 한 달 전에 사망하였다는 것이다. 나는 비분에 찬 마음을 억누르며 처언니집을 나왔다.

청진역에 다시 와 보니 무산행 렬차가 밤 8시 청진역에서 떠난다고 한다. 청진역 대기실도 함흥역에서 본 실태와 하나도 다름없다. 꽃제비와 생활전선에 나선 큰 배낭 멘 사람들이 붐비며 대기실 변두리에는 집 없는 방랑자들이 여기저기서 잠자고 있다.

청진-무산행 렬차는 닷새 동안 운행하지 못했다고 한다. 그러므로 무산행 렬차 매표구 앞은 대단히 복잡했다. 5원이면 살 수 있는 차표를 100원 주고 야미차표 샀다는 장사꾼도 여러 명 보았다. 뒷문치기 차표 판매꾼들은 렬차가 며칠씩 안 다니다가 왔을 때에는 기회를 놓치지 않고 차표 값을 몇 십 배씩 더 높인다는 것이다. 무산행 렬차 개찰이 시작되었다.

개찰구로 차표가 없이 련속 밀려드는 사람들의 거세찬 파도의 흐름에 표 찍는 녀자 안내원은 자리에서 밀려나고 만다. 개찰구는 완전 개방되고 거침없이 구내로 빠져 들어가는 려객들을 안내원들은 막지 못한다. 나도 그 속에 끼어들어 유유히 구내로 들어갈 수 있었고, 무산행 객차에 올랐다. 객차 창문과 출입문에는 유리가 한 장도 없다.

차가 복잡할 때 사람들이 유리창을 깨고 거기로 오르내렸기 때문이다. 차가 달리기 시작하니 북방의 찬바람이 온몸을 랭각한다. 두만강을 가까이하는 나의 마음속은 가벼우면서도 무거워진다. 이제 두만강을 어떻게 무사히 건널 수 있을까 하는 생각과 함께 중국 연길에 있는 가족이 어떻게 지내는가 하는 생각, 나와 함께 잡혀 회령 보위부에서 갈라진 막내아들의 운명 또한 걱정되는 속에서 유리 없는 창문으로 불어드는 찬바람도 감각에 느껴지지 않는다.

이제 중국에 들어가면 가족을 데리고 언제나 그리워지는 마음의 기둥, 대한민국으로 가야한다. 그 한국으로 가는 길을 과연 순탄하게 찾을 수 있을까, 언제면 한국행 표를 쥘 수 있을까 하는 생각으로 마음 무거워진다. 심연 속에서 차는 어느덧 무산역에 도착하였다.

단속하는 수많은 눈들의 초점을 요리조리 피해가면서 무산역 구내를 무사히 빠져나간 것은 이날 새벽 3시였다. 날이 밝을 때까지 의자에 앉아 쪽잠을 청하니 들어온 무산 장사꾼들이 줄지어 장마당으로 향한다. 나도 그 행인들의 뒤를 따라 무산 장마당으로 걸었다. 장마당이 오늘 이 나라 백성의 생명을 이어

주는 구명 수단으로 생활의 활무대로 생명수로 되어버렸다.

무산 장마당에서 아침밥을 사 먹고 점심밥과 저녁밥도 마련해 놓은 언덕 우에 올라 오늘 밤 건너가야 할 저 두만강 너머 중국 땅을 넘겨다보았다. 눈물 젖은 저 두만강, 사연 많은 저 두만강을 건너 빨리 그리운 처자들을 만나자. 저 두만강을 넘어 쉼 없이 가야할 머나먼 길을 그려보며 천천히 강변길로 나왔다. 자동보총 멘 젊은 인민군 경비병들이 교차하여 순회하며 조·중 국경을 넘는 탈북자를 막기 위해 예리한 눈초리로 길 가는 사람들을 훔쳐보며 강변길을 지켜 섰다.

나는 거지 형상을 하고 태연하게 두만강 둑길을 따라 도강 지점을 향해 걸었다. 겉보기에는 태연했지만 속에서는 끊임없이 높뛰는 심장의 진동을 느끼며 한 발 한 발 걸어 도강 지점을 찾은 것은 오후 3시였다. 두만강 옆 콩밭에 들어 이삭콩 줍는 허리 굽은 할머니와 함께 나도 이삭콩 줍는 연극을 시작했다. 한 줌씩 주워서는 할머니 주머니에 넣고 또 주워서는 할머니 주머니를 채워준다. 그러면서 도강할 지형을 세세히 눈에 익힌다. 어둠이 깃들자 이삭콩 줍던 할머니는 사라지고 나는 잡관목 우거진 산속에 은폐했다.

11월 2일 저녁 8시, 산기슭 잡관목을 헤치고 나온 나는 오늘 낮, 눈에 익힌 지형지물을 따라 가만가만 기어나가 아무도 모르게 두만강가에 몸을 숨겼다. 이 긴장한 운명의 순간을 오직 하느님만이 고요한 자연의 밤 정적 속에서 지켜보고 계신다. 될수록 초저녁에 빨리 도강해야 한다. 늦은 밤에는 다 자란 환한 달

빛으로 하여 국경초소 경비대에게 발각될 수 있다. 초저녁의 밤은 매우 캄캄하였다. 캄캄한 밤은 나를 위장시켰다. 두만강변 움푹진 곳에 몸을 숨긴 채 숨소리 죽이며 있노라니 총 멘 두 명의 순찰병이 통과하였다. 잠시 후 나는 재빨리 가슴 치는 물결을 헤가르며 두만강 깊은 물을 넘어섰다.

기쁨과 환희로 하여 마음은 가벼웠고 날개라도 달린 듯한 기분이다. 기쁨의 환호로 두 손 높이 들고 팔을 벌려 저 우주 공간의 끝을 바라보며 나를 죽음에서 구원해 준 만유의 거인 하느님께 감사하였다. 천천히 머리를 돌려 몇 번이나 두만강 건너 어두운 저쪽 땅을 바라보며 저주를 보냈다. 나는 언덕을 올라 큰길로 나섰다. 화룡으로 뻗어 연길과 이어지는 도로를 따라 밤길을 걸었다. 다 자란 밝은 달님이 산림 속의 밤길을 밝게 비춰주고 그 밝은 길 따라 걷고 또 걸었다. 쉼도 없이 휴식도 없이 피곤도 잊고, 아픔도 잊고, 달빛 밝은 산림 속의 200리 도로 따라 희망 안고 포부 안고 광명을 찾아서 걷고 또 걸었다.

자유·인권 찾아 대한민국으로 가리라

나는 기나긴 인생의 오솔길을 걸으면서 최근 석 달 동안의 인생길 총화를 영원히 기억 속에서 잊지 못할 것이다. 그것은 죽음과 가장 가까이 접근했던 인생의 오솔길이었기 때문이다. 세상에는 3년, 30년보다 더 오랜 세월 감방 생활을 한 사람이 수없이 많다. 하지만 나는 석 달이라는 짧은 기간에 조선과 중국의 여러 곳에서 감방 맛을 보았고 매질과 심문과 노예적 강제 로동도 받았다. 그런 과정에서도 악마의 자격을 골고루 갖춘 교형리들은 나를 꺾지 못하였고 나를 교양하지도 못하였다. 나는 그들에게 교양되려고도 하지 않았다. 오히려 의지를 키웠다.

감방 생활의 하루하루에서 얻은 것은 강인한 의지력과 커 가는 담력이었다. 사회와 제도에 대한 저주와 분노에 찬 보복심이었다. 백성의 아픈 가슴에 창을 박는 정치깡패 무리들이 던져주는 비린내 나는 영양분을 삼키며 꼬리 젓는 잔배들의 아첨기 어린 움직임이 가소롭기 그지없다. 정복 어깨 우에 달아주는 싸락별로 우쭐거리며 허리에 채워주는 검은 쇳덩이로 소박한 백성에게 무슨 짓이나 다 하는 무리들만이 조선이라는 작은 땅덩어리 안에서 호강하며 웃으며 떠들어댄다.

일하며 창조하며 부를 쌓는 백성들이 말하고 싶은 대로 말하지 못하며 보고 싶은 것을 보지 못하며 듣고 싶은 것을 듣지 못하며 가고 싶은 데를 가지 못하는 억압 사회, 벙어리 사회, 맹인 사회, 귀머거리 사회, 앉은뱅이 사회로 울며 사는 사회가 오늘의 조선이다.

수많은 이 나라 백성들이 사회주의라는 쉰내 나는 냄새를 피해 밝고 아름다운 세계를 찾아 탈북의 길로 끊임없이 흘러나가고 있다. 멸망의 서곡이 국경에서부터 저 멀리 내륙에까지 깊이 울리며 들어간다. 조선의 주체사상은 사람이 가장 귀중한 존재라고는 하면서도 현실은 사람을 가장 천하게 여긴다. 사람으로서 누려야 할 가장 초보적인 인권마저도 무시되는 것이 오늘의 북조선이다.

오늘날 밝은 이 세상의 어디에선들 사람이 가장 귀중한 존재임을 모르는 나라, 모르는 사람이 있겠는가. 북조선 위정자들은 마치 북조선에서 맨 처음으로 사람이 제일 귀중한 것을 발견이나 한 것처럼 치켜세우고 있으나 실상은 사람의 가치, 인간의 값 높은 가치를 짓밟아 버리는 것이 북조선의 정치며 정권이다.

지금은 움직이는 세계이지만 사람들로 하여금 움직이지 못하게 수족을 얽어매는 나라가 바로 조선이다. 거리마다 꽃제비가 눈물짓고 다니며 굶주림과 허약으로 쓰러진 수백만 주민들에게 먹을 것도 돈도 일감도 주지 못하는 무능한 세상, 살기 위해 움직이는 사람들에게 반역이요 역적이요 종파요 하는 반동 딱지를 붙여놓고 가둬놓고 때리며 처형하는 세상, 사람들이 현실과 진실을 외면하는 세상, 가면과 허위의식에 젖어 위선자로 탈바꿈하게 하는 세상, 이것이 오늘날의 부패한 조선 사회의 현실이다.

억압과 압제의 눈칫밥으로 소심해서 움츠리고 살아가며 주체가 없이 이끄는 대로 끌려가며 흔드는 대로 흔들리며 사는 것이 이북 사회의 사람들이 살아가는 모습이다.

내 이제 자유의 필봉 높이 들어 곪아 터지는 독재 체제의 험상을 세계만방에 소리 높이 외쳐 이 나라 백성의 운명을 구원하는 빛발이 되리라. 투사가 되리라. 주체라는 탈을 쓰고 주체 없이 흔들리는 백성들의 거센 흐름이 각성된 자유의 투사가 되어 독재의 깡패 무리 짓뭉개버리는 무한궤도가 되게 하는 위력한 필봉을 더 높이 치켜들리라.

자유로 갈망하는 한반도의 온 겨레가 하나 될 때까지 조국 통일의 보람찬 전사가 되어 지면을 펼칠 것이다. 사회주의 조선은 공업이 파괴되고 철도와 통신이 마비되고 농업이 후퇴하였다. 사상도, 도덕도, 문화도, 시대의 버림 속에 방향을 잃고 허우적댄다.

세계는 대자연의 변혁 속에서 자기 궤도를 따라 끊임없이 발전하고 전진한다. 나는 개방된 이웃 나라의 장한 모습을 보았고 발전된 새로운 내 나라 대한민국을 보았다. 하나로 나아가는 인류의 세계를 보았다. 하나가 되고 세계인이 되기 위해 보폭을 힘차게 내디딜 것이다. 자유의 세계, 평화의 세계를 위하여 조선반도의 절반 땅 남쪽에 세계도 자유도 평화도 있다. 진정한 새 삶이 있고 인권과 참다운 민주주의가 있다.

　나는 자유를 찾아 삶을 찾아 인권과 민주주의를 찾아 한국으로 간다. 6·25동란 때 나의 아버지가 월남한 그 길이 자유와 민주의 길이었고 새 삶을 창조하는 행복의 길이었기에 내 오늘 온 가족과 함께 횡대 지어 힘차게 힘차게 발걸음 내디딘다. 대한민국을 향해…, 감방 속에서의 분노를 강철의 의지로 키우며…! 광명을 찾아서….

　　　　　　　　중국 연길시에서 2000년 새해를 맞으면서

맺는말

원고 입수 경위와 한 씨 가족의 그 후

한원채 씨와 그 가족을 한국으로 망명시키고자 한국인 사업가 이모 사장이 상담에 나섰다. 이 사장은 동포의 슬픔을 조금이라도 누그러뜨리려는 의미에서 이들의 사연을 탈북자 구호단체에 알렸다. 이 사장은 "가족의 인권을 보장해야 한다. 빨리 움직이지 않으면 위험하다. 북한 국가보위부가 한 씨 일가를 잡으려고 혈안이 되어 있으므로, 신속하게 안전지대로의 이동과 한국 망명을 성공하게 하고 싶다"고 말했다.

한 씨 가족은 다섯 명이다. 하지만 안전을 고려해 뿔뿔이 흩어져 살고 있었다. 가족 중의 누군가 한 명이라도 반드시 한국에 도달하게 하기 위함이었다. 이 사장은 한 씨의 외아들과 장녀를 랴오닝성 대련시에서 보호하고 있었다. 중국은 유엔난민협약을 비준했지만, 탈북자들이 북한에 송환되면 박해를 받을 뿐만 아니라 생명의 위험이 있다는 것을 뻔히 알면서도 난민으로 인정하지 않고 있다. 대부분의 탈북자가 그러하듯이 한 씨

가족도 불법 입국자로 중국 공안과 북한 국가보위부로부터 쫓기는 몸이었다.

지린성 연변조선족자치주는 북한 첩보기관의 최전선이다. 특히 연길시는 그 중심지이다. 그들의 활동은 학술 연구기관이나 식당, 무역회사, 교회 등을 발판으로 교묘하게 암약하고 있었다. 북한에서 태어난 중국 화교를 뜻하는 조교와 중국 조선족 가운데는 북한에 있는 친척을 인질로 첩보 활동의 일단을 담당하게 된 사람이 적지 않다. 그들은 단순한 정보 수집에 머물러 있는 것이 아니라 북한에 부정적인 사람의 경우엔 납치·유괴·감금·살인 등 폭력적인 수단도 불사하는 어둠의 집단에 속해 있다.

탈북자를 돕는 한국인 목사나 선교사가 종종 납치 사건의 피해자가 되는 것은 이러한 배경이 있기 때문이다. 이러한 사건의 빈발로 중국 연변 공안에서 주권 침해 주장이 나와 북한 보위부 요원과의 사이에 마찰이 일어나고 있을 뿐만 아니라 종종 둘 사이에 불꽃 튀는 긴장마저 생기고 있다. 이런 상황에서 우리가 탈북자를 난민으로 간주하여 보호하고 구호 활동을 하면 북한 보위부 요원은 반드시 우리를 적성 단체로 간주하고 말살 또는 소멸시키려고 생각한다. 중국 정부도 이를 환영하지 않는다.

북한 보위부 요원들이 난민으로 가장해 도주 경로와 그에 관련된 조직과 인맥을 밝히고자 하는 상황에서 탈북자를 보호하는 것은 신중에 신중을 기할 수밖에 없는 일이다. 시급한 것은 잘 알고 있지만 한 씨 일가와 친분도 없고, 어떤 상황에서 망명을 요구하고 있는지도 모르는 상황에서 우리는 이 사연을 이 사장에게 말했다. 연길시 연변대학 정문과 가까운 아파트에 한 씨와 아내 신 모 씨, 그리고 차녀를 찾아야 했다.

우리는 한 씨가 내민 이력서를 보고 깜짝 놀랐다. 한 씨는 조선인민군 후방총국 직속 길주팔프련합기업소 설계실 설계원으로서 과학기술 발명권 3개, 신기술 등록증 3개, 창의고안증 35개를 가지고 있었다. 국기훈장 2급, 3급을 수여받는 영광도 있는 등 국가에 대한 충성심 기여도가 큰 인물이었다.

주요 경력을 보면 1959년부터 61년까지 함경북도 길주군 철도운수학교를 다녔고, 63년부터 67년까지는 함흥화학공업대학 기계공학과를 마치고 기계공학사 자격증을 받았다. 철도운수학교는 간첩 양성 기관이다. 이 학교에 입학하려면 성적이 우수할 뿐만 아니라 판단력도 명석하다고 평가돼야 한다.

한 씨는 훗날 디자인실 당세포 부비서 곁에 특수 임무를 수행하는 국가보위부 비밀요원으로 1974년부터 활동했다. 그는 당 중앙위원회 간부들과 참모부 관리직의 사상 동향과 그들의 사업 조직·간부 사업에서 제기되는 문제의 경향을 모니터링하고, 특히 보위부의 특별 지령으로 국군포로에 대한 사상 동향과 모니터링을 하면서 문제가 있는 재일귀국민에 대한 사상 동태, 귀환병에 나타나는 경향을 장악하고 있었다.

나는 한 씨의 이야기에 경계심을 세우고 귀를 기울였다.

"세 명의 아이들은 학교에서 열심히 공부하고, 지력도 뛰어났습니다. 그러나 국가에서 선발하는 인격과 개성, 지능 대상에 통과할 수 없습니다. 그것은 우리의 출신 성분과 가정환경 때문입니다. 낙선할 때마다 부모를 원망하는 듯한 아이들의 어두운 얼굴을 보면 가슴이 터질 것 같았습니다. 나도 공장에서 실력 있는 기술자로서 헝가리·독일에 파견되는 기술견학단 단원과 소련·중국의 기술대표단 단원 후보로 꼽혔지만 결국은 낙선했습니다. 아버지가 한국전쟁 직후 월남한 것과 큰아버지가 국가보위부에서 처형된 것으로, 또 비교적 넉넉하게 살던 장인이 전쟁 시기 국군에 부역했다는 이유로 매번 불합격됐던 것 같습니다. 월남자 가족은 모든 면에서 압박을 받습니다. 성격도 인권도 짓밟히고 있습니다. 자주 추가되는 정치적 압력과 멸시는 괜찮은 두뇌를 가진 사람이라면 참을 수 없습니다."

우리는 한 씨 가족의 망명을 돕기로 했다. 그것은 북한 사회를 관철하고 있는 출신 성분이라는 신분제도에 의한 차별이 한 가족을 절망으로 몰아 버린 것에 대한 강한 분노이며 한 씨가 중국을 통한 탈출에 두 번 실패가 있었기 때문이기도 하다.

게다가 한 씨가 연변조선족자치주에 들어간 후 북한 보위부는 한 씨에 대한 추적을 은밀히 시작했다. 거액의 현상금을 걸고 수배 사진을 국경 주재소에 붙여 가족까지 잡으려고 했다. 생포하지 못하면 목을 잘라 가져 오라는 지시도 나와 있다고 한다. 믿을 수 없는 일이지만 진실이었다.

한 씨가 체포되면 반드시 처형된다. 왜냐하면, 북한 형법 제17조는 '공화국 공민이 조국과 인민을 배반하고 외국 또는 적측에 도망하거나 간첩 행위를 하거나 적을 원조하는 등의 반역을 한 경우에는 7년 이상의 노동 교화형에 처한다. 정상이 특히 무거운 경우에는 사형 및 전 재산 몰수형에 처한다'고 규정되어 있다.

한 씨의 경우 세 번째의 북송은 '정상이 특히 무거운 경우에는 사형 및 전 재산 몰수형'에 해당하는데 북한 사회의 질서 유지를 위해 비밀요원으로 일한 그는 경력에서 심각한 배신 반역을 한 것으로 간주한다. 한 씨 가족의 피난은 시급했다.

2000년 9월 15일. 한 씨 가족의 중국 탈출 준비를 서둘렀다. 평소에 의논한 대로, 한 씨 부부는 연길시를 떠나 대련으로 이동하게 되었다. 둘째 딸은 부모보다 한발 앞서 이동을 마쳤다. 그러나 신중했어야 할 한 씨는 여기에서 큰 실수를 저질렀다. 나중에 비극으로 이어질 것이라고는 한 씨 자신도 상상하지 못했을 것이다.

두 번째 탈출에 성공한 한 씨는 연길에서 강제 송환된 뒤 구류장에서의 경험을 적나라하게 쓰고 북한의 비인도적 인권 무시, 부패 타락한 사회를 백일하에 드러내고 싶은 강한 의지로 원고를 쓰기 시작했다. 장문의 원고는 대련으로 이동하기 직전에 탈고했다. 한 씨는 최악의 경우를 생각해 이 원고를 2부 복사하고 원본은 송곳으로 구멍을 뚫어 제본했다. 그리고 복사본 중에서 1부를 연길시 신풍교회에 맡겼다.

한 씨의 체험기는 김 모 담임목사가 부재했기 때문에 남 모 전도사에게 전달되었다. 이것이 한 씨의 치명적인 실수가 되었다. 이 교회는 한국에서는 탈북자를 보호하는 것으로 유명하지만, 한편으로는 체포를 면한 탈북자들 사이에선 '북한과 내통하고 있어 북한의 교회'라는 소문이 나 있었다. 그리고 중국 공안에 체포된 탈북자 가운데는 이 교회에 접근한 후 잡힌 사람이 많다.

예를 들어, 이 교회에 출입하고 있던 손 모(45) 씨는 한국인 기독교인을 감동시킬 정도로 성경을 잘 이해하고 있었다. 게다가 탈북자 은닉 활동에도 열심히 참가했고, 김 담임목사의 두터운 신뢰도 얻은 것으로 알려졌다. 그러나 2000년 1월 손 씨는 중국 공안에 '북한 특무의 불법 활동을 도운 혐의'로 체포된 뒤 그의 방에서 다량의 고액 달러 지폐, 캠코더, 비디오테이프, 통신 기기 등 스파이 활동에 사용한 공구가 압수됐다.

손 씨의 상사는 20대 후반의 평양 여성으로 알려졌다. 그녀는 미인으로 명성이 높았다. 평양에서 파견되어 오는 국가보위부 요원을 대련이나 연길에 배치하고 자신도 심양, 윈난성 쿤밍을 돌아다니며 탈북자 사냥을 하는 야전지휘관이기도 했다. 남 전도사에게 전달된 한 씨의 원고는 이 여성에게 건네졌을 가능성이 크다.

2000년 9월 15일. 예정대로 대련행 열차를 탄 한 씨 부부는 6시경 대련역에 내려 장녀와 외아들이 사는 아파트에 가서 가족 다섯 명이 오랜만에 재회했다. 여기에서 한국으로 망명할 준비를 해야 했다.

그런데, 다음날 오전 갑자기 9명의 중국 공안과 4명의 변방 대원이 들이닥쳤다. 공안들은 방에서 조사를 시작했다. 사복 차림의 조선족 공안원은 "북조선과 관계있는 사람을 알고 있다. 어제저녁 대련행 열차에서 6시에 도착한 두 사람은 누구냐? 연길에서부터 미행하고 있었어. 자백하라!"고 강요했다. 모른다고 하자 전원 수갑을 채워 대련 공안 기관으로 연행했다. 한 씨의 두 딸과 아들, 함께 있던 탈북자 원일우 등 네 명은 한 씨와 전혀 관계없다고 우기면서 조선족이라고 해명했다.

이틀 동안 조사를 받는 와중에 한 씨의 아들과 원일우는 7층 외벽에 설치되어 있던 수도관을 타고 지상으로 내려 도주했다. 두 딸은 석방되었지만 한 씨 부부는 체포된 당일 다른 위치로 호송되어 다시 돌아올 수 없었다.

한 씨 부부는 심양의 북한 영사관으로 이송되어 상당히 심한 고문을 추가로 받은 후 수면제 주사를 맞고, 북한 영사관 외교 번호가 달린 차로 단둥으로 이동해 북한 신의주로 보내졌다. 부부의 신병은 거기에서 평양으로 보내졌다는 여러 목격자의 증언을 통해 전해졌다.

한 씨 가족의 구원에 관여한 이 사장, 박 모 부장, 강 모 비서를 체포하면 한화 5,000만 원과 벤츠 한 대 값에 해당하는 현상금이 걸렸다는 소식이 우리에게 전달됐다.

한 씨 가족을 도와준 세 사람의 이름이 나오는 상황을 판단하면 한 씨가 북한에서 모진 고문 끝에 자백하게 된 것으로 추정된다. 북송된 한원채 씨는 사흘 만에 비명의 죽음을 맞았고, 부인 신 씨는 지나친 고문의 격렬함으로 발광했다는 소식이 전해졌다. 현재는 행방불명이라는 소식도 연이어 들려왔다.

한원채 씨와 그 가족이 북한의 공안 관계자, 국가보위부 요원에 의해 박해와 억압, 고문을 당한 것은 인도주의와 인권에 간과할 수 없는 상황이다. 국가 범죄로 규탄되어야 하는 성격의 문제이다. 조속히 사건의 진실을 밝히는 것과 동시에 유엔 인권위원회에 문제 제기를 해야 한다.

그 후 한 씨의 세 자녀는 많은 사람의 헌신으로 무사히 한국에 도착했고, 한 씨가 목숨을 걸고 쓴 원고는 우여곡절 끝에 2001년 4월 일본어로 번역되었다. 그러나 아버지의 죽음을 인정하고 싶지 않고, 어머니의 생존을 바라는 자녀들의 간절한 마음을 존중하여 출판을 보류하다 2002년 5월 일본에서 '탈북자(脫北者)'란 제목으로 먼저 출판하게 됐다.

2002년 5월
이산하

자녀 후기

아버지, 이제야 부탁 들어드립니다

내가 태어나고 자란 북녘땅을 떠나온 지 벌써 20년이 넘었다. 지금도 얼음이 막 풀리기 시작한 차디찬 두만강을 건너 낯선 이국땅에 처음으로 발을 딛던 그날의 기억이 생생하다. 철커덩 거리는 무산광산의 버럭(잡돌) 실어 나르는 벨트콘베아(컨베이어) 소리가 귀에 들리는 것 같고, 뒤돌아본 강 건너 북녘의 모습이 지옥 같다는 생각을 처음으로 하게 되었던 기억도 난다.

지금 이 순간 북한에 대한 아무런 미련이 없다. 모든 것을 다 버리고, 이제 내 인생은 완전히 새로 개척하고 시작해야 한다는 생각, 자유로이 활개를 펴고 날 수 있는 세상을 향해 가야 한다는 일념 하나로 걸음을 멈추지 않았다. 자유를 찾아온 그 길이 얼마나 험난한 노정인지 걸어보지 않은 사람은 잘 모를 것이다. 그래서 천신만고 끝에 찾아온 대한민국의 자유가 무엇보다 소중하고 반드시 지키고 싶다.

이북 노래 중에 이런 가사가 있다.

"사람은 사람이라 이름 지을 때, 자유권을 꼭 같이 가지고 났다. 자유가 없이는 살아도 죽은 것이니, 목숨은 버려도 자유 못 버려."

북녘 사람들은 김 씨 일가와 그 주구들의 이런 선전선동에 속아 3대째 노예처럼 살아오고 있다. 목숨만큼 귀중한 자유를 유린당하면서도 자유를 억압당하는 것조차 모른 채 말이다.

학교 다닐 때 선생님은 조직 생활에 잘 참여하지 않거나, 지각을 하거나, 개인의 이익을 먼저 생각하는 학생에게 "자유주의자, 자유분자, 이기주의자"라는 말을 자주 했다. 북에서는 엄청난 욕이다. 대학에서도 마찬가지였다. 자유권을 갖고 태어났으나 실제로 자유를 누리려고 하면 이런 욕을 먹게 된다. 개인의 자유는 오직 당과 수령을 위해 억압되어 있다. 눈곱만큼도 개인에게 허용되지 않는다. 북이 표방하는 자유의 모순이다.

그 땅에서 자유를 누리는 자는 오직 김 씨 일가뿐이다. 자유가 없는 개인의 삶은 노예와 다를 바 없다. 북은 전 인민의 말과 행동 등 모든 것을 국가가 감시한다. 한국에서도 민간인 사찰이 문제 될 때마다 가슴이 아려온다. 당연히 개인의 사생활과 자유를 보장해줘야 할 국가가 감시하고 통제하면 이북과 같은 일당 독재사회, 감시사회로 가지 않을까 우려된다.

최근 들려오는 북한 소식에 의하면 외교관으로 나가는 사람들에게 전자 팔찌를 채운다고 한다. 탈북을 막으려는 이유다. 7중 8중의 보이지 않는 감시망으로도 불안해 성범죄자들에나 채우는 전자 팔찌로 외교관을 감시한다는 것이 웃기면서 슬프다. 지구상 그 어디에도 유례없는 인권 유린이다. 족쇄를 채운다고 과연 자유를 갈망하는 사람들의 탈출 흐름을 막을 수 있을까.

2001년 8월 자유 대한민국에 입국하여 지금까지 어느 한순간도 부모님을 떠올려보지 않은 날이 없다. 아버지는 수기를 다 쓰고 펜을 놓으며 나에게 유언처럼 말씀하셨다.

"저 어둠의 세계, 북조선의 현실을 세상에 알리고 북녘 주민모두가 자유를 찾고, 노예에서 해방되어 사람답게 살 수 있게해야 한다. 내가 대한민국에 못 가더라도 이 글만은 반드시 출판되어 북조선 사람들이 김일성 부자의 잔인한 독재체제에서얼마나 많이 굶어 죽고, 병들어 죽고, 얼어 죽고, 맞아 죽고, 신음하며 살고 있으며, 자유를 갈망하고 있는지 알려야 한다."

나는 아버지의 이 부탁을 이제야 들어주게 되었다. 아버지는수기를 2000년 9월 일본 기자에게 전달했다. 그 기자의 노력으로 2002년 일본에서 '탈북자(脫北者)'라는 제목으로 출판되었다. 당시 그 기자는 북한 인권문제의 심각성을 세상에 알리는일과 중국에 있는 탈북자를 돕는 일을 하고 있었다. 그 이유로중국 당국의 감시가 늘 따라다니고 있었다.

일본 기자는 중국의 감시망을 피해 2부를 복사하여 원본까지 3부를 각각 다른 통로를 통해 겨우 일본으로 가지고 나오는데 성공했다. 하지만 수많은 출판사에 협조를 구했으나 대부분출판을 거절했다. 중국에 머물던 가족이 무사히 한국에 입국한다음에 출판해야 하고, 가족이 한국으로 올 수 있는 비용으로 계약금을 먼저 받아야 하는 상황이다 보니 웬만한 출판사는 그 조건을 받아줄 수가 없었다.

다행히 재일교포가 운영하는 출판사 '만성사(晩聲社)'가 흔쾌히 받아주었다. 나중에 들으니 사장님이 5,000달러를 선인세로 선뜻 내주었다고 한다. 그 돈으로 나를 포함한 2녀 1남의 가족이 무사히 한국으로 올 수 있었다.

입국 후 약속대로 2002년 봄 일본에서 일본어로 이 수기가 출판되었다. 일본 기자는 아버지의 체포 상황에 대해, 북송 후 부모님의 생사에 대해 자세한 내용을 취재해 수기 뒷부분에 실었다. 2018년 12월에서야 나는 이 모든 사실을 알게 되었다.

지난해 연말 나는 그분들을 만나러 일본에 갔다. 출판사 사장님은 1년 전에 돌아가셨고, 사모님으로부터 아버지에게서 받은 가족사진 등 귀한 자료를 돌려받을 수 있었다. 사모님은 남편이 살아있으면 따님한테 이것을 선물로 주었을 거라고 하며 꼭꼭 숨겨놨던 자료들을 챙겨주었다. 일본의 유명 소설가 무라카미 류(村上龍)가 아버지의 수기를 읽은 것이 동기가 되어 『반도에서 나가라』를 집필하게 되었다는 사실도 알게 됐다.

일본어 번역을 해 주신 이산하(李山河) 님도 만났다. 그는 아버지 수기를 번역하면서 숱하게 울었고, 출판사 직원들 역시 편집하면서 많이 울었다고 했다. 목숨이 오고가는 긴박한 순간에 도움의 손길을 주신 분들에게 가족을 대표해 늦게나마 감사의 인사를 전할 수 있어 다행이다. 진심으로 고맙고 감사하다.

대한민국에 입국한 후 나는 부모님의 소식을 여러 통로로 알

아보았으나 모두 허사였다. 먼 친척들로부터 돌아오는 소식은
"이제 더는 찾지 말고 너희들이라도 잘 살아라. 네 부모는 이제
여기서도 찾을 길이 없다"였다. 또 친구를 통해 알려온 소식은
"그 사람들에 대해서 여기서는 이름도 물어봐서는 안 되고, 입
도 뻥긋해서도 안 된다"는 말뿐이었다.

다행히 2006년 아버지가 근무하던 길주팔프공장에서 탈북한
사람을 만나게 되었다. 수기에 길주보위부로 호송되어 새벽녘
탈출할 때 구두 대신 보위지도원의 운동화를 신고 소리 없이 걸
어 나왔다는 내용이 있다. 친구인 그 보위지도원이 자기 집에
올 때 멋진 구두를 신고 왔기에 어디서 생긴 구두냐고 물었더니
'한원채'가 바꿔 놓고 간 구두라고 했다는 말을 전해 주었다.

북한은 아버지가 탈출한 후 공장과 길주군 시내, 이웃 군, 국
경연선에까지 포고문을 붙여 아버지를 체포하려고 여러 날을
비상 점검했다고 한다. 중국에서도 거액의 포상금을 걸고 연길
시내 등 조선족자치주까지 보위부가 직접 찾아 나섰다. 우리는
북한 체포조가 우리 가족을 잡으려고 혈안이 되어 있다는 것을
중국 친척을 통해 알고 있었다. 실제 몇 번의 위험도 있었다.
하루하루가 두려움과 공포의 시간이었다. 하지만 이런 절박한
상황에서도 아버지의 결심은 가족 중 단 한 명이라도 살아서
꼭 한국으로 가야 하며, 반드시 북한의 실상을 알려야 한다는
것이었다. 하지만 포상금을 노린 조선족의 신고로 부모님은 한
국행 직전 대련에서 중국 변방대에 의해 연행되셨다.

부모님이 대련에 도착한 다음 날(2000년 9월 16일) 오전 10시

경, 우리 가족 등이 머물던 아파트에 13명의 중국 대련변방대원과 연길 공안이 들이닥쳤다. 그들은 잠겨있는 문을 열쇠수리공을 불러 강제로 열고 들어와 안에 있던 사람들을 모두 연행해 갔다.

부모님을 잡아가면서 저 사람들 속에 자식이 있느냐고 물었고, 부모님은 저기에는 우리 자식이 없다. 지난밤 연길에서 부부만 왔다고 끝까지 우기셔서 간신히 자식들 목숨은 살릴 수 있었다. 영화에서나 나올 법한 이 일은 두고두고 가슴에 한이 되고, 목숨 바쳐 자식을 구해주신 부모님을 평생 잊을 수 없어 가슴에 묻고 산다.

한국에 온 후 나는 살아있는 것이 죄가 되는 것 같아 몇 번의 자살기도를 하였다. 그때마다 떠오르는 것은 부모님이 목숨 바쳐 구해준 자식이 이런 길을 택한다면 얼마나 큰 불효이며, 나만 마음 편하겠다고 죽어버리면 남은 형제들의 마음에 더 큰 상처가 될 것이고, 더 큰 죄가 될 것이라는 생각이었다. 죽고 싶을 정도로 아픈 마음도 다 같이 함께 이겨내며 살아야 했다. 결국 택한 길을 통해 부모님의 못다 이룬 꿈을 이루어야겠다는 생각을 하게 되었다. 겨우 마음을 가다듬어 의사였던 어머니의 뒤를 이어 의료인이 되어 더 많은 생명을 구해야겠다는 결심을 굳히게 되었다.

대한민국에서의 적응은 쉬운 일이 아니었다. 그러나 한국에서의 모든 일은 나 스스로의 꿈을 이루는 길이다. 그 누구의 간섭이나 통제, 감시가 없이 자유롭게 마음껏 날개를 펴고 날 수 있는 천국 같은 사회였다. 한국은 내가 노력한 만큼 삶의 질이 높아지는 기회의 땅이었다. 더욱이 목숨을 바쳐 자식을 구해준 부모님의 기대에 꼭 보답해야 한다는 생각이 나로 하여금 한순간도 헛되이 살게 내버려 두지 않았다. 어려운 일이 적지 않았지만 그때마다 여러 의인을 만나 도움을 받았고, 이를 악물고 공부해 한의대를 졸업했다.

대학에 다니는 동안 지금의 남편을 만나 결혼했다. 재학 중 두 딸이 태어났고, 졸업 후 아들이 막내로 태어났다. 지금은 같은 한의사인 남편과 함께 각자 한의원을 운영하며 새로운 도전을 꿈꾸고 있다. 자유 대한민국에서 더 나은 미래를 꿈꾸며, 우리 아이들이 살아갈 세상은 좀 더 좋은 세상이 되길 바라며, 이처럼 자유롭고 살만한 나라를 만들어놓은 대한민국에 감사하며 오늘도 열심히 일하며 살고 있다.

2019년 6월
차녀 한봉희